Sangue ruim

E. O. CHIROVICI

Sangue ruim

Tradução de
CAROLINA SIMMER

1ª edição

EDITORA RECORD
RIO DE JANEIRO • SÃO PAULO
2021

EDITORA-EXECUTIVA
Renata Pettengill

SUBGERENTE EDITORIAL
Mariana Ferreira

ASSISTENTE EDITORIAL
Pedro de Lima

AUXILIAR EDITORIAL
Juliana Brandt

COPIDESQUE
João Pedroso

REVISÃO
Mauro Borges
Marco Aurélio Souza

CAPA
Renata Vidal

DIAGRAMAÇÃO
Abreu's System

TÍTULO ORIGINAL
Bad Blood

CIP-BRASIL. CATALOGAÇÃO NA PUBLICAÇÃO
SINDICATO NACIONAL DOS EDITORES DE LIVROS, RJ

C469s

Chirovici, E. O., 1964-
    Sangue ruim / E. O. Chirovici; tradução de Carolina Simmer. – 1. ed. – Rio de Janeiro: Record, 2021.
    23 cm.

    Tradução de: Bad Blood
    ISBN 978-85-01-11937-7

    1. Ficção romena. I. Simmer, Carolina. II. Título.

21-71072
CDD: 859.3
CDU: 82-3(498)

Camila Donis Hartmann – Bibliotecária – CRB-7/6472

Título em inglês:
Bad Blood

Copyright © *RightsFactory SRL 2018*
Copyright da tradução © 2021 by Editora Record

Todos os direitos reservados. Proibida a reprodução, no todo ou em parte, através de quaisquer meios. Os direitos morais do autor foram assegurados.

Texto revisado segundo o novo Acordo Ortográfico da Língua Portuguesa.

Direitos exclusivos de publicação em língua portuguesa somente para o Brasil adquiridos pela
EDITORA RECORD LTDA.
Rua Argentina, 171 – Rio de Janeiro, RJ – 20921-380 – Tel.: (21) 2585-2000, que se reserva a propriedade literária desta tradução.

Impresso no Brasil

ISBN 978-85-01-11937-7

Seja um leitor preferencial Record.
Cadastre-se no site www.record.com.br e receba informações sobre nossos lançamentos e nossas promoções.

Atendimento e venda direta ao leitor:
sac@record.com.br

Nunca real e sempre verdadeiro.

Antonin Artaud

Não existe presente nem futuro — apenas o passado, acontecendo a cada momento — agora.

Eugene O'Neill, *A Moon for the Misbegotten*

prólogo

Paris, França, outubro de 1976

O Terminal 1 do aeroporto Charles de Gaulle em Paris parecia um polvo: inúmeros braços formados por corredores e anexos saíam do corpo central, conectando as áreas de serviço com o restante. Era um lugar futurístico, lotado e barulhento, e, ao entrar no vasto saguão de entrada, o rapaz sentiu uma vontade quase irresistível de dar meia-volta e fugir.

Ele havia comprado sua passagem no dia anterior, em uma agência próxima à Rue de Rome. Ainda faltavam quatro horas para o voo, então teria de passar muito tempo naquele lugar em que o ar parecia rarear a cada minuto.

O rapaz pegou a mala e seguiu para o segundo andar, em busca de um assento. A segurança havia sido reforçada desde junho, quando um avião da Air France fora sequestrado por terroristas e desviado para Uganda, com 248 passageiros a bordo. Havia guardas por todo o lado, equipados como se participassem de um filme pós-apocalíptico. Ele tentou não cometer o erro de encará-los, para não chamar atenção.

No fim do corredor, encontrou uma mesa vazia em uma cafeteria, pediu um espresso duplo e colocou a mala em cima da cadeira. A visão através da janela era de deprimentes nuvens de chuva flutuando no céu que escurecia, aviões alinhados diante dos hangares, equipes de manutenção e ônibus cheios de passageiros pululando em meio a eles. Em um radinho próximo, "Killing Me Softly", de Roberta Flack, tocava baixo — uma ironia do destino.

Ele estava decidido a não pensar muito no que havia acontecido duas noites antes, pelo menos não até voltar aos Estados Unidos. Era possível que os pais dela já tivessem prestado queixa, e as autoridades estivessem em alerta. Nesse caso, ele teria se tornado um dos principais suspeitos, e uma das prioridades da polícia seria impedi-lo de deixar o país. E ele precisava sair dali, voltar à segurança de seu lar — como aquela palavra soava preciosa, lar, ele pensou — e ver se o plano que iniciara daria certo.

O problema não era apenas a questão legal. A ideia de nunca mais vê-la era agoniante. Sempre que pensava nisso, o rapaz sentia como se tivesse levado um soco na barriga. Ele sempre tivera medo do irreversível, de ações que nunca poderiam ser consertadas, não importava quem fosse o responsável por elas.

Quando tinha 6 anos, ganhara um peixe dourado de presente, em um aquário com o formato de meia bola de futebol. Após cerca de um mês, se esquecera de alimentá-lo ou trocar a água — talvez as duas coisas — por alguns dias, e o peixe morrera. Em uma manhã, ele o encontrara boiando, imóvel, como uma pequena joia brilhante. Sua mãe dissera que peixes dourados daquela espécie eram muito sensíveis e não viviam muito de qualquer forma, mas a explicação não o convencera. Ele sabia que a culpa havia sido dele, mesmo que ninguém tivesse lhe dado uma bronca. E não importava o quanto estivesse arrependido, não existia nada que pudesse ser feito.

O rapaz tomava um gole de café quando um homem alto e suado lhe perguntou se podia se sentar à mesa. Ele tomou um susto e quase derramou a bebida, mas concordou com a cabeça, sinalizando que a outra cadeira estava vaga. O homem pediu um cappuccino e dois croissants, que começou a devorar no instante em que a garçonete os trouxe.

— É a primeira vez que venho ao aeroporto novo — confessou seu colega de mesa. Então limpou algumas migalhas da mesa e gesticulou para os arredores. — Acho que fizeram um bom trabalho, não?

O homem falava francês com um sotaque estranho, enrolando os *rs* e engolindo as consoantes. O rapaz concordou com um murmúrio. Ele limpou os lábios com um guardanapo, imediatamente percebendo que o gesto de esfregar a boca se tornara um pouco compulsivo nos últimos dias, como se tentasse se livrar das marcas de...

— Sangue — disse o homem.

— O quê? — perguntou ele, encarando-o.

— Acho que tem uma manchinha de sangue no seu casaco — explicou o homem. — Eu entendo dessas coisas. Sou médico.

O rapaz tentou encontrar a tal mancha de que o sujeito falava, mas não conseguiu — ela estava perto de seu ombro, e ele teria de tirar o casaco para vê-la.

— Devo ter me cortado enquanto fazia a barba — falou.

De repente, sua garganta ficou seca, e o suor começou a escorrer por suas costas.

— Que estranho. Não estou vendo nenhum corte no seu rosto. Você é inglês?

— Não, americano. Preciso ir. Foi um prazer conhecer você, se cuida.

O homem o encarou parecendo surpreso e murmurou uma resposta, mas ele já tinha se levantado e se misturava aos grupos de pessoas que observavam as vitrines das lojas.

Havia um banheiro do outro lado do corredor. O rapaz entrou em um cubículo e trancou a porta. O cheiro forte de desinfetante o deixou enjoado, e era difícil segurar o café que agora subia por sua garganta. Ele tirou o passaporte do bolso, abriu-o e encarou a foto, tentando imaginar o próprio rosto. Está bem, disse a si mesmo, está tudo bem. Só preciso aguentar por mais uma ou duas horas e ir embora daqui. Ninguém nunca vai descobrir.

O rapaz saiu do cubículo e analisou seu reflexo no espelho enquanto lavava as mãos. Então viu a mancha que seu companheiro de mesa notara — era do tamanho de uma moeda de dez centavos. Ele tirou o casaco, molhou uma toalha de papel com água e sabão, começou a esfregar a mancha. A toalha logo assumiu um tom fosco e escuro de cor-de-rosa.

Duas horas depois, ele foi até a bancada da companhia de aviação, despachou a mala, subiu até o quarto andar e seguiu determinado para o controle de passaportes. Enquanto esperava na fila, tirou um lenço do bolso e secou os lábios. Ainda conseguia sentir aquela queimação enquanto se aproximava do agente da alfândega e entregava o passaporte pelo vão da vidraça.

um

Nova York, Estado de Nova York, 11 meses antes

— Senhoras e senhores, boa noite. Eu me chamo James Cobb e, como muitos aqui já sabem, passei os últimos anos concentrando minha pesquisa nos chamados estados de consciência. Especialmente na hipnose. Quero agradecer mais uma vez à Fundação J. L. Bridgewater por ter me feito este convite tão generoso e nos dar a oportunidade de conversarmos hoje à noite.

"Não vou falar sobre o livro que acabei de lançar, que trata do mesmo assunto e que espero que gostem, e sim sobre os caminhos que percorri para chegar às minhas conclusões.

"Há algum detetive, médico forense ou promotor na plateia? Vejo algumas mãos erguidas. Tenho certeza de que qualquer um dos senhores adoraria trocar dias e noites de investigação, centenas de procedimentos, longas horas de interrogatórios e trabalho científico por uma sessão de hipnose em que pudessem fazer uma única pergunta para um suspeito em transe: Você é o culpado?

"Mas as coisas não funcionam assim. Na verdade, não temos nenhuma garantia de que uma pessoa em estado de hipnose dirá apenas a verdade e nada além da verdade, e de que pelo menos dois aspectos fundamentais do processo de comunicação tenham sido completamente eliminados: a dissimulação e a fantasia.

"Por esses mesmos motivos, o detector de mentiras, que foi visto como um milagre pelos detetives no começo, é aceito pelos tribunais apenas como prova circunstancial em certos casos, enquanto, em outros, é completamente dispensado.

"Na década de 1980, alguns psiquiatras fizeram o desserviço de expor supostos casos de rituais satânicos contra crianças, alegando terem descoberto esses abusos anos depois, durante sessões de hipnose com as vítimas já adultas. Hoje, sabemos que muitas vidas foram destruídas naquela época com base nas fantasias criadas por pacientes manipulados por métodos que prometiam ser objetivos. Em transe, os entrevistados não revelavam *lembranças* de verdade, mas tentavam agradar o hipnotizador.

"Minha pesquisa, por outro lado, confirmou que, sob hipnose, a força de vontade do paciente diminui muito, e seu livre--arbítrio praticamente desaparece. É por isso que pessoas em transe podem ter atitudes que, em um estado normal, não teriam, a pedido do hipnotizador.

"Agora, por favor, permitam que eu faça uma simples demonstração. Os senhores terão que responder a duas perguntas, uma depois da outra, o mais rápido possível. Tudo bem, estão prontos? Bem, imaginem que foram convidados para um jantar de gala em um restaurante chique. Certo, então, as plaquinhas de reserva com os seus nomes são de... Certo, de *papel*. Quem matou Caim?

"Sua resposta foi *Abel*, mas tenho certeza de que os senhores sabem tão bem quanto eu que, na Bíblia, acontece o contrário: Caim matou Abel e fugiu para o oriente do Éden, para a terra de Node. Por que os senhores responderam errado? A explicação não é tão simples quanto poderíamos esperar.

"É claro, a associação de palavras entre *papel* e *Abel* é óbvia. Mas por que ela teve um efeito tão forte, o suficiente para distrair os senhores da resposta que sabiam ser a correta? Devemos levar em consideração que fui *eu* quem fez a pergunta, aqui em cima deste palco, alguém a quem todos atribuíram, sem argumentar, um conhecimento superior. Em uma situação dessas, ocorre uma *transferência de responsabilidade*, que é especialmente aparente em casos de conflito armado, quando grandes massas de pessoas seguem seus líderes, sem se importar se essas ordens significarem a morte de boa parte delas. O público automaticamente pressupõe que a pessoa aqui em cima tem habilidades superiores às suas próprias, e, em tais condições, sua capacidade de ser influenciada aumenta.

"Ou imaginem que estão no meio da floresta amazônica, sendo guiados até um abrigo por alguém. A transferência de responsabilidade/credibilidade para o guia seria quase total, porque os senhores estariam em um ambiente potencialmente perigoso, então sua vida está sob uma ameaça iminente.

"Eu dei esses exemplos para ilustrar como as coisas funcionam durante a hipnose. A responsabilidade que o sujeito transfere para o examinador é muito maior em casos de consciência alterada do que nos chamados estados normais. O paciente é guiado por um plano do cérebro que lhe é completamente estranho, mas, ao mesmo tempo, *supõe* que o examinador tem uma noção muito melhor daquele espaço mental. E, cá entre nós, isso realmente não passa de uma suposição.

"Há a questão da relatividade daquilo que chamamos amplamente de *realidade*. Nós 'sabemos' que uma cobaia, um objeto ou uma pessoa são *reais* porque, através dos nossos sentidos, coletamos informações, que são processadas pelo cérebro e nos levam a essa conclusão. Sim, o auditório em que os senhores estão sentados existe, a pessoa falando ao seu lado e a projeção em

PowerPoint existem. Todas essas coisas são *reais*, não são? Sabemos disso porque conseguimos *vê-las, ouvi-las e senti-las*. Por consequência, *sabemos* que estamos vivenciando algo 'real'. Mas um sujeito sob a influência de uma substância poderosa como LSD *sabe, vê* e *sente* uma 'realidade' completamente diferente, que lhe é tão convincente quanto o auditório é para nós agora. Tudo de que precisamos é a intervenção de uma alteração minúscula na complexa química de nosso cérebro para nos sentirmos felizes ou afundarmos em depressão, para ficarmos muito calmos ou extremamente violentos, apáticos ou agitados, imaginativos ou inertes, independentemente da realidade 'objetiva' ao nosso redor, do passado e do conhecimento e da informação acumulados, que moldaram nossas convicções, crenças e nossos comportamentos a princípio tão sólidos.

"Como resultado, eu me perguntei que tipo de *realidade* descreve um sujeito em estado de hipnose; seria a daquele momento único e impossível de repetir, a chamada realidade 'objetiva'? A realidade 'subjetiva' sugerida pelo examinador? A realidade cimentada por convicções e crenças acumuladas durante uma vida inteira, ou a realidade que podemos chamar de *transcendental*, que não é resultado dos processos cognitivos comuns? Será que o sujeito comunica o que *acredita*, o que *vê*, ou apenas o que intui que seu *guia* mental, o terapeuta, quer que ele comunique?

"Agora, vamos passar para a segunda parte de nosso encontro, com perguntas da plateia. Combinei com os organizadores que vamos nos limitar a cinco, para não estourar o tempo. Vamos chamar as pessoas que colocaram o nome na lista da entrada. No fim, darei uma sessão de autógrafos naquele estande. Obrigado pelo seu tempo, e foi uma honra e um privilégio estar aqui hoje."

*

Naquela noite, após a palestra, meu plano era jantar com Randolph Jackson, um amigo, e Brenda Reuben, minha agente. Mas Brenda estava muito gripada, e Randolph descobriu em cima da hora que precisaria ir a Atlantic City na manhã seguinte, então não pôde ficar. Falei a Brenda que fosse descansar em casa, e saí.

Eu tentava encontrar um táxi quando um homem alto e magro, com porte militar, se aproximou. Ele parecia ter uns 60 e poucos anos e exibia um bigode fino, do tipo que era moda entre os garanhões da década de 1930. Seu terno era escuro, coberto por uma capa de chuva do mesmo tom, e ele se apresentou como Joshua Fleischer.

Como regra, tento evitar contato com membros da plateia depois de uma sessão de autógrafos ou palestra. Os que me procuram costumam ser cansativos, e é sempre difícil escapulir de suas perguntas. Às vezes, após essas conversas, eles me mandam cartas ou e-mails enormes me alertando que todo o meu dinheiro e minha fama não me salvarão das labaredas do inferno.

O homem disse:

— Gostaria que jantasse comigo, Dr. Cobb.

Nós estávamos parados diante da livraria, e um vento forte nos atingia, erguendo a barra do casaco aberto dele. Embaixo de um de seus braços estava uma cópia do meu livro, que o homem apertava como se tivesse medo de perder.

— Obrigado, mas já tenho planos — respondi, começando a descer os degraus.

Ele segurou de leve meu ombro.

— Um monte de gente esquisita deve tentar falar com você depois desses eventos, mas juro que não é o meu caso. Tenho certeza de que você vai ficar muito interessado no que tenho para contar. Conheço a fundo seu trabalho e sei do que estou falando. Li o seu livro no mês passado, assim que foi lançado, e logo soube que o senhor era a pessoa por quem eu estava procurando.

Agradeci outra vez, mas recusei o convite de novo. O homem não insistiu, mas esperou ao meu lado até um táxi se dignar a parar.

— Vou mandar um e-mail para você — alertou ele. — Por favor, não o deixe parar na caixa de spam. É muito importante, você vai ver.

Conforme eu entrava no carro, ouvi o homem tossir. Era uma tosse profunda, exaustiva, do tipo que só ocorre em pessoas muito doentes.

O encontro permaneceu esquecido até a tarde em que o e--mail chegou, dois dias depois, em uma quinta-feira. Seu conteúdo era o seguinte:

Prezado James (se me permite a intimidade),
Talvez tivesse sido melhor abordá-lo de outra maneira, mas achei que precisávamos nos encontrar pessoalmente. Não sou um chato nem um maluco. Muito menos obcecado com ciências ocultas, eventos paranormais ou mundos paralelos.
Talvez seja bom começar contando um pouco mais sobre mim.
Você já sabe meu nome. Se prestou atenção naquela noite, deve lembrar que me chamo Joshua Fleischer. Nasci na cidade de Nova York, me formei em Princeton em 1976, com um bacharelado em inglês, e ganhei uma fortuna no mercado de ações no começo da década de 1980. Em 1999, após um incidente trágico, me mudei para o Maine. Eu disse a mim mesmo que estava cansado de viver na cidade grande, e comprei uma casa perto de uma bela reserva florestal. Nunca me casei, não tenho

filhos nem parentes próximos, perdi meus pais aos 18 anos. Parte da família da minha mãe ainda mora no norte do Estado de Nova York, mas deve fazer mais de trinta anos desde a última vez que nos falamos por telefone.

Espero que você já não tenha chegado à conclusão de que sou um ermitão ou um misantropo, um troglodita que se esconde atrás do dinheiro e de sua influência. Garanto que tenho uma vida social extremamente ativa. Nunca me casei por medo de, mais cedo ou mais tarde, ter que comparecer ao enterro da minha amada e depois ser condenado a continuar vivendo, ou — ainda pior — ter que forçá-la a passar por isso. Pode ser que eu esteja apenas criando complicações, ou quem sabe nunca tenha encontrado a pessoa certa, alguém que me faça acreditar que nos encontraremos após a morte. Muitas mulheres passaram pela minha vida, e algumas foram muito importantes. Mas nunca tão importantes a ponto de eu chamar aquilo de "amor", exceto por uma, muito tempo atrás. Vou contar sobre ela na hora certa, se você aceitar minha proposta.

Mas vamos seguir em frente... Participei da diretoria de mais de uma dúzia de fundações e instituições de caridade. Por um tempo, dei aulas de inglês em uma escola em Bangor para crianças com necessidades especiais. Também fui voluntário em um programa de assistência domiciliar para pessoas carentes no condado de Mineral, onde moro. Nunca tive tempo de me sentir entediado ou de me fazer muitas perguntas.

Há dois anos, fui diagnosticado com um tipo raro de leucemia. Os médicos disseram que poderia ser genético — meu avô paterno faleceu da mesma doença. Não senti pena de mim mesmo e não reclamei. Fiz tudo o que médicos mandaram e assinei todos os cheques que foram precisos, porém, três meses atrás, me disseram que perdi a batalha e que não havia mais nada a ser feito. Os remédios fizeram seu trabalho e me deram um ano extra de vida.

Não tenho medo do que está por vir e não penso que faça diferença se acontecer amanhã ou daqui a dez anos, contanto que minha partida não cause sofrimento a mais ninguém.

Porém, ainda tenho uma tarefa pendente, e é uma questão de vida ou morte, para usar uma expressão que talvez soe ridícula, dada a situação em que me encontro. E estou convencido de que você, James, pode me ajudar nessa.

Só posso explicar do que estou falando pessoalmente, e era por isso que esperava ter a oportunidade de conversarmos naquela noite. Mas não quis insistir, para não passar a impressão de ser intrusivo e, portanto, acabar com qualquer possibilidade de você aceitar minha proposta. Também acho que o que tenho para lhe contar está em conformidade com seus interesses científicos sobre estados alterados de consciência.

Se você aceitar, será meu convidado aqui no Maine por alguns dias. Meu advogado se chama Richard Orrin, e acrescentei os contatos dele abaixo. Ele vai lhe informar sobre os detalhes práticos.

Cada dia é precioso, James. Minha única esperança é que você tome logo uma decisão, e que ela seja positiva.

Até lá, deixo claro meu apreço por você e lhe desejo tudo de bom.

Um abraço,
Josh

No fim da mensagem, encontrei o telefone e o endereço do advogado.

Passei a noite inteira pensando no e-mail de Fleischer.

A escrita era fluente e coerente. As informações que encontrei com uma pesquisa na internet confirmavam seu conteúdo. Fleischer era um grande incentivador das artes no condado onde morava, e a imprensa local não lhe poupava elogios. Ele ajudara adolescentes pobres a frequentar faculdades, vítimas de relacionamentos abusivos a construir novas vidas para si mesmas, ex-presidiários a se reintegrar à sociedade e crianças com necessidades especiais a receber o melhor tratamento e educação. Ele havia se tornado uma lenda, um misto de santo e guru. Os jornalistas locais faziam alusões discretas e compassivas à "doença terrível" que nos últimos tempos o acometera.

Tudo que o homem escrevera parecia verdade. E alguém que dedicara sua vida a ajudar os outros merecia que lhe estendessem a mão.

O lançamento do meu livro marcara o fim da minha pesquisa na Fundação J. L. Bridgewater, e seria bom tirar férias. Nos últimos tempos, eu tinha me envolvido com uma colega de trabalho, Mina Waters, mas fazia dois meses que havíamos terminado. Nenhum de nós tinha idade para alimentar ilusões, e estava claro que alguma coisa simplesmente não se encaixava. Eu sentia falta dela às vezes, mas não o suficiente para quebrar nosso acordo e ligar para ela.

Então eu tinha bastante tempo livre, mesmo se os poucos dias previstos por Joshua Fleischer se transformassem um uma estada mais demorada. Eu tinha praticamente certeza de que minha visita envolveria sessões de terapia, um tipo de preparo para a morte com um homem que, de acordo com as próprias declarações, não acreditava em Deus nem em vida após a morte e, portanto, não encontraria grande consolo na religião. E esse era outro motivo para valorizar ainda mais sua filantropia. Nunca acreditei na caridade que surge apenas pela fé, na bondade de pessoas que assinam cheques para instituições da mesma maneira que são obrigadas a pagar impostos, daquelas que colocam dinheiro em caixas de doações como se fizessem uma oferenda para uma divindade que temem, e não por um senso de humanidade.

dois

O escritório de Orrin ficava na rua 31, leste, em um antigo prédio de oito andares de arenito que abrigava, pelo que parecia, uma boa quantidade de empresas.

Uma secretária me buscou no saguão e me acompanhou até o terceiro andar, que era completamente ocupado pela Orrin, Murdoch e Associados. No instante em que o relógio na sala de espera bateu dez horas, fui levado a uma sala com paredes forradas de couro e piso de madeira exótica. Orrin se levantou e apertou minha mão. Era um homem de meia-idade, alto e careca. A parede atrás de sua mesa imensa estava coberta com diplomas emoldurados e alguns troféus de golfe, expostos em uma cristaleira.

Tudo parecia exatamente conforme o esperado, mas, ao invés de me sentir satisfeito, fiquei decepcionado, já que o tom do e-mail de Joshua Fleischer insinuava mistérios e enigmas a serem solucionados.

Orrin orientou a secretária a não nos interromper por meia hora, independentemente do motivo, me informando sobre a duração da nossa reunião de forma indireta. Após eu recusar a oferta de uma bebida, nós nos sentamos nas poltronas que flanqueavam uma mesa de centro.

— Imagino que o senhor tenha aceitado a proposta do meu cliente — começou ele, me analisando cuidadosamente enquanto falava.

— Bem, a princípio, sim — respondi. — Mas, como não faço ideia do que se trata, espero que nossa conversa hoje seja reveladora, para me ajudar a tomar uma decisão definitiva.

Os cantos da boca do advogado baixaram um pouco.

— Infelizmente, Dr. Cobb, não cabe a mim oferecer nenhum detalhe adicional além do que já foi discutido com o Sr. Fleischer — disse Orrin. — Meu papel aqui é apenas dar ao meu cliente as garantias legais de que nenhuma informação sobre ele ou terceiros com quem o senhor entre em contato durante sua estada seja tornada pública de qualquer forma. Falando abertamente, estamos lidando com um termo de confidencialidade. O Sr. Fleischer me pediu que cuidasse disso porque trabalho em Nova York, e ele queria resolver essa questão antes da sua viagem para o Maine. Faz mais de dez anos que somos amigos.

— Minha profissão exige um código de ética rígido, como o senhor já deve imaginar — rebati. — Sem o consentimento do paciente, não posso publicar nem usar nenhuma informação que venha à tona durante sessões de terapia, pelo menos não sem um mandado judicial.

— Estou ciente disso, é claro, mas não sabemos se ocorrerão sessões de terapia, não é? — Ele abriu uma pasta de couro elegante e pegou um contrato, as folhas unidas por um clipe de papel. — Somos uma empresa verde, e nossos contratos são assinados digitalmente — continuou. — Mais tarde, o senhor vai receber sua cópia por e-mail. Este é o primeiro contrato, que trata dos "serviços médicos" que serão prestados ao Sr. Fleischer. Sei que isso soa um pouco vago, mas foi o termo que ele escolheu.

Orrin me entregou as folhas, e as li com cuidado. Eu me comprometeria a prestar "serviços médicos" de natureza não especificada por determinado período de tempo — seis dias. Por sua vez, o Sr. Joshua Fleischer me pagaria uma alta quantia de cinco dígitos, adiantado. O valor era muito maior do que meus honorários normais, e expliquei isso ao advogado.

Ele deu de ombros e falou:

— O valor foi decidido pelo Sr. Fleischer, então não cabe a mim comentar. Se o senhor acredita que seus serviços valem essa quantia, então a vantagem é sua. Agora, aqui está o termo de confidencialidade.

Orrin me entregou o segundo contrato, que era bem mais complexo do que o outro. Ele havia sido formulado de maneira a garantir que, enquanto eu prestava os serviços médicos estipulados no primeiro documento, nem o menor detalhe sobre qualquer informação revelada sairia da propriedade de Fleischer.

Mesmo assim, uma das cláusulas estabelecia que, no caso de eu considerar que alguma descoberta tivesse uma importância científica suficientemente grande para ser usada em um futuro trabalho, poderia utilizá-la, contanto que mudasse o nome dos envolvidos e nunca revelasse a identidade deles.

Tudo parecia muito sensato e profissional, então não tive nenhum problema em concordar.

Orrin guardou o contrato novamente na pasta.

— O Sr. Fleischer vai ficar feliz — disse ele. — Ainda precisamos lidar com alguns detalhes: a conta bancária para o depósito do pagamento, que é responsabilidade minha, e o e-mail para enviar os contratos para sua assinatura eletrônica.

Após lhe entregar meu cartão de visita e lhe informar meus dados bancários, achei que a reunião tinha acabado, mas o advogado não se levantou, então continuei onde estava. Ele passava os dedos pela pasta com os contratos e parecia perdido em pensamentos, encarando o nada. No pulso direito, usava um bracelete de cobre, daqueles que aliviavam dores reumáticas.

— Como comentei mais cedo, tive o prazer de conhecer o Sr. Fleischer cerca de dez anos atrás — disse Orrin finalmente.

— Durante esse tempo todo, ele nunca parou de me surpreender com sua imensa bondade. Algumas pessoas já tiraram vantagem disso, pessoas que ele ajudou e que depois o magoaram. Mas o Sr. Fleischer nunca pareceu se arrepender de suas ações nem da forma como escolheu seguir sua vida. Agora, estou feliz por poder ajudá-lo com este trabalho, que, considerando sua saúde, provavelmente será o último.

Fiquei quieto e deixei que ele continuasse.

— Sei que o senhor é extremamente respeitado por seu trabalho e que é admirado pela comunidade científica à qual pertence, e não vou esconder que fiz uma breve investigação quando o Sr. Fleischer me informou sobre suas intenções, há duas semanas. — A sensação de que alguém havia revirado sua vida era sempre desagradável, mas eu não tinha nada a esconder e lhe disse isso. Orrin concordou com a cabeça e prosseguiu: — Eu acabei descobrindo algo que... me fez hesitar, ainda mais considerando o excesso de discrição da imprensa, para usar um eufemismo.

Eu já sabia ao que ele se referia, mas permaneci em silêncio, escutando.

— Três anos atrás, no verão, para ser mais preciso, uma de suas pacientes, a Srta. Julie Mitchell, cometeu suicídio no apartamento em que morava no Brooklyn.

— Aconteceu na noite de 23 de junho — expliquei. — Havia cinco anos que a Srta. Mitchell tinha sido diagnosticada com transtorno bipolar, e ela fez três tentativas de suicídio antes de começar o tratamento comigo. Um desses incidentes foi muito grave, e ela sobreviveu por pouco.

— Mas os pais dela processaram o senhor por negligência médica — insistiu o advogado.

— Eles estavam sofrendo. Os dois passaram anos presos naquele pesadelo e acabaram sendo influenciados por um advogado sem escrúpulos. Por favor, não é nada pessoal. A promotoria encerrou o caso. Esse tipo de coisa é terrível, mas acontece. Terapeutas precisam levar em conta a possibilidade de situações como essa em certos casos. Tenho muitos anos de experiência clínica, Sr. Orrin. Não sou um recém-formado que acabou de abrir um consultório no Upper East Side para ficar fumando cachimbo e tratando jovens viúvas ricas. Venho de uma cidade pequena no Kansas, de uma família de trabalhadores. O que o senhor está insinuando?

— Eu não quis chatear o senhor — garantiu o advogado. — Mas essa questão me pareceu duvidosa, e...

— Bem, coisas duvidosas acontecem na vida de todo mundo — rebati. — É por isso que somos seres humanos, não robôs.

— Mesmo assim, acho que o deixei chateado.

— Por favor, não é para tanto. Não se dê tanto crédito. Imagino que tenha tentado convencer o Sr. Fleischer a abandonar seus planos, baseado em um único incidente trágico.

Notei um brilho de irritação em seus olhos.

— Faz parte do meu trabalho informar meu cliente sobre a pessoa com quem ele terá um relacionamento contratual — disse Orrin. — E não sei se o termo "incidente" seria o mais adequado, considerando que estamos falando da vida de uma jovem. Além do mais, pelas informações que tenho, as coisas não foram tão simples como o senhor faz parecer. Até onde eu sei, não foi determinado com certeza que a Srta. Mitchell tenha cometido suicídio, Dr. Cobb. A promotoria investigou o caso, e o senhor foi interrogado em uma audiência, por uma comissão técnica. A polícia também o interrogou duas vezes.

— Foi um inquérito padrão, algo completamente normal naquelas circunstâncias. A Srta. Mitchell tinha se mudado da casa dos pais alguns meses antes, então estava morando sozinha, e não houve testemunhas. E ela não deixou um bilhete, ao contrário do que aconteceu nas tentativas anteriores. Mas a conclusão final foi que ela tomou uma overdose de soníferos por vontade própria, e sua morte foi resultado de uma parada cardiorrespiratória. O Conselho não me acusou de negligência, a polícia recomendou que a promotoria encerrasse o caso, e a recomendação foi aceita. Algo mais?

— Também descobri que, apesar de o sangue dela conter o dobro de uma dose letal, não foram encontrados rastros de comprimidos em seu estômago, o que sugere que a droga que matou a vítima pode ter sido injetada nela.

— Um segundo exame esclareceu isso: o primeiro resultado foi apenas uma questão de erro humano.

— O senhor parece um homem cínico e ríspido — concluiu o advogado, agarrando a borda da pasta sobre a mesa como se tivesse medo que eu fosse roubá-la.

Eu me levantei, e ele imediatamente me imitou.

— Ficarei aguardando os contratos — eu disse. — Mas pode considerá-los assinados.

Fui embora sem esperar a secretária me mostrar a saída. Eu a escutei murmurando algo às minhas costas, mas não entendi as palavras.

Duas horas depois, recebi os contratos por e-mail. Assinei tudo e os enviei de volta. Ao cair da noite, Fleischer me ligou. Ele começou me agradecendo por ter concordado com as condições.

— Tive a nítida impressão de que o seu advogado estava tentando me convencer a mudar de ideia — comentei, e o ouvi suspirar.

Ele falou:

— Bem, Dr. Cobb, parece que, mais cedo ou mais tarde, homens ricos acabam cercados por puxa-sacos, idiotas ou por gente que é as duas coisas. Não sei como nem por que isso acontece, mas já observei que esses são os fatos, não importa o que se faça. Nos últimos anos, Richard anda tentando se tornar mais do que meu advogado, e virar um confidente, um conselheiro, ou seja lá qual for a palavra que preferir usar. E agora está enlouquecido porque não lhe contei nenhum detalhe sobre o que eu quero de você. É óbvio que não dei ouvidos àquela história. Posso chamar você de James?

— Claro.

— Obrigado, e, por favor, me chame de Josh. Pois bem, James, como você virá para cá, de carro ou de avião?

— De carro. Se eu sair de manhã cedo, devo chegar à noite, parando para almoçar.

— É melhor você pegar a Interstate 91 e a 84, não a Route 1 pela costa. O trânsito é péssimo por lá, e não dá para ver muita coisa de qualquer forma. Dá para almoçar em Portland, tem um restaurante pouco depois do pedágio chamado Susan's Fish & Chips. Prove a lagosta. Quando você sai daí?

— Amanhã, então devo chegar na noite de quarta.

— E você tem algum pedido especial para sua estada, em função de alguma alergia alimentar, por exemplo?

— Não preciso de nada diferente — garanti —, obrigado. Mas me sinto na obrigação de dizer que o pagamento estipulado no contrato é alto demais, Josh.

— Ninguém nunca reclamou disso antes. — Ele riu. — Vamos discutir os detalhes quando nos encontrarmos. Na minha opinião, é uma quantia justa. Se você achar que é muito, que tal doar uma parte para uma instituição de caridade?

— Como você está se sentindo?

— Parei com o tratamento, só tomo analgésicos leves. Por sorte, não sinto muita dor, então não preciso me encher de remédios, e estou completamente lúcido. Fiz minha última perfusão do citostático no mês passado. Eu e os médicos concordamos que não haverá outra. De toda forma, estou confiante de que terei energia suficiente para fazer o que quero. Depois que você topou me ajudar, recuperei o ânimo, sabe.

— Fico feliz em ajudar.

— Até quarta-feira. Tenha uma boa viagem, James. E obrigado mais uma vez por aceitar.

Antes de ir para a cama, pensei em Julie.

Ela tinha 28 anos quando nos conhecemos, e provavelmente era a mulher mais bonita que já vi. Começamos as sessões de terapia em fevereiro, e, no ano seguinte, em junho, ela se matou.

Nas três tentativas de suicídio anteriores, Julie usara soníferos duas vezes, e cortara os pulsos na terceira. Geralmente, os especialistas acreditam que suicidas quase nunca mudam seus métodos. As tentativas são ou ensaios para o momento final ou pedidos de ajuda, o que significa que a pessoa se sente sozinha e infeliz e tenta chamar atenção antes de ser tarde demais.

Mas Julie não era um caso típico. Até o fim, tive minhas dúvidas sobre o diagnóstico de bipolaridade. Havia dias em que ela parecia a pessoa mais equilibrada do mundo, estabelecia contato verbal sem nenhuma dificuldade, até parecia gostar de me contar detalhes sobre sua vida. Ela não vivia às margens da sociedade — tinha um diploma de antropologia da Universidade Columbia e fizera mestrado na Cornell. Tinha conseguido um emprego como redatora em uma grande agência de publicidade, onde recebia um bom salário e era querida pelos colegas. E quase nunca parecia chateada; nem quando estava triste, era capaz de me explicar o motivo com nitidez, justificando-o racionalmente.

Julie nunca conheceu os pais verdadeiros. No seu aniversário de 18 anos, seus pais adotivos, que ela até então acreditava serem os biológicos, revelaram que a adotaram quando ela tinha 1 ano. Os dois se recusaram a lhe dar outras informações, alegando que não sabiam de mais nada devido às regras do orfanato em que a encontraram. Mas não revelaram nem o nome do lugar.

Ela estava no segundo ano da faculdade quando conseguiu juntar dinheiro suficiente para contratar um bom detetive particular, mas o homem não descobriu muita coisa. E inventou várias mentiras para continuar arrancando dinheiro dela. Julie não tinha pista alguma, nenhum nome, nenhum endereço, nada. Com frequência, quando estava sozinha no apartamento dos pais, em Brooklyn Heights, revirava o lugar em busca de informações, mas nunca encontrou nem um pedacinho de papel miraculoso que a guiasse para o caminho certo. Julie até descobrira a senha do cofre que o pai mantinha sob a escrivaninha, mas só encontrara escrituras de propriedades, contratos e joias lá dentro.

Foi então, pelo que ela me contou, que tentou se matar pela segunda vez. Sua mãe sofria de insônia, e um médico lhe receitara soníferos fortes. O frasco com os comprimidos ficava no armário do banheiro, e ninguém nunca havia pensado em escondê-lo. Julie jogou os comprimidos em uma xícara, acrescentou leite e tomou a mistura. Então foi para o quarto e se deitou na cama. Seus pais só pediram ajuda na manhã seguinte, quando notaram que a filha não havia acordado. Quando foram ver o que estava acontecendo, a encontraram inconsciente, com a boca cheia de espuma branca.

Sessões de terapia compulsória vieram em seguida — "um pesadelo" na opinião de Julie —, junto com um diagnóstico severo demais para o que poderia ter sido apenas uma crise pós-adolescência temporária. Então veio a compaixão de todos que a conheciam, uma compaixão que a sufocava "como uma camisa de força", segundo ela. Julie sentia os olhos curiosos das pessoas mirando sua nuca, a gentileza levemente nervosa dos colegas de trabalho, a paparicação dos pais cada vez mais desesperados.

— Por que você acha que fez o que fez? — perguntei. — Quero dizer, por que tomou os comprimidos? Sei que foram 28, o suficiente para colocá-la em um caixão se você tivesse algum problema cardiorrespiratório. Não foi um pedido de ajuda. Foi uma roleta-russa, Julie.

— Não é isso que você tem que descobrir? — rebateu ela com aquele sorriso que sempre iluminava meu consultório quando dava o ar de sua graça. — Não é por isso que estou aqui?

— Pois é. Mas eu quero saber o que *você* acha.

— *Eu quero* não é resposta, sabichão — disse ela. — Você vai ter que me explicar *por que* quer saber. Você é meu terapeuta, não meu chefe.

E ali, jogado no sofá da minha sala de estar, com apenas a luz da tela da televisão no mudo, tive a forte sensação de que o lugar para onde eu iria no dia seguinte emanava uma força obscura e maligna, como um porão decrépito cheio de velharias e segredos perigosos.

três

Saí de manhã cedo e, meia hora depois, já estava a toda pela Interstate 91, seguindo para o Maine. O tempo estava bom, e o trânsito, mais leve do que o esperado. Entrei na 84 e depois na 90. No início da tarde, quando estava quase chegando a Portland, o céu escureceu e uma chuva pesada começou a castigar a estrada. Os faróis dos carros na via oposta pareciam globos amarelos flutuando por um canal.

Eu não estava com fome, então resolvi pular o almoço e seguir pela Interstate 95 até Freeport. Parei para encher o tanque em um posto de gasolina, onde tomei um café e perguntei a alguns moradores locais sobre Wolfe Creek, a região onde Fleischer morava.

Uma estrada de terra serpenteava por uma floresta de pinheiros que ia da beira da rodovia até um grande portão duplo de ferro forjado. Parei o carro, abri a janela e toquei o interfone enquanto duas câmeras de segurança me observavam. Em alguns segundos, os portões se abriram devagar, então segui para um pátio grande, dividido ao meio por um caminho de paralelepípedos. À esquerda, viam-se uma quadra de tênis com a rede enrolada, e, à direita, uma cabana veranil de madeira diante de uma piscina vazia.

A casa, uma mansão de três andares em estilo colonial, tinha metade da fachada coberta por trepadeiras. Josh e outro homem, que parecia ter 60 e poucos anos, estavam sentados na varanda. Saí do carro, subi a escada, e nós trocamos apertos de mão.

— Walter vai levar suas malas para o quarto — disse Josh. Um olhar rápido me indicou que a doença, livre das restrições do tratamento, já começava a consumi-lo. — Estou tão feliz por você estar aqui, James. Obrigado por ter vindo.

Nós entramos na casa enquanto o homem que ele chamara de Walter se acomodava atrás do volante do meu carro.

Seguimos por um corredor cujo único item decorativo era uma enorme cabeça de bisão empalhada e entramos em uma sala de estar de dois andares. O sólido piso de carvalho era coberto por tapetes artesanais com símbolos indígenas. No térreo, havia sofás, poltronas e mesas de centro. O nível superior se abria para uma cozinha com uma bancada no centro e uma grande porta de vidro que levava ao quintal. Obras de arte estavam espalhadas pelas paredes, em sua maioria artefatos tribais, mas nada parecia ostentoso ou excessivo. Josh gesticulou para que eu me sentasse em um sofá enquanto ele ocupava uma das poltronas próximas.

Um mordomo surgiu e me perguntou o que eu queria beber. Pedi um gim-tônica, e meu anfitrião se decidiu por um manhattan.

— Como foi a viagem? — perguntou ele. — Espero que tenha gostado da minha indicação de restaurante.

— O trânsito estava melhor do que eu esperava, mas vim devagar, então não parei para comer.

— Melhor assim. O jantar de hoje será esplêndido. Quase nunca tenho apetite, mas, quando tenho, como hoje, parece que estou grávido. Desde cedo, estou com desejo de comer cordeiro assado com alecrim, e Mandy com certeza vai preparar uma refeição de primeira.

— Quantas pessoas moram aqui? — perguntei enquanto nossas bebidas eram servidas.

— Agora, cinco — respondeu Josh, inclinando seu copo comprido na minha direção, sinalizando um brinde —, isso é, só os funcionários necessários. Eram quatro, mas, dois meses atrás, resolvi seguir o conselho do meu médico e contratar uma enfermeira em tempo integral, só para garantir. Fora isso, todos aqui trabalham para mim há anos. Escolho meus funcionários com cuidado e pago bem, então eles ficam comigo, o que é ótimo. Não sou um homem dado a conflitos e não faço pedidos mirabolantes.

Havia uma nobreza inata no tom de voz dele, em seus gestos, em seu olhar, do tipo que geralmente é associado a famílias ricas por gerações, faculdades de elite, e uma vida poupada de picuinhas.

Durante o jantar, conversamos sobre tudo, a não ser o motivo da minha visita. Ele falava de forma elegante, mudando de um assunto para outro sem mencionar nomes de pessoas famosas nem se tornar enfadonho ou obcecado por si mesmo. A comida estava realmente gostosa, e o vinho era maravilhoso.

Quando estávamos tomando café, Josh me agradeceu mais uma vez por ter vindo.

— Seu e-mail me deixou curioso — respondi —, e, é óbvio, não resisto a um mistério.

— Bem, não é nada tão complicado quanto parece, James — disse ele. — Não passo de um velho que está morrendo, que tem esperança de que a doença não destrua seus últimos resquícios de dignidade antes de levá-lo e que ainda torce para não deixar questões pendentes para trás. Tenho 64 anos e poderia viver por outras duas ou três décadas, mas... Acredito no destino, e talvez tudo aconteça por um motivo que, às vezes, está além de nossa compreensão. Tive muita sorte na vida, tirando... — Josh fez uma pausa e estremeceu de leve, como se sentisse frio de repente. — Bem, vamos conversar um pouco. Por que você não se casou, James?

— Tenho 35 anos, ainda há bastante tempo — respondi. — Meu avô se casou aos 21, e meu pai, aos 27. Talvez as coisas funcionem assim hoje em dia. Quase todos os meus conhecidos são solteiros ou divorciados.

— Você disse *conhecidos*, não *amigos* — observou ele.

— Bem, é só meu jeito de falar.

— Acho que é mais do que isso. Eu conheço você melhor do que imagina, James. E é por isso que o escolhi entre todos os psicólogos e psiquiatras no mundo — disse Josh. — Para a irritação de Richard Orrin — acrescentou, sorrindo.

Depois do jantar, Walter me levou aos meus aposentos.

A suíte ficava no segundo andar e consistia em uma sala de estar pequena, um quarto e um banheiro. Tudo era decorado com o mesmo bom gosto. Tomei um banho e fui para a cama, deixando meu livro de mistério sobre a mesa de cabeceira. Mas eu não estava com vontade de ler, então apaguei as luzes. O silêncio era surreal. Os únicos sons que atravessavam as janelas duplas eram os piados fracos dos pássaros noturnos.

Eu tinha simpatizado imediatamente com Josh. Ele não era grosseiro nem arrogante, não era dado a conselhos nem ávido por me enfiar sua história de sucesso financeiro goela abaixo. Não exibia aquele ar vingativo que doentes crônicos costumam apresentar, como se você tivesse alguma culpa pela situação deles ou como se uma engrenagem minúscula no mecanismo universal tivesse sido acionada contra eles.

Porém, ao mesmo tempo, meu anfitrião parecia o homem mais solitário que eu já havia conhecido.

Ele vivia em meio à própria riqueza como um inquilino desconfortável, que gosta do que vê mas sabe que nada daquilo realmente lhe pertence. Era excessivamente educado com os funcionários, porém a cortesia criava uma barreira que o separava dos outros, tornando-o mais distante do que se fosse mal-educado ou autoritário. Cada gesto, cada palavra e cada olhar pareciam planejados, o que fazia você se perguntar se estava vendo apenas um personagem, uma máscara meticulosamente elaborada com o passar dos anos, por trás da qual se escondia um homem completamente diferente.

Depois de um tempo, saí da cama, fui até a janela e abri as cortinas. O céu estava estrelado, e uma faixa de lua flutuava no céu como se tivesse sido esquecida ali. As copas escuras das árvores eram sentinelas silenciosas, enigmáticas, imóveis em sua vigília infindável.

Naquela noite, sonhei com Julie.

Nós estávamos sentados a uma mesa banhada pela luz do sol, no jardim de uma cafeteria. Ela usava um vestido branco e óculos escuros que lhe davam um ar misterioso. Quando se esticou por cima da mesa e segurou minha mão, senti meu corpo inteiro sendo tomado por um prazer imenso, mais intenso que o melhor dos orgasmos.

— Você precisa esquecer — disse ela, e falei que isso não era verdade. — Vou lhe contar um segredo — acrescentou ela. — Não sou a Julie.

Quando essas palavras foram ditas, a cafeteria, o sol, as pessoas ao nosso redor, tudo desapareceu de repente, dando espaço para uma floresta escura. Acordei desnorteado, o coração batendo disparado no peito, enquanto raios de sol se esticavam pelo chão.

quatro

O clima estava inacreditavelmente bom para aquela época do ano, e, depois do café da manhã, Josh me convidou para uma caminhada pelos arredores. O mordomo preparou uma cesta de piquenique com sanduíches, garrafinhas de água e uma garrafa térmica cheia de café. Apesar de o sol já estar ardendo no céu, meu anfitrião estava coberto de agasalhos pesados. Em sua condição, até uma leve gripe poderia ser fatal.

Atrás da mansão, havia um gramado guardado nos fundos por uma fileira de bordos altos, que escondiam uma cerca coberta por hera. Josh tirou uma chave do bolso e abriu o portão. Do outro lado, havia uma estrada de terra. Nós a atravessamos e entramos em uma mata fechada, cheia de troncos de árvore caídos, arbustos selvagens e as maiores samambaias que vi na vida. Josh parecia conhecer bem o lugar, sabendo aonde ir sem seguir trilhas ou placas.

Após uma caminhada de dez minutos, chegamos a uma clareira com um velho poço coberto por musgo no centro, fechado por uma tampa de madeira com cadeado, e nos sentamos em um banco ao lado. Exceto pelo canto dos pássaros e pelo farfalhar abafado de folhas mortas, não havia outros sons. Só tínhamos percorrido trezentos metros, mas Josh já estava ofegante.

Minha curiosidade para saber o que ele queria de mim era imensa, mas eu tinha de deixá-lo escolher o melhor momento para tocar no assunto. Josh me perguntou se eu queria café, então serviu o líquido escuro e escaldante em xícaras de plástico, dois minúsculos fantasmas gêmeos de vapor subindo pelo ar.

— Esse lugar se chama Nascente de Claire — explicou ele. — Dizem que o poço foi cavado no fim do século XVIII por um aventureiro francês chamado Roger, que estava envolvido no contrabando de peles de animais com a tribo dos algonquinos. Claire era sua amante secreta, a filha de 16 anos de um comerciante acadiano. Reza a lenda que Roger foi morto na Guerra Franco-Indígena, quando os acadianos foram expulsos da região pelos ingleses. Claire se recusou a ir embora e veio para cá, em busca do amado. Ela morreu de fome bem aqui, ao lado do poço que hoje leva seu nome. — Josh tomou um gole de café. — Agora, acho que devo lhe contar algumas coisas sobre mim. Nasci e fui criado em Nova York, em uma família rica. Meu pai, Salem Fleischer, foi orador de sua turma em Harvard e um herói condecorado da Segunda Guerra Mundial. Na década de 1950, se tornou um dos advogados nova-iorquinos mais respeitados. Minha mãe veio da família Rutherford, que fez fortuna com ferrovias.

"Estudei na Escola Preparatória Columbia e, quando tinha apenas 18 anos, meus pais faleceram em um acidente de carro na Flórida. Os dois eram saudáveis, relativamente jovens, e passei meses em choque com a morte deles. De repente, eu estava completamente sozinho, o único herdeiro de uma grande fortuna, que, de acordo com o testamento do meu pai, só receberia aos 21 anos.

"Quebrei a tradição da família e não fui estudar em Harvard, mas em Princeton, que parecia um lugar mais liberal, aberto. Como muitos rapazes na época, eu era impulsivo, radical, e achava que passávamos por um momento crucial no mundo, um novo milênio. Participei de alguns protestos, mas logo percebi que tudo que provavelmente parecera interessante na década de 1960 havia se desintegrado, deixando para trás apenas uma vaidade boba, promiscuidade e uma preguiça inata habilidosamente disfarçada de repulsa pela sociedade.

"Hoje em dia, está na moda acusar a geração *baby boomer* de ingenuidade e desperdício, mas a questão era que apenas nos sentíamos confortáveis em nossos dormitórios, nas nossas faculdades, nos nossos carros chiques, e não queríamos que ninguém ameaçasse nosso bem-estar e nos enviasse para morrer em campos de arroz na Ásia antes de conseguirmos aproveitar a prosperidade que chegara aos Estados Unidos.

"É claro, essa era a minha opinião na época.

"Outros achavam que podiam mudar as coisas, seja lá que coisas fossem essas, assinando petições e causando revoltas sociais. Não segui essas ideias, devo admitir, provavelmente porque era rico, preguiçoso e pensativo demais. Eu fazia sucesso demais entre as garotas para me deixar levar pelo radicalismo extremo, que, acredito, sempre tem por trás certa frustração individual. Naquele tempo, a prosperidade era quase um fardo, algo que você tentava esconder. A moda era ser da classe trabalhadora, enfiar seu dinheiro suado no bolso da calça jeans desbotada.

"Abraham Hale, que conheci no meu último ano, era assim.

"O pai dele era de Portland, Oregon, e sua mãe, uma *cajun* de Atchafalaya, Louisiana. Ela faleceu quando ele tinha uns 7 anos só. A família vivia em uma cidadezinha a trinta quilômetros de Baton Rouge e era muito pobre. Abe me contou que tinha 10 anos quando o pai comprou a primeira televisão da casa.

"Nós dividíamos um apartamento de dois quartos em Penns Neck, um bairro muito bom e tranquilo. Eu estudava inglês, e Abe, filosofia."

*

38

Fazia dez minutos que estávamos sentados no banco, cercados pela floresta misteriosa e atordoante, e só então ele começava a recuperar o fôlego, seu rosto abandonando a palidez.

— Estou contando tudo isso, James, porque há uma conexão com o motivo para eu ter lhe chamado. A introdução será demorada, mas importante, e espero que tenha paciência para me ouvir.

— No meu trabalho, é mais importante escutar do que falar — expliquei. — A chave para a compreensão costuma se esconder em comentários aparentemente banais, uma descrição de um passeio para fazer compras ou de um suéter favorito.

— É verdade. Veja bem, eu estava com meu amigo Abe em Paris, depois da formatura, quando passei por uma situação que, de certa forma, mudou toda a minha vida. — Josh ficou em silêncio, exibindo uma tensão no rosto, como se a mera menção ao acontecimento o assustasse. Ele dissera o nome do amigo em um tom horrorizado, como se invocasse um demônio. — Os anos em Princeton não me ajudaram a descobrir o que eu queria fazer de verdade. De certa forma, olhando para trás agora, acho que eu costumava pairar acima de tudo, vivendo cada dia como se fosse imortal e tivesse tempo suficiente para guiar minha existência em qualquer direção que quisesse, quando quisesse. Dinheiro não era problema; eu já tinha recebido a herança. Alguns dos meus artigos foram publicados em revistas pequenas, e isso meio que dava um álibi para minha vagabundagem crônica, ao mesmo tempo alimentando minha esperança de que, mais cedo ou mais tarde, eu escreveria algo que me traria a fama que secretamente desejava. Então, para que ter pressa? Nessa fase da vida, as aparências costumam ser mais importantes que a realidade.

"Eu me apaixonava uma vez por mês, e acho que parti muitos corações naquela época. Não por sentir orgulho ou uma satisfação perversa com o sofrimento alheio, mas apenas porque não me importava. Eu era visto como um boêmio, um gênio perdido que buscava salvação, e isso deixava as garotas loucas por mim.

"De muitas formas, Abe era meu oposto.

"Ele era pobre, como já disse, e, por isso, muito determinado a fazer algo importante e construir uma vida diferente da que o pai levava. Muitas vezes, ele mentia para as pessoas e dizia que era órfão, para evitar perguntas sobre sua família. Foi essa a versão que me deu quando me mudei para a casa na Alcott Street, em dezembro, pouco antes do Natal. Antes, eu alugava um apartamento em Princeton Junction, mas o senhorio perdeu o emprego na Filadélfia e teve que voltar para a cidade, me avisando em cima da hora que eu precisava encontrar outro lugar. Encontrei a casa nos classificados, e foi assim que conheci Abe, que morava lá havia mais de três anos. O apartamento de dois quartos ficava no térreo de uma mansão colonial que estava praticamente caindo aos pedaços. Sempre existia alguma coisa quebrada lá. Abe morava sozinho antes disso, mas tinha perdido a bolsa de estudos e precisava economizar.

"Um mês depois que me mudei, conheci o pai dele, que apareceu um dia de surpresa. Abe não estava, então fui eu que abri a porta para um sujeito de meia-idade soturno, magro, que cheirava a suor e bebida. Quando ele me disse que se chamava John Hale, entendi que Abe tinha mentido, então escapei de cometer uma gafe terrível. Ele só chegou duas horas depois, então tive que bater papo com seu pai enquanto isso.

"Hale era grosseiro e pouco articulado, agindo como o típico bom trabalhador americano e botando uma banca vergonhosa de superioridade, acho que porque se sentia muito inferior. Aos seus olhos, nós não passávamos de fedelhos metidos, desperdiçando tempo em vez de trabalhar. Ele me informou, todo orgulhoso, que pretendia deixar cem dólares para o filho quando fosse embora. Estava convencido de que estudantes não faziam nada além de ficar chapados e participar de orgias. Ele era jovem demais para se alistar durante a Segunda Guerra Mundial e velho demais para ser mandado para o Vietnã, mas me passou um sermão patriótico interminável e descreveu os ativistas pelos direitos civis dos negros como bolcheviques disfarçados que zombavam do seu grande país e que conseguiram eliminar o melhor presidente americano de todos os tempos, Richard Nixon. Foi difícil, mas me controlei para não discutir até Abe chegar.

"Ele empalideceu quando viu o pai e o convidou para sair e tomar um café. O sujeito tinha chegado de van, que só devolveria no dia seguinte. Insisti para jantarmos juntos, e, no fim das contas, Hale concordou, como se estivesse me fazendo um grande favor, e algo que eu não merecia. No restaurante, ficou o tempo todo reclamando de Abe por vários motivos.

"Naquela noite, ele foi embora, mas não antes de entregar cinco notas de vinte dólares ao filho, junto com um discurso patético. Abe parecia muito envergonhado e me pediu desculpas depois. Eu disse a ele que não se preocupasse com aquilo, mas fiquei me perguntando quantas mentiras ele já devia ter me contado. Porém, no fim das contas, a vida dele não era da minha conta.

"Abe estava muito feliz naquela noite. Uma garota de Nova York que ele conhecia fazia uns dois anos, e por quem estava secretamente apaixonado, viera visitar alguns amigos em Princeton e o convidara para uma festa. Ele me chamou para ir junto, queria nos apresentar. No caminho, foi tagarelando sobre como ela era maravilhosa. Seu nome era Lucy Sandler, e ela tinha feito o ensino médio na Inglaterra, o que, aos olhos de Abe, a tornava misteriosa e um pouco aristocrática. Lendo nas entrelinhas, entendi que ele pretendia confessar seu amor para ela naquela noite e estava completamente convencido de que seus sentimentos seriam correspondidos. Abe vinha de uma cidade pequena, e estávamos na década de 1970, então era assim que as coisas funcionavam para os jovens que ainda seguiam os mesmos rituais de acasalamento que seus pais.

"Acabei indo parar em um apartamento cheio de caras que eu não conhecia, desbravando nuvens densas de fumaça de cigarro e maconha e tropeçando em pessoas jogadas sobre os tapetes. Abe estava arrumado demais, parecendo perdido ali, e Lucy mal lhe deu atenção. Peguei uma bebida e me abriguei em um canto. Cinco minutos depois, ela se aproximou de mim e me chamou para dançar. Olhei ao redor, procurando por Abe, mas ele tinha sumido.

"Para ser sincero, não lembro bem como uma coisa levou à outra, porque eu estava bebendo muito. Em determinado momento, Lucy me disse que sabia qual quarto estava vazio, então a segui para um sótão poeirento que só abrigava um único sofá-cama esfarrapado. Ela pulou em cima de mim e me beijou. Mencionei Abe e ganhei um olhar ofendido.

"'Você quer estragar tudo?', perguntou ela. 'Abe é só meu amigo.'

"'Acho que ele não ia gostar muito disso', falei enquanto Lucy começava a tirar a roupa.

"'O importante é que estamos aqui, agora', respondeu ela. 'Vamos, não me faça esperar.'

"Pelo restante da noite, Lucy agiu como se estivesse apaixonada por mim, roubando beijos e tentando segurar minha mão. Ela me contou sobre seus pais, sobre sua vida na Europa, sobre os sonhos de visitar destinos exóticos. As pessoas começaram a ir embora, e eu procurei por Abe, mas não o encontrei. Lucy tinha vindo com alguns amigos e acabou indo embora com eles depois de me dizer um milhão de vezes que me ligaria.

"Quando cheguei em casa, Abe estava sentado à mesa da sala, completamente bêbado. Ele disse que Lucy era uma piranha, uma drogada, uma manipuladora nojenta. Depois de um tempo, seus insultos se tornaram quase poéticos, como um Cântico dos Cânticos ao contrário, com os seios delas se tornando suspensórios; sua bunda, reta como a trajetória de uma bola de beisebol; seu rosto, igual ao de um espantalho nos campos do Kentucky. Pela primeira vez desde que o conheci, ele parecia realmente vivo e cheio de energia. Sabe, o ódio pode ser tão empolgante quanto o amor. Naqueles momentos, não apenas fiquei com a impressão de que ele odiava Lucy, mas que seria capaz de machucá-la."

Josh devolveu as xícaras vazias para a cesta de piquenique e me perguntou se eu queria um sanduíche. Recusei.

O dia ficava mais quente, e tentáculos de vapor saíam do tapete de folhas mortas. As copas das árvores e os troncos pouco espaçados transformavam a clareira em uma espécie de estufa, e eu suava. Josh tirou o casaco e o colocou ao seu lado no banco, dobrado com cuidado. Todos os seus gestos pareciam meticulosamente precisos, e notei que o passar dos anos apagara quase todos os traços de sua boemia anterior.

— No fim das contas, ele caiu no sono ali mesmo, na mesa, e eu o ajudei a ir para a cama — prosseguiu Josh. — Eu o cobri com um lençol e fiz café para mim. Fiquei com pena, mas não me senti culpado. As coisas ficaram mais complicadas na manhã seguinte, quando Lucy apareceu na nossa porta. Como quem não quer nada, ela anunciou que tinha decidido passar o restante da viagem comigo, jogou sua mala em um canto, tirou a roupa e foi para o chuveiro. Quando voltou para a sala, completamente nua, Abe estava saindo do quarto, e, por um instante, achei que ele fosse ter um ataque cardíaco. Ele não disse nada, pegou o casaco e foi embora. Só voltou cinco dias depois, quando Lucy já tinha ido. Tentei tocar no assunto, mas ele não queria conversar sobre aquilo. Falei com ela por telefone umas duas vezes, mas, depois, as ligações pararam de acontecer, e não a procurei.

"Acho que já devia fazer dois meses do incidente com Lucy quando Abe me contou que ia para Paris.

"Sua situação era ainda mais complicada que a minha. Ele deve ter achado que, depois de conseguir a bolsa de estudos e sair da cidade natal, seus problemas se resolveriam sozinhos. Que os professores logo perceberiam sua inteligência e desenvoltura, que tiraria notas boas e conheceria pessoas influentes. Abe acreditava que tinha talento para pesquisa, que sem dúvida receberia uma oferta para trabalhar na universidade. Mas as coisas não foram bem assim.

"Ele era mais inteligente e articulado do que a maioria das pessoas em sua cidade, e os professores o tratavam melhor por causa disso. Mas, em Princeton, estávamos cercados pelos jovens mais inteligentes do país. No primeiro ano, ele se esforçou muito para provar seu valor, e não teve tanto sucesso quanto esperava. Entre o pessoal rico, a moda era parecer pobre. Aquele era um lugar muito hipócrita, pode acreditar. Mas isso não significava que aceitavam conviver com pobretões de verdade. Abe era um cara quieto, cheio de hábitos interioranos e preconceitos que nem se dava conta de que tinha. Era comum vê-lo todo arrumado, e ele sempre queria exibir seus conhecimentos nas horas mais erradas, provavelmente para compensar o senso de inferioridade causado por ser pobre. O pior era que ele vivia todos os dias sabendo que só tinha quatro anos para mudar seu futuro, e isso o deixava nervoso e emburrado.

"Então, Abe foi rejeitado por aquele ambiente, da mesma forma que o sistema imunológico rejeita uma forma de vida estranha que penetra o organismo. Sua reação não foi mudar de comportamento, mas colocar a culpa nos outros. Então ele se retraiu ainda mais, se tornou amargurado, criticava tudo o que via. Na melhor das hipóteses, suas notas eram medíocres.

"Ele não era o cara revoltado, interessante e brilhante, secretamente invejado pelos nerds, nem o revolucionário que lutava contra as regras, envolto pela sombra da rebeldia. No fim das contas, Abe não passava de um rapaz de cidade pequena, atormentado e cada vez mais solitário.

"Em outras palavras, nenhum de seus sonhos deu em nada, e o tempo estava passando. Quando o conheci, faltava menos de um ano para sua formatura. Ele não sabia que rumo tomar e se tornava cada vez mais deprimido. Tinha perdido a bolsa de estudos e precisava aceitar um monte de bicos estranhos para conseguir ganhar dinheiro suficiente para sobreviver até receber o diploma.

"A única pessoa que gostava dele era uma mulher chamada Elisabeth Gregory. Se não me falha a memória, ela era dona de uma pequena empresa de tradução contratada pela universidade e tinha 30 e poucos anos. Abe tinha sido estagiário dela durante as férias de verão. Ela era considerada uma das maiores beldades da área e alvo das fantasias de muitos alunos, mas a mulher era tão fria e antipática quanto bonita.

"Não lembro quando descobri detalhes sobre sua vida particular, mas os fofoqueiros de plantão da faculdade sempre sabiam de tudo.

"Ela era casada com um bêbado pervertido chamado Matt Gregory, que havia lecionado em Princeton dois anos antes e fora demitido por ter alguns casos sórdidos. Na época, acusações de assédio sexual não necessariamente se tornavam públicas, já que eram vistas como prejudiciais para a reputação da faculdade, então tudo costumava ser resolvido por trás de portas fechadas e escondido na cripta secreta da diretoria.

"Parece que, na época em que Abe conheceu Elisabeth, Matt Gregory tinha se mudado para Nova York, onde dizia estar escrevendo roteiros de cinema, mas não passava de um beberrão encrenqueiro.

"Um dia, Abe esbarrou com a Sra. Gregory, que perguntou sobre seus planos para depois da formatura. Quando notou que ele estava envergonhado, ela quis saber se estaria interessado em trabalhar na Europa. Dá para imaginar como Abe ficou empolgado?! Aquela mulher era o tão esperado raio de sol em uma vida que se tornava cada vez mais sombria.

"Apesar de a conversa ter sido vaga e ela não ter feito nenhuma promessa definitiva, ele já estava no sétimo céu. No fim, eu o aconselhei a comprar um buquê de flores e o entregar na casa da Sra. Gregory. Ele hesitou por alguns dias, mas então seguiu minha ideia. Não sei o que aconteceu naquela noite, porque Abe se recusou a me contar qualquer coisa.

"A única certeza de que tenho é que, duas semanas depois, ele recebeu uma carta de uma fundação francesa chamada L'Etoile. Estavam oferecendo um contrato de um ano, com um período de experiência de três meses e a oportunidade de estender o contrato por mais três anos. Naquela noite, nós comemoramos, e Abe estava feliz de verdade. Depois de fazer as últimas provas, ele seguiu imediatamente para Paris, me fazendo prometer que também iria algumas semanas depois."

Nós nos levantamos e seguimos por uma trilha quase toda escondida por samambaias e folhas mortas. Josh passou um tempo em silêncio, perdido em pensamentos. Paramos perto de um riacho que corria vagaroso entre as pedras, e nos sentamos em um tronco de pinheiro caído. Tínhamos percorrido menos de 45 metros, mas meu anfitrião precisou de alguns segundos para recuperar o fôlego.

— Para ser sincero, tenho dificuldade em explicar *por que* cumpri minha promessa e fui para Paris — prosseguiu ele com a história. — Na verdade, Abe era mais um colega aleatório do que um amigo de verdade. Eu gostava dele, mas não o suficiente para abrir mão dos meus hábitos ou planos. Acho que eu simplesmente não tinha nada mais interessante para fazer naquele outono.

"Então, em meados de agosto, quando recebi uma carta de Abe, fiz as malas e fui para a França. Naquela época, a gente ainda trocava correspondências em papel. Ele descreveu sua vida de um jeito muito entusiasmado e disse que tudo lá era mais vivo, mais animado, do que aqui.

"O mito dos expatriados parisienses brilhantes, Hemingway, Fitzgerald, Dos Passos, Hughes e todos os outros, ainda impactava a minha geração. No meio da década de 1970, Paris era uma utopia resplandecente, cheia de inspiração e mistério, enquanto Nova York parecia estar caindo aos pedaços. Eu imaginava que todos os parisienses usavam boinas, comiam baguetes de um metro e meio de comprimento e bebiam absinto, cercados por mulheres assanhadas e carinhosas. Ideias geniais caíam do céu como gotas de chuva, então você só precisava tirar sua boina por alguns segundos para se encher de inspiração. Aqui, nos Estados Unidos, o clima era muito pesado. Os efeitos colaterais da Guerra do Vietnã, escândalos políticos, revoltas sociais, a questão racial.

"Cheguei a Paris no fim de agosto, quando a cidade ainda fervia de tão quente. Abe me buscou no aeroporto, e mal o reconheci, apesar de fazer menos de dois meses que não nos víamos. Ele usava barba e havia deixado o cabelo crescer. Tinha abandonado a expressão séria e as roupas formais cinza, e agora usava uma calça jeans boca de sino, uma blusa de linho e uma jaqueta de couro preto. Ele parecia feliz e despreocupado. Achei que Paris realmente fosse capaz de fazer milagres.

"Abe morava em um prédio antigo na Rue de Rome, não muito longe da Champs-Élysées. Os cômodos eram minúsculos, e eu precisava tomar cuidado para não bater com a cabeça quando me deitava na cama. Aqui, idolatramos a grandeza: casas gigantes, camas gigantes, Coca-Colas gigantes, sacos de pipoca gigantes. Em Paris, a localização era mais importante do que o tamanho. O apartamento ficava no centro, e a fundação cobrava um aluguel barato.

"Não demorei muito para esquecer os inconvenientes. A capacidade de adaptação é um dos dons da juventude. Abe me mostrou a cidade. Eu não queria fazer planos e me deixei ser levado pelo destino. Mas ele tinha feito uma lista enorme de lugares para visitar, e, por uma semana, gastei a sola dos meus sapatos perambulando por Montmartre, Montparnasse, Faubourg Saint-Germain e Faubourg Saint-Honoré. Sempre fui apaixonado por arte, e o Louvre me fez perder o fôlego. Achei estranho quando Abe me disse que o lugar que mais o impressionou foi o Dôme des Invalides, aquele monumento sem sal onde Napoleão foi enterrado.

"No começo, ele não me contou sobre Simone.

"Às vezes, Abe entrava em uma cabine telefônica e passava uns dez minutos lá dentro, mas imaginei que falava com o pessoal da fundação. Ele sempre saía com aquele ar animado e feliz que pessoas apaixonadas exalam, mas achei que o objeto de sua adoração fosse a cidade. À noite, bebíamos Pernod em cafeterias em ruas escondidas ou íamos a boates pequenas para ouvir jazz ou assistir a apresentações ininteligíveis para mim. Eu mal falava meia dúzia de palavras em francês, mas Abe era fluente. Já mencionei que a mãe dele era uma *cajun* da Louisiana, então sua língua materna era quase o francês. Enfim, lembro que aquela semana pareceu quase um sonho encantado. Comecei a cogitar seriamente procurar um emprego por lá. Além do mais, havia um monte de imigrantes americanos trabalhando em Paris, então seria fácil fazer amigos.

"Em uma noite, Abe se arrumou mais do que de costume e, sem me dar nenhum detalhe, me levou a um restaurante perto do Palais des Congrès. Era um lugar legal, chamado Chez Clément, caro demais para ele. Dez minutos depois de nos sentarmos à mesa e pedirmos nossas bebidas, Simone chegou.

"Acho que me apaixonei à primeira vista. Naquela idade, a gente era capaz de se apaixonar até por um sapo, mas eu soube na mesma hora que aquilo ia muito além de uma simples paixão da juventude.

"Simone era loura e parecia ter sido esculpida em marfim, delicada e esbelta, completamente diferente das moças americanas da época. A moda para muitas garotas era queimar seus sutiãs e tentar parecer masculina e confiante, já que a feminilidade era vista como uma forma de manipulação odiosa, criada pelos homens para transformar as mulheres em meros objetos sexuais.

"Simone era glamorosa e misteriosa, exalava não só beleza, mas uma bondade angelical. Para mim, era como se ela tivesse vindo de outro planeta. Nossa conversa provou que ela era muito culta e tinha estudado de tudo. Adorava literatura e conhecia Sartre pessoalmente. Passamos a noite toda falando sobre existencialismo, engajamento político de artistas e coisas assim.

"Finalmente entendi o motivo para a transformação de Abe. Eu tinha atribuído aquilo tudo ao efeito miraculoso de Paris, mas meu amigo estava completamente apaixonado. Na presença dela, ele se tornara tímido e desconfortável, mas mantinha um certo charme desajeitado, do tipo que geralmente conquista as mulheres. E não tirava os olhos de Simone, tentando prever seus desejos ou apenas contemplando-a como uma obra de arte.

"Ela era fluente em inglês, apesar de falar com sotaque. Fazia dois anos que trabalhava na fundação de Abe e recebera a tarefa de ajudá-lo a se acomodar. Fora ela quem escolhera o apartamento na Rue de Rome, o lugar perfeito para um recém--chegado que não conhecia o mapa de Paris, que mais parece um labirinto.

"Eu não consegui entender se ela também se apaixonara por ele ou se só queria ser educada. De toda forma, as investidas de Abe eram platônicas, e estava óbvio para mim que os dois não tinham dormido juntos. Mas, conhecendo Abe, tenho certeza de que ele não achava que esse detalhe fosse importante. Vamos?"

cinco

Voltamos para a mansão para almoçar. Uma enfermeira de uniforme branco, que se apresentou como Lisa Bedeck, entregou a Josh um copo de suco de laranja e um copinho plástico cheio de comprimidos.

Ele tentava se mostrar indiferente, mas era nítido que a caminhada e nossa conversa tinham sido cansativas. A história sobre Paris foi interrompida, e, durante a refeição, ele me perguntou por que eu havia escolhido trabalhar como psicólogo.

— Acho que tudo começou com uma conversa que tive com um médico quando eu tinha uns 10 anos — contei. — Minha avó paterna sofreu um colapso nervoso. Eu era vidrado em livros de ficção científica e tinha lido um de Philip K. Dick, se não me engano, sobre um homem que era capaz de curar todo mundo quando entrava em um mundo paralelo enquanto dormia. Bem, um dia, um psiquiatra foi até a nossa casa para conversar com minha avó, e pedi a ele que me explicasse o que eram os sonhos, por que sonhávamos, se existia algum significado por trás daquilo tudo, essas coisas. O médico foi muito legal, e passamos mais de uma hora falando sobre isso, mas cheguei à conclusão de que ele não sabia muito sobre o assunto, o que achei mais fascinante do que qualquer resposta que poderia ter me dado. No dia seguinte, fui à biblioteca e peguei um livro sobre sono e sonhos. Depois, alguns anos mais tarde, comecei a estudar antropologia, o que acabou me levando à psicologia e à psiquiatria. No meu último ano na faculdade de medicina, durante a residência, conheci o professor George Atkins, que passou alguns meses me treinando nas técnicas de hipnose que usava no Bellevue Hospital, em Nova York. Ainda mantemos contato. Talvez você tenha notado que ele escreveu a introdução do meu livro.

— E a sua avó?

— Ela se recuperou bem.

— Que bom, James. Bem, é ótimo saber desde cedo o que você quer fazer da vida e ter a força de perseverar — observou Josh enquanto nossas saladas eram servidas. — Assim, não se perde tempo e energia com coisas que depois parecem completamente inúteis. Por outro lado, você corre o risco de carregar curiosidades, arrependimentos e tristezas nos ombros. O que teria acontecido se eu tivesse aberto outra porta, seguido aquele impulso, aceitado tal convite? Kierkegaard escreveu que seria melhor matar um bebê no berço do que deixar para trás um desejo não realizado, com a condição de que o desejo não faça mal a ninguém. Você sempre teve certeza de que escolheu o que era melhor para a sua vida?

Ele mal tinha tocado na salada, mas se serviu de uma taça de vinho e tomou tudo em um gole.

Dei de ombros.

— Não, nunca. Como cientista, não me faço perguntas para as quais nunca vou encontrar respostas. Não sei o que teria acontecido se eu tivesse escolhido ser um explorador, por exemplo, ou me casado no último ano da faculdade com uma garota chamada Jessica Fulton e me mudado para a Costa Oeste, como quase fiz.

— Acho que você está enganado — rebateu ele. — Acredito que as coisas que *não* fizemos nos definem tanto quanto as que fizemos. Acho que nunca é coincidência quando paramos diante de uma porta em determinado momento, mesmo que nossa decisão seja jamais abri-la. As portas que deixamos fechadas são tão importantes quanto as que atravessamos. As pessoas preferem esquecer, e, na hora do ajuste de contas, ninguém fala das portas que ficaram fechadas, apenas das que escolhemos abrir.

— O esquecimento é uma parte importante do nosso sistema imunológico mental, Josh — rebati. — O cérebro apaga os arquivos que considera inúteis ou até perigosos, como um computador elimina vírus, documentos antigos e itens inúteis. Existem até memórias perturbadoras que são falsificadas, melhoradas ou enfeitadas em uma tentativa de salvar partes delas, por algum motivo. Freud acreditava na existência de um tipo de lata de lixo reciclável, o *subconsciente*, que pode ser acessada pelo psicanalista; isso é, um lugar onde todas as memórias apagadas são armazenadas, lembranças que o paciente nem sabe que tem. Segundo ele, os terapeutas só precisavam dar uma olhada nelas para descobrir os motivos reais para o impasse mental que seus pacientes sofriam. Jung, seu aprendiz brilhante, ainda foi além, acreditando que todas as latas de lixo recicláveis estão, de alguma forma, conectadas em uma rede invisível chamada *inconsciente coletivo*.

— Pelo seu tom, imagino que você não concorde com esses senhores famosos — disse Josh enquanto o prato principal era servido.

— Bem, a psicanálise sempre teve limites e um lado extremamente especulativo. O conhecimento humano parecia onisciente naquela época de entusiasmo científico — argumentei. — Os acadêmicos buscavam por teorias unificadoras, que englobassem tudo, e foi assim que Einstein bolou a teoria da relatividade, que é capaz de abranger o universo inteiro, uma equação que pode ser usada para explicar quase tudo, uma pedra filosofal científica. No espírito do tempo, foi isso que Freud tentou fazer com suas teorias sobre a libido, e Jung com seus conceitos de individuação e arquétipo, além de Adler com sua noção do complexo. Do ponto de vista intelectual, tudo isso é muito sedutor, mas, no fim das contas, o principal objetivo da medicina é curar, não é? O método psicanalítico costuma ser exaustivo não só para o paciente, mas também para o terapeuta, porque consome muito tempo, além de ser muito caro. É um luxo do mundo moderno, que substituiu o velho confessionário por um sofá de couro chique em um consultório no centro da cidade.

— Você realmente acha que um dia será possível usar números, fórmulas matemáticas e equações para analisar a mente humana? — perguntou ele.

— Se eu não acreditasse nisso, não seria um cientista — insisti.

Josh balançou a cabeça.

— Vou manter meu ceticismo — disse ele. — Talvez você consiga entrar na cabeça de alguém, dissecá-la, revirá-la e depois costurar tudo de novo. Mas ainda existe aquela coisa que chamamos de *alma*, que não se esconde no cérebro, como gostamos de pensar hoje em dia, nem no coração, como as pessoas achavam na Idade Média. — Josh suspirou e olhou para baixo. — Acho que estamos chegando perto do motivo pelo qual convidei você para vir até aqui, James...

Nós estávamos sozinhos. A enfermeira não havia voltado, e o mordomo deixara uma bandeja com café, um açucareiro e um jarro de leite sobre uma mesinha ao lado das poltronas.

— No seu livro, você afirma que não há garantia de que um paciente em estado de hipnose expresse a... vamos usar o termo *realidade* — disse ele. — Não gosto de usar essa palavra. Ela sugere que existe uma verdade objetiva, por trás das aparências impostas por nossos sentidos, nossas percepções, convicções e nossos tabus, como você salientou na sua obra. Mas, mesmo assim, eu gostaria de experimentar o método.

Então era isso que ele queria.

— Josh, parece que você estudou o assunto o suficiente para saber que a hipnose envolve uma série de riscos — comecei.

— Li muito sobre o assunto, sim. Conheço os riscos e estou preparado para encará-los. Na minha condição, acho que não tenho muito a perder.

— Não estou falando apenas de riscos físicos. — Eu tinha perdido o apetite, e ele não tocara no prato. Nós nos levantamos e fomos para a mesa do café, nos sentando nas poltronas. — As experiências de um paciente em transe são tão fortes quanto se ele estivesse vivenciando de verdade o episódio que reproduz ou imagina nesse estado — expliquei. — Às vezes, até mais, especialmente durante uma regressão. Não sei se é a melhor ideia para alguém no seu estado, ainda mais se estivermos falando de um evento muito traumático, como sua história deu a entender. Se você esqueceu o que aconteceu, mesmo que aparentemente, foi porque sua mente decidiu que era assim que as coisas precisavam ser. Forçar uma memória a voltar à tona pode ter consequências sérias e incontroláveis.

"Além disso, sou cético quanto aos resultados práticos, como já expliquei. Não é uma questão de mentir... Na verdade, pacientes não mentem sob hipnose, não da maneira como mentem em um estado desperto, como uma arma de nosso arsenal natural de autodefesa. O problema é que a 'verdade' comunicada em transe não necessariamente corresponde à realidade."

Josh se inclinou sobre a mesa e olhou nos meus olhos.

— James, passei quarenta anos obcecado com o que aconteceu naquela noite, e não quero morrer sem tentar tudo o que é possível para descobrir a verdade. — A voz dele era ríspida. — Escolhi você justamente por seu ceticismo, para não haver chance de a sessão ser manipulada, de eu ser usado como um rato de laboratório para seus experimentos. Se não conseguirmos esclarecer o que aconteceu, tudo bem, mas quero tentar, se você concordar em me ajudar. — Ele parecia muito triste, como se tivesse acabado de receber uma notícia horrível. — Você já ouviu falar do Livro dos Mortos, um texto funerário egípcio antigo? — perguntou. — Bem, o manuscrito diz que, perante os juízes, os mortos precisam jurar que nunca cometeram nem um dos 42 pecados registrados em uma lista. Depois disso, o coração é pesado em uma balança de dois pratos. Se a balança se equilibrar, o falecido falou a verdade: ele teve uma boa vida, então pode entrar no paraíso. Mas, se mentiu e seu coração não se equilibrar, uma fera chamada Aquele que se Alimenta de Cobras, ou o Devorador, come o coração e o manda para o inferno pela eternidade...

"Agora, chegou a hora de eu contar do que se trata tudo isso. Uma noite, Simone foi assassinada, e Abe desapareceu da face da Terra. Nós estávamos juntos nesse dia, nós três..."

seis

— Aquela noite foi o clímax de uma tragédia que começou no instante em que conheci Simone naquele restaurante, Chez Clément — disse ele.

"Já contei que ela não parecia apaixonada por Abe, tratando-o com uma amizade carinhosa, do jeito que uma pessoa gentil lida com alguém que está sofrendo, implorando por atenção. Por trás daquela banca de acostumado à vida parisiense, logo percebi que Abe continuava o mesmo rapaz cheio de inibições e complexos. Mas Simone vinha de uma família aristocrática, era herdeira de uma grande fortuna e carregava um sobrenome que abria muitas portas. Ela não gostava de se gabar dessas coisas, mas estava claro que pertencia a um mundo sofisticado, tão distante de Abe quanto um planeta em outra galáxia.

"O resumo da ópera é que nós nos apaixonamos. Naquela idade, acho, as coisas acontecem de imediato ou não acontecem nunca.

"De certa forma, foi uma repetição do que tinha acontecido com Lucy, só que, desta vez, foi muito mais sério para nós dois. No começo, Abe apenas observou, admirado, evitando o assunto. Simone o tratava do mesmo jeito de sempre, demonstrando a mesma amizade, mas ele era esperto o suficiente para entender o que estava acontecendo. Ela não parecia se importar com o fato de que seu comportamento poderia magoá-lo.

"Quanto a mim, eu estava descobrindo sentimentos completamente novos. A verruguinha no lado direito do pulso dela, a forma como seus olhos mudavam com a luz, a mecha de cabelo caindo sobre sua nuca, o jeito como ela movia os ombros quando andava de salto alto, todas essas coisas me pareciam extraordinárias e se tornavam o centro do meu universo no momento em que eu as percebia. Quando não estávamos juntos, meus pensamentos giravam em torno dela.

"Uma vez Abe precisou ir à fundação, então me ofereci para acompanhá-la até em casa e mencionei minha preocupação sobre termos, sem querer, entrado em um triângulo amoroso estranho. Simone me disse que também estava preocupada com isso e não queria magoar Abe. Mas também disse que queria que ficássemos juntos, e isso era o mais importante.

"Assim, depois de mais ou menos três semanas, começamos a sair, só nós dois, apesar de o relacionamento ainda ser platônico. Certa noite, fomos a uma festa com Abe em algum lugar em Montmartre, e foi lá que nos beijamos pela primeira vez. No caminho para casa, tentei sondar se ele tinha visto alguma coisa, mas Abe estava bêbado e emburrado, e era impossível conversar com ele. No dia seguinte, não tive coragem de tocar no assunto.

"Mas o pior golpe para Abe aconteceu pouco depois da festa. A fundação o demitiu alguns dias antes de o período de experiência acabar. Ele ficou totalmente atordoado, nem conseguia me explicar o que tinha acontecido de forma coerente. Tudo o que me disse foi que a L'Etoile tinha rescindido a oferta de emprego e então se sentou no sofá por um tempo, encarou o nada, e depois saiu correndo de casa. No começo, não acreditei. Liguei para a fundação para confirmar a notícia, fingindo ser um parente dele dos Estados Unidos. Uma secretária me confirmou a história; a oferta de emprego do Sr. Abraham Hale tinha sido rescindida por motivos que seriam comunicados a ele muito em breve, por carta.

"Fiquei alguns dias sem ver Abe. Ele não voltou nem para trocar de roupa. Fui eu que recebi a carta da fundação e assinei em seu nome. Não abri o envelope. Coloquei-o na mesa do telefone, no corredor, e me perguntei o que fazer, dadas as circunstâncias.

"Eu sabia que Abe provavelmente precisaria voltar para os Estados Unidos, porque já tinha gastado todas as suas economias. Se esse fosse o caso, eu teria que decidir se o ajudaria com dinheiro para prolongar sua estada ou não. O contrato de aluguel do apartamento na Rue de Rome dependia da fundação, então o perderíamos de qualquer forma.

"Naquela noite, minha decisão já estava tomada: eu ficaria em Paris, com ou sem Abe. Se ele quisesse continuar também e aceitasse ajuda, eu tinha dinheiro suficiente para nós dois vivermos bem até encontrarmos empregos. Fiquei me dizendo que a situação não era tão ruim quanto parecia. Abe era teimoso e orgulhoso, mas torci para que ele aceitasse a ajuda de um amigo.

"Abe não apareceu pelo resto da semana, e fiquei tenso o tempo inteiro. Simone estava fora, visitando os pais em Lyon, e nos falávamos por telefone. Ela sabia que Abe tinha perdido o emprego e parecia muito chateada. Então nos convidou para ir a Lyon, para conhecer os pais dela e esquecer nossos problemas por alguns dias.

"Quando ele voltou para casa, no domingo, estava completamente transformado. Era óbvio que tinha passado o tempo inteiro bebendo. Sua barba estava por fazer, ele tinha perdido peso, e suas roupas estavam imundas. Abe estava furioso, apesar de tentar aparentar calma e confiança, e exibia uma expressão que eu nunca tinha visto antes: Abe rosnava, literalmente, o rosto retorcido em uma careta que impulsionava o queixo para a frente e exibia os dentes.

"Tentei consolá-lo, dizendo que tínhamos dinheiro suficiente para sobreviver até encontrarmos empregos, mas que precisávamos achar outro apartamento imediatamente. Abe abriu a carta da fundação, deu uma olhada rápida no conteúdo, então a amassou, a tacou no cinzeiro e pôs fogo no papel.

"'Você acha que vou viver da *sua* caridade, né?', perguntou ele em certo momento. 'Tudo tem limite. Não se preocupe. Vou dar um jeito. Conheço um pessoal que vai mexer uns pauzinhos, e as coisas vão dar certo.'

"Considerando a situação dele, fiquei preocupado com o tipo de gente que tinha conhecido, mas aquele não era o momento para falar disso. Contei que Simone tinha nos convidado para ir a Lyon, conhecer os pais dela.

"'Você quer dizer convidou *você*', rebateu ele, amargurado. 'Você é o sonho de toda mãe que quer ver a preciosa filha bem-casada. Bonito, elegante, rico, com um futuro promissor. Eu sou pobre e não tenho perspectiva nenhuma. E se Simone fosse se apaixonar por alguém, seria por você, parceiro.'

"Abe passou mais ou menos uma hora se fazendo de coitado. Apesar de ele não ter culpa de nada, parecia sentir prazer em se rebaixar. Ficava repetindo que o pai estava certo: que os sacrifícios dos pobres eram inúteis.

"Havia uma garrafa de conhaque no apartamento, e ele bebeu quase tudo sozinho, depois caiu no sono com as roupas da rua, segurando um cigarro aceso. Eu o ajudei a ir para a cama e o cobri com um lençol.

"No dia seguinte, Abe estava um pouco mais coerente. Ainda parecia deprimido e muito nervoso, mas pelo menos tinha esquecido o monólogo interminável sobre seus defeitos. Ele tomou um banho, fez a barba e vestiu roupas limpas. Fomos a uma cafeteria e tomamos café da manhã. Toquei no assunto do convite de Simone de novo.

"'Não vou de jeito nenhum', respondeu ele, determinado. 'Mas você devia ir. Está na sua cara que quer. Vou ficar bem, não se preocupe.'

"Não havia muito mais o que discutir. Eu sabia que não devia deixá-lo sozinho, que viajar não seria a melhor das ideias, mas eu tinha 22 anos e estava apaixonado, então fiz minha mala, e Abe me acompanhou até a Gare de Lyon. Ainda me lembro, até hoje, de que ele ficou parado no fim da plataforma, observando o trem se afastar, as mãos nos bolsos, a gola do casaco erguida. Outubro tinha chegado com chuvas frias e tenebrosas. Por um instante, pensei que devia saltar e ficar em Paris com ele, que podia esperar Simone voltar, mas então o trem acelerou, e a oportunidade se foi. Eu o deixei sozinho."

A lembrança da cena devia ser dolorosa, porque, por alguns segundos, Josh ficou em silêncio, se recostou na poltrona com os olhos semicerrados.

Por um instante, parecia inclusive ter parado de respirar.

— Era quase inevitável que meus dias em Lyon fossem catastróficos — continuou ele depois de um tempo. — A mãe de Simone, Claudia, era uma mulher bondosa e gentil, mas completamente dominada pelo marido, Lucas, que detestava tudo que não fosse francês. Descobri que ele não era o pai biológico de Simone, mas que a adotara, junto com a irmã mais nova, Laura, quando eram pequenas.

"Para Lucas, que era muito alto e magro, parecido com o General de Gaulle, os americanos não passavam de neandertais que ameaçavam a cultura europeia. Era inimaginável que sua filha pudesse abandonar o país na companhia de um bárbaro desses. O homem mal falou comigo. Ele tinha feito parte da Resistência Francesa contra os nazistas durante a Segunda Guerra

Mundial, fora preso e torturado pela Gestapo. Por algum motivo, sua experiência nas mãos dos nazistas tinha vindo à tona nos últimos tempos, porque seu nome vivia estampado nos jornais na época.

"Perguntei a Simone se ela sabia por que Abe tinha sido demitido. Ela me disse que havia conversado por telefone com alguém da diretoria, que mencionara uma carta dos Estados Unidos sobre Abe.

"Eu não fiquei na casa deles, apesar de ser uma mansão de dois andares, mas me hospedei em um hotel próximo. Simone me visitava em segredo, como se fôssemos adolescentes, e foi lá que fizemos amor pela primeira vez. Contei sobre minha decisão de permanecer em Paris por um tempo. Ao saber disso, seu pai comentou que a França tinha se tornado um ímã para vagabundos do mundo todo.

"Como mencionei, Simone tinha uma irmã, Laura, que era um ano mais nova. Ela estudava inglês na faculdade e também morava em Paris, mas nós não nos conhecíamos até então. Calhou de estarmos em Lyon ao mesmo tempo, e nós três saímos algumas vezes. Ela adorava os Estados Unidos e mal podia esperar para visitar Nova York um dia. Nós fazíamos caminhadas por Lyon e varávamos as noites conversando, envoltos na fumaça de cigarros e no aroma de café.

"Quando voltei, o porteiro me disse que não via Abe desde o dia em que viajei. Algumas de suas coisas tinham sumido. Ele não deixou um bilhete, simplesmente desapareceu, e achei que poderia ter voltado para os Estados Unidos.

"Um funcionário da fundação me visitou no apartamento, e chegamos ao acordo de que eu poderia ficar lá até o fim de outubro. Teria tempo de sobra para encontrar outro lugar.

"Abe apareceu do nada alguns dias depois. Acho que devia ser por volta de meia-noite quando escutei a chave na fechadura. Ele estava com uma cara horrível, bêbado e não falava nada com nada. Só consegui entender que tinha arrumado uma namorada em algum canto de Montmartre, e o ex dela estava enchendo o saco.

"Quando acordei no dia seguinte, ele já tinha sumido. Não apenas havia dinheiro faltando na minha carteira, mas também descobri que meu relógio de ouro e um isqueiro Dupont caro tinham desaparecido. Eu não fazia ideia de como encontrá-lo. Isso aconteceu outras duas vezes. Quando Abe aparecia, eu me dava ao trabalho de deixar algumas notas em um lugar visível, e elas sumiam depois de ele tomar banho, fazer a barba e trocar de roupa. Abe parecia um fantasma, chegando à meia-noite e desaparecendo com o cantar dos galos, levando as oferendas deixadas para ele pelos meros mortais. Aquilo não me incomodava, mas eu estava preocupado com seu bem-estar e pretendia ter uma conversa séria com ele.

"Simone voltou a Paris, e começamos a passar quase o tempo todo juntos. Ela dividia o apartamento com outra moça, então preferíamos nos encontrar na minha casa. Uma vez, ela dormiu lá, e Abe apareceu às três da manhã, bêbado como sempre. Eu avisei que Simone estava no quarto, e ele me encarou com um sorriso idiota. Então fez algo que me deixou boquiaberto; foi até o quarto, levantou o lençol com cuidado, e ficou encarando a mulher adormecida e nua por um tempo.

"'Você é um cara de sorte', murmurou ele antes de soltar o lençol. Então, virou de costas e foi embora, abandonando o ritual normal de tomar banho e trocar de roupa.

"A noite em que tudo deu errado, a noite da qual lhe contei, ocorreu pouco depois... Mas vamos falar sobre isso mais tarde. Quero descansar um pouco agora."

Josh tirou um aparelhinho do bolso e apertou um botão. A enfermeira apareceu e o ajudou a sair da sala.

Walter apareceu e me disse:

— Se você quiser ir pescar, vou junto. Já separei tudo de que vamos precisar. O riacho fica a menos de um quilômetro e meio daqui.

Eu disse que não estava com vontade de pescar, e também recusei sua oferta de me acompanhar em um passeio por Freeport. Voltei para meu quarto, passei alguns minutos lendo e caí no sono.

Sonhei com Julie de novo. Ela estava parada na minha frente, toda maquiada, usando roupas ousadas, com uma sósia ao seu lado.

— Eu não sabia que você tinha uma irmã gêmea — comentei.

Nós estávamos em um cômodo vazio. Eu estava sentado em um tipo de trono com o encosto de madeira entalhado, e as duas mulheres permaneciam de pé, a sombra comprida delas me cobrindo como uma mortalha.

— Não tenho irmã gêmea — disse uma delas — e não sou Julie. Sou Simone.

Acordei arfando, apavorado. Eu sabia que Julie estava apaixonada por mim antes mesmo de ela me contar. Essas coisas podem acontecer durante a terapia, especialmente quando o terapeuta é homem, e a paciente, mulher, ou ao contrário. É algo conhecido como "transferência". Alguns pacientes sofrem de uma profunda carência afetiva, que projetam na pessoa que associam à segurança, responsabilidade e atenção.

Quando expliquei isso a Julie, ela tentou me convencer de que, no seu caso, era diferente.

— Gosto muito de você — dissera ela. — Admito isso, mas não vejo qual seria o problema.

— Um relacionamento entre terapeuta e cliente — eu tinha evitado os termos *médico* e *paciente* —, nesta situação, não seria apenas imoral e antiético, mas também extremamente arriscado — expliquei.

— Todos os relacionamentos são arriscados, James. Quando se apaixonam, as pessoas abrem suas almas e geralmente se machucam; talvez até passem a vida inteira feridas. Não por seus parceiros serem pessoas ruins, mas porque podem ser frios, medrosos, ou as duas coisas. Você já leu *A divina comédia*?

— Um dos meus professores achava que esse livro era uma leitura obrigatória para qualquer futuro psicanalista — respondi. — De acordo com ele, o trabalho de Dante é o que melhor reflete a forma como as pessoas imaginam seu inferno interior.

— Bem, no Canto 3, há alguns versos misteriosos. Naquela terra de ninguém antes de o inferno começar, onde não há julgamentos nem vida, o poeta fala sobre um personagem que vê: "Quando entre os que lá estavam alguns eu reconheci/Vi e contemplei a sombra dele/Daquele, por covardia, fez à grande renúncia."

— Sim, conheço essa parte. Dante se referia ao papa Celestino V, que abandonou o trono no fim do século XIII.

— Não me importa a quem ele se referia e não quero saber de história. Prefiro sonhar a destruir minhas fantasias com jogos bobos sobre a verdade e a realidade. A verdade suprema está sempre no ventre da mulher que dá à luz, não nos livros. Os homens primitivos sabiam bem disso quando bolaram suas deusas.

Lembro que ela se levantou da poltrona com os olhos semicerrados, como se estivesse em transe. Então tirou a roupa com gestos lentos e ficou nua diante de mim, as pernas levemente afastadas, os braços ao lado do corpo.

— Não existe nada além disso — dissera Julie. — A vida está bem aqui, correndo pelo meu corpo. Fora isso, não há mais nada.

Não falei. Não me mexi. Ela era tão bonita. As costuras de sua lingerie tinham deixado marcas discretas em sua pele, como velhas cicatrizes.

— A grande renúncia — continuara Julie, se aproximando de mim, dando a volta na mesa. — Parece que todos nós devemos escolher entre o vazio do limbo e o sofrimento do inferno. O que você prefere, James?

sete

Tomei um banho, me demorando por longos minutos sob a água quente, tentando me recompor. A lembrança de Julie me causava uma tristeza profunda e avassaladora, que parecia física, sentida em todas as células do meu ser. Ao mesmo tempo, tentei avaliar os riscos a que Josh seria exposto durante a hipnose.

Ele esperava por mim na sala de estar, acomodado em uma poltrona diante da mesa de centro. O cômodo me parecia muito familiar, como se eu estivesse ali fazia meses. Assim que me sentei, Josh começou a narrar a história. Seu tom era diferente, mais forte, e as palavras saíam como tiros, como se ele estivesse ansioso para se livrar do fardo de reviver os eventos o mais rápido possível.

— Simone me contou que tinha se encontrado com Abe. Ele havia procurado por ela na instituição e pedido que tivessem uma conversa em particular, então os dois foram para uma cafeteria lá perto.

"Por duas horas, Abe não fez nada além de falar mal de mim, inventando um monte de coisas horríveis. Disse que eu não era quem parecia ser, que minha intenção verdadeira era fazer Simone de boba, brincar com os sentimentos dela usando joguinhos perversos que eu costumava fazer com as mulheres. E que, quando voltamos de Lyon, por exemplo, contei a ele que tinha me apaixonado pela irmã mais nova dela, Laura, e pretendia convidá-la para me visitar em Nova York, para seduzi-la.

"É óbvio que ele não usou essas palavras, mas os termos mais vulgares possíveis. Abe disse que eu era um depravado, que tinha estuprado uma amiga dele na faculdade e comprado o silêncio dela. Então confessou a Simone que estava pensando em fugir para o México a fim de se esconder de mim, mas queria sair de Paris com a consciência limpa e não ter que passar o resto dos seus dias achando que havia destruído a vida dela por tê-la apresentado a mim.

"Simone disse que não acreditava em nada daquilo e lhe perguntou por que ele não tinha dito nada antes, se eu realmente era tão problemático assim. Abe explicou que não sabia que as coisas estavam tão sérias entre nós. Foi só quando voltamos de Lyon e eu falei de *casamento* que ele percebeu que minhas artimanhas estavam saindo de controle.

"E prometeu que, se ela fosse capaz de suportar a verdade, lhe daria todas as provas de que estava falando a verdade. Naquela noite, Simone só precisaria encontrá-lo no quarto de hotel onde estava morando, em algum lugar no 18º arrondissement. Abe disse que tinha cartas e fotos escondidas lá, e que não pretendia tirá-las daquele lugar seguro.

"Depois que Simone terminou de me contar a história, fiquei sem palavras, tentando compreender o que exatamente fizera Abe inventar tantas mentiras sobre mim. Tentei convencê-la a não ir. Mas ela estava determinada a encontrá-lo, não por acreditar que Abe falava a verdade, independentemente das "provas" que ele mostraria, mas por pena. Simone tinha certeza de que Abe sofrera um colapso nervoso e estava enlouquecendo. Aos poucos, com paciência e bondade, seu plano era tirá-lo de seus delírios e convencê-lo da fantasia que ele criara na própria mente.

"Falei para ela não brincar com fogo. Nenhum de nós era psiquiatra. Eu me lembrei de um conhecido da faculdade, um sujeito chamado Green, cuja psicose estourara no nosso primeiro ano. Ele havia criado uma espécie de altar em torno da televisão no seu quarto no alojamento, adornando-o com tubos de pasta de dente vazios e porcarias que pegara no lixo. No fim das contas, quando a ambulância foi buscá-lo para levá-lo ao hospital, os paramédicos tiveram que travar uma verdadeira batalha, apesar de Green ser baixinho e fraco.

"Perguntei a Simone se ela tinha parado para pensar que sua vida, pelo menos por um segundo, que nossas vidas, caso ela concordasse que eu a acompanhasse, poderiam estar em perigo caso Abe acabasse perdendo a cabeça completamente."

Conforme Josh se aproximava do fim da história, notei que ficava mais agitado e perturbado. No começo, ele parecia muito determinado, apesar de angustiado com todas as lembranças. Mas, ao chegar àquela parte, meu anfitrião parecia um balão que lentamente perdia o ar, o rosto tão pálido quanto o de um cadáver.

Sua respiração acelerava, e ele mexia as mãos sem parar, alisando um amassado imaginário em sua calça de cotelê ou arrumando as coisas na mesa de centro. O céu lá fora escureceu, mas Josh não pareceu perceber, então continuamos sentados na penumbra, com as luzes apagadas.

— No fim das contas, chegamos a um meio-termo. Simone se encontraria com Abe, mas eu estaria lá, escondido em algum lugar. E o encontro não aconteceria no quarto dele, que provavelmente ficava em uma espelunca cheia de bêbados e drogados, mas em um hotel decente.

"Ela concordou.

"No dia seguinte, reservei uma suíte por duas noites no Hotel Le Méridien, pagando adiantado e em dinheiro. Ficava perto do restaurante onde nos conhecemos. Arrumei minha mala e me mudei para lá. Enquanto isso, Simone ligou para Abe e disse que se encontraria com ele, mas apenas se o encontro fosse naquele endereço. Abe respondeu que estaria lá na noite seguinte, às nove em ponto.

"Às oito horas, Simone chegou ao hotel. Eu a desejava, nós sempre fazíamos amor quando estávamos juntos, mas os cômodos da suíte já pareciam assombrados pelo espírito de Abe, e teria parecido que ele estava nos vigiando, então nos contentamos em fumar um baseado. Simone só deu alguns tragos, mas acho que eu exagerei, além de tomar algumas doses de conhaque. Às nove em ponto, Abe chegou, e eu já estava chapado. Fui me esconder no quarto."

O quarto estava quase completamente escuro, com apenas o leve brilho da lua cheia entrando pela janela, criando um fraco feixe de luz.

— Eu quase não conseguia escutar o que eles conversavam na sala, porque os dois falavam muito baixo. Mas percebi que Abe continuava contando mentiras sobre mim, e Simone as rebatia. Em determinado momento, achei que a ouvi pedindo ajuda, então abri a porta e saí correndo.

"Nada tinha acontecido. Eu provavelmente só imaginei o grito. Como disse antes, estava muito chapado. Simone sentava em uma poltrona diante da janela, as cortinas vermelho-cereja fechadas. Abe tinha se acomodado em um sofá pequeno diante dela e mantinha as mãos sob as coxas, como se tentasse aquecê-las. Ele olhou para mim em choque e brigou com Simone por tê-lo traído.

"Não lembro bem o que aconteceu na hora seguinte, talvez um pouco mais, até tudo apagar, por assim dizer.

"Abe continuou contando mentiras deslavadas, começando pelo momento em que nos conhecemos e terminando com minha chegada a Paris. Ele alegava que eu tinha me dado ao trabalho de tramar uma conspiração para acabar com a reputação dele aos olhos de Simone e destruir o relacionamento dos dois. E usava os termos mais vulgares possíveis, marcando seu discurso com gestos tão obscenos quanto suas palavras.

"Eu e Simone praticamente não falamos; apenas deixamos que ele destilasse seu veneno. Servi conhaque nos copos e me sentei no tapete da sala. Tirando as palavras de Abe, qualquer um que nos visse pensaria que éramos três amigos bebendo juntos, fumando e conversando sobre a vida.

"Havia um grande relógio de parede na sala, em cima da televisão. Lembro que ele marcava meia-noite na última vez que olhei. Eu estava confuso e não queria me dar ao trabalho de discutir com Abe. E fiquei me perguntando o que estávamos fazendo ali. Em certo ponto, Simone foi ao banheiro, e fiquei sozinho com Abe, que tinha se deitado no chão.

"Ele disse que me odiava, que queria que eu estivesse morto. Eu me sentia estranho, desconectado, como se suas palavras fossem direcionadas a uma pessoa completamente diferente, um desconhecido por quem eu não sentia nada, então as palavras dele não estava me magoando. Eu continuava sentado no tapete, apoiado na poltrona, com os braços em torno dos joelhos. Pode parecer estranho, mas caí no sono.

"Quando acordei, já não estava mais no tapete, e sim no sofá. Meu corpo inteiro doía, e minha cabeça parecia prestes a explodir. O relógio marcava duas e onze da madrugada. Havia duas garrafas de conhaque caídas no chão, vazias. E não havia ninguém na suíte.

"Entrei no quarto, depois no banheiro, e encontrei Simone.

"Ela estava deitada na banheira, as mãos dobradas sobre o peito em uma pose fúnebre e macabra, os olhos fechados, o rosto todo machucado, coberto de sangue. Sua cabeça tinha sido golpeada com um abajur de mármore, que estava no chão, embaixo da pia. Abe havia sumido."

Josh fez uma pausa, como se tentasse pensar nas palavras que diria em seguida.

— Até hoje, não sei por que agi daquela forma. A explicação mais plausível era que, depois que caí no sono, Abe pegou o abajur de mármore, foi ao banheiro, onde ela tinha ido antes de eu dormir ou desmaiar, não sei qual dos dois, e a matado. Depois fugiu.

"Mas eu ainda estava chapado demais para entender como isso se encaixava com o fato de que não escutei nada e de que havia um rastro de sangue do banheiro até a sala.

"Achei que talvez eu tivesse desmaiado no sofá depois de tentar impedir Abe. Ou será que a matei enquanto estava drogado? Mas por que eu faria algo tão terrível? O que exatamente Abe me dissera antes de eu apagar?

"Fiquei a madrugada inteira limpando o quarto. Passei pano em tudo para remover as digitais e me esforcei ao máximo para remover o sangue. Eu tremia feito louco e não pensava em outra coisa além de como escapar da armadilha que acredito que Abe bolou para me destruir para sempre. Vomitei algumas vezes e então comecei a pensar em como tirar o corpo de Simone do hotel.

"De manhã, pendurei a placa de NÃO PERTURBE na porta e fui ao shopping, do outro lado da rua, onde comprei a maior mala que consegui encontrar e algumas roupas novas para mim. Simone era pequena, então consegui enfiá-la na mala junto com as roupas que usei naquela noite. Eu ainda tinha um baseado e encontrei várias garrafinhas de uísque e vodca no frigobar. Bebi uma atrás da outra até criar coragem de ligar para a recepção e pedir ajuda para levar a mala até um táxi. Na minha cabeça, era como se aquela situação toda não passasse de um pesadelo, como se, na verdade, eu não estivesse em um táxi, em Paris, com o corpo de Simone no porta-malas.

"Quando voltei para a Rue de Rome, o porteiro me perguntou como tinha sido minha viagem, e respondi que fora maravilhosa. Perguntei se Abe havia passado por lá, e ele disse que não tinha visto o *monsieur* Abe no tempo em que passei fora. Puxei a mala pelas escadas até o apartamento e me joguei na cama.

"Percebi que eu estava passando de um estado mental extremo para outro, piorando cada vez mais. Em uma situação como aquela, o choque inicial vem primeiro, paralisante, fazendo você congelar. Depois que isso passa, surge um segundo estado, que impulsiona ações frenéticas. Você precisa agir, naquele segundo, para escapar da situação perigosa. O cansaço desaparece como em um passe de mágica, estoques inesperados de força surgem, decisões imediatas são tomadas e executadas. Sua mente funciona em uma velocidade que você jamais achou possível. Mas, depois, a conta chega: exaustão e a consciência do que aconteceu, surgindo como um soco na cara. A cada minuto, eu revivia o momento em que encontrei o corpo de Simone na banheira e percebi que ela estava morta. Toda vez, sentia um choque na barriga.

"Eu não só tinha perdido Simone, como também era possível que fosse o culpado por sua morte. Eu estava em um país estrangeiro e era muito provável que colocassem a culpa em mim, mesmo que eu fosse inocente. A promotoria conseguiria convencer o júri da minha culpa com o pé nas costas, independentemente de a acusação ser verdadeira ou não. E Abe havia sumido. Eu não sabia nem seu endereço.

"Era impossível tirar os olhos do armário em que tinha guardado a mala. Eu ficava pensando que ele poderia abrir a qualquer instante, como em um filme de terror, e Simone sairia lá de dentro, seu rosto desfigurado, apontando para mim, me acusando. Havia um resto de conhaque no apartamento, que bebi, mas isso só serviu para me deixar enjoado, então vomitei de novo. Finalmente, lembrei que havia soníferos em algum lugar. Encontrei o frasco em uma gaveta e tomei alguns comprimidos. Caí no sono com a roupa que estava e só acordei na manhã seguinte, com o nascer do sol. Dormi por oito horas.

"A primeira coisa que fiz foi ir até o armário e abrir a porta. Estava vazio. Minhas pernas quase cederam. Quando me acalmei, descobri que as coisas de Abe também haviam sumido. Imaginei que ele tivesse voltado para casa e levado tudo. Ao procurar por uma mala, tinha encontrado o corpo de Simone. Mas não entendi por que ele a levara.

"Tomei banho, troquei de roupa e fui falar com o porteiro. Perguntei se tinha visto Abe, mas ele disse que não. Seu turno havia acabado de começar, e o porteiro da noite já tinha ido embora.

"Mais tarde, a polícia bateu à minha porta. Devo ter fumado um maço inteiro de cigarros, acendendo um no outro, então minhas mãos tremiam, e mal conseguia ficar em pé.

"Havia dois policiais fardados, um com quase 60 anos, o outro mais ou menos da minha idade. Quando abri a porta, a primeira coisa que vi foi a mala desaparecida entre eles. Por mais estranho que pareça, quase me senti aliviado: eu ia pagar pelos meus atos, se tivessem sido meus mesmo, mas pelo menos aquela situação se resolveria, de um jeito ou de outro. Convidei os dois para entrar e confirmei que realmente era Joshua Fleischer, americano.

"Eles começaram perguntando se a mala era minha. Confirmei que sim. Então me perguntaram por que a larguei na esquina da Rue Duplessis e da Rue de Plone, a cinco minutos de caminhada do meu prédio, às três da madrugada. Um mendigo que dormia lá me reconheceu como o americano da Rue de Rome.

"Respondi que não tive nada a ver com o abandono da mala, que o mendigo provavelmente vira Abraham Hale, meu ex-colega de quarto, que fora até lá no meio da noite, enquanto eu estava dormindo, e tinha mais ou menos a mesma altura e peso.

"Então me perguntaram se eu tinha uma calça verde e um paletó azul-marinho. Essas eram as roupas novas que eu havia comprado perto do Hotel Le Méridien. Confirmei que as roupas eram minhas e que as usara no dia anterior, mas que aquele ainda era um caso de identidade trocada: eu tinha tomado um sonífero forte e passara a noite toda dormindo. Mas existiam sinais de que Abraham Hale estivera no apartamento. Poderia ser que ele estivesse usando minhas roupas, já que fazia isso às vezes.

"Acendi um cigarro, me perguntando se seria possível que os dois não tivessem olhado dentro da mala e não soubessem que ela abrigava o corpo de uma mulher. Ou talvez aquilo fosse apenas um jogo mórbido e o corpo de Simone já estivesse no necrotério, na mesa da necropsia, e o prédio estivesse cercado por policiais esperando o sinal para entrar no apartamento e me prender.

"O mais velho perguntou se eu estava ciente de que uma mala poderia ser aberta sem um mandado judicial se tivesse sido abandonada. *Vai começar*, pensei. Respondi que sabia disso, e ele enfiou as mãos dentro dos bolsos da calça. Notei a arma no coldre e um par de algemas de aço preso em seu cinto. O policial mais jovem se inclinou e abriu a mala.

"Ela estava cheia de roupas, que pareciam ter sido guardadas na pressa. As roupas de Abe, para ser mais preciso, as que haviam sumido do apartamento no meio da madrugada. Nem sinal do corpo. Os policiais me perguntaram por que eu tinha jogado aquelas coisas fora.

"Não entendi nada. Por que Abe tinha abandonado a mala incriminadora em um lugar tão visível depois de ter dado um jeito de se livrar do corpo?

"'O senhor brigou com o... Sr. Hale?', continuaram as perguntas. 'Onde está o Sr. Hale agora?' 'Onde e quando o senhor o viu pela última vez?'

"Contei que Abe estava se comportando de um jeito estranho, mas briga não era a melhor palavra para descrever o que vinha acontecendo entre nós. Ele havia se mudado para algum lugar no 18º arrondissement, até onde eu sabia. Nunca o visitei. A última vez que nos encontramos tinha sido em uma cafeteria, quase uma semana antes.

"Finalmente, os dois foram embora. Depois que fechei a porta, me sentei em uma poltrona e tentei entender o que estava acontecendo. Após alguns minutos, desisti. Minha cabeça doía tanto que quase desmaiei de novo.

"Revirei as roupas na mala, na esperança louca de achar uma pista. Em uma gaveta, encontrei o passaporte de Abe e um medalhão pequeno de ouro da Estátua da Liberdade que eu tinha dado a Laura, a irmã de Simone, apesar de não fazer ideia de como aquilo havia ido parar nas mãos dele. E ali, embaixo das pilhas de roupa, encontrei um papel com uma única palavra em letras maiúsculas: FUJA!

"Agi por instinto: segui o bilhete ao pé da letra e fugi. Comprei uma passagem só de ida para Nova York, fiz as malas e fui para o aeroporto no dia seguinte. Usei o passaporte de Abe, porque o meu tinha sumido, e eu estava com medo demais para ir ao consulado tirar uma segunda via. O importante era voltar para casa o mais rápido possível.

"Depois que passei pelo controle de passaporte e entrei nos Estados Unidos, me sentei em um banco do lado de fora do aeroporto e chorei. Algumas pessoas me perguntaram se poderiam ajudar, mas eu não conseguia emitir uma palavra.

"O restante não tem nada a ver com o motivo pelo qual o convidei para vir até aqui. Passei alguns meses no México e, aos poucos, voltei para minha vida. O medo de a polícia bater à minha porta foi sumindo gradualmente até desaparecer por completo.

"Só tive relacionamentos ocasionais e superficiais com mulheres depois disso, e nunca pensei em me casar. Se eu tivesse me transformado em um assassino na noite no hotel, aquilo poderia se repetir, então precisei acabar com qualquer possibilidade de algo tão horrível acontecer de novo.

"Nunca mais tive notícias de Simone ou Abe. Por muitos anos, tentei esquecer tudo e, por um tempo, achei ter conseguido. E então, algumas semanas atrás, algo aconteceu. Os detalhes não importam. Mas percebi que as lembranças sempre estiveram aqui, trancadas em um quarto secreto no meu cérebro, esperando. Eu nunca me perdoei pelo que aconteceu naquela noite, pelo fato de ter estado lá, independentemente de ter sido o assassino ou não. Fugi como um covarde em vez de tentar esclarecer a questão e assumir a responsabilidade pelos meus atos.

"Tentei compensar o remorso dedicando boa parte da minha vida a obras de caridade. Eu queria poder voltar atrás. Não posso fazer isso, mas não quero terminar a vida sem saber se sou ou não um criminoso."

Permanecemos sentados ali, no breu, e me senti tão exausto quanto Josh parecia estar. Agora, era impossível enxergar seu rosto. Ele era apenas uma sombra escura, uma silhueta vaga, dissolvida na água preta na qual estávamos submersos, prisioneiros do mistério que finalmente fora compartilhado comigo.

Devagar, Josh se levantou e acendeu as luzes antes de voltar a se sentar na poltrona.

— Agora, você já sabe de tudo — disse ele, me encarando com um ar desafiador. — E, amanhã, se concordar, podemos começar nossa tarefa.

— Não é tão simples assim — expliquei. — Primeiro, preciso do seu histórico médico. Segundo, também preciso que você assine uma declaração confirmando que compreende os riscos que esse tipo de terapia envolve e que assume total responsabilidade por possíveis consequências. Dependendo dos remédios que estiver tomando, não sei se a declaração será legalmente válida, considerando o possível argumento de imputabilidade diminuída.

— Eu sei de tudo isso. Há uma cópia do meu histórico médico no seu quarto. Meu advogado já me orientou sobre a declaração. Os analgésicos e as doses que tomo não diminuem minha capacidade mental.

— Parece que você pensou em tudo.

— Passei meses e anos pensando nisso, e sou um homem que gosta das coisas em ordem.

— Podemos tentar um teste de associação de palavras — sugeri. — Preciso de no máximo dois dias para criar um. Às vezes, os resultados são maravilhosos de verdade, além de muito mais certeiros do que uma regressão hipnótica.

Josh fez que não com a cabeça.

— Quero tentar a hipnose. Depois, podemos ver se preciso de outros testes.

— Josh, você tinha um diário naquela época?

— Não, não tinha. Por que a pergunta?

— Às vezes, nossa memória nos engana... Como um sábio disse muito tempo atrás, a lembrança das coisas que aconteceram não necessariamente é a lembrança de como tudo aconteceu.

— Tenho uma ótima memória, James. Sempre tive. E, nos últimos dias, antes de você chegar, escrevi tudo, tentando me lembrar de todos os detalhes exatos.

— Eu entendo e notei que você se lembra de muita coisa, mas nossa memória não é uma câmera que simplesmente registra imagens e sons; ela tem uma capacidade incrível de enfeitar e até falsificar lembranças.

— Sei o que você está sugerindo, mas garanto que não é o caso. Agora, se me der licença, preciso descansar um pouco. Nos vemos amanhã de manhã.

Encontrei um envelope com o histórico médico na mesa de centro da minha suíte. Ao lado, em um envelope que exibia o logotipo de uma das instituições de Joshua Fleischer, havia um termo de responsabilidade para o caso de as sessões de terapia causarem quaisquer consequências desagradáveis, junto com um atestado médico declarando que os medicamentos que ele tomava não afetavam sua capacidade mental.

A leucemia tinha sido detectada em estágio avançado, entrara em remissão após um tratamento com drogas citostáticas, antes de voltar e se espalhar. Era quase um milagre que Josh ainda estivesse vivo e sofrendo tão pouco. Porém, no geral, aquele era um caso típico, sem quaisquer conotações especiais.

Antes de dormir, peguei um caderno e uma caneta-tinteiro e fiz um esboço da sessão. Também escrevi um plano B, para o caso de o primeiro não funcionar.

oito

Guardei as anotações que fiz durante as duas sessões de hipnose que ocorreram em sequência no dia seguinte. Segue a transcrição completa.

Primeira sessão

Paciente: Joshua Fleischer, gênero masculino, 64 anos, acometido por leucemia, sem outros problemas de saúde informados.

O paciente aparenta leve agitação, com batimentos cardíacos e pressão sanguínea elevados, pupilas dilatadas. Está em estado de alerta emocional e quer se certificar de que cuidei de todos os detalhes. Afirma repetidas vezes que confia completamente em mim.

Antes de iniciar a sessão, ele conversou por alguns minutos com seu advogado em Nova York, por telefone. Confirmou que Walter e a enfermeira estavam de prontidão e testou o botão do pânico. Por pedido meu, as cortinas do cômodo foram fechadas. Ele se certificou de que não seríamos incomodados por médicos ou pelos funcionários da casa.

A sessão será gravada em um aparelho digital de áudio e vídeo, cujo disco rígido ficará com o paciente. A criação de cópias não foi autorizada.

*

Começo o procedimento com a indução de transe verbal.

O paciente está muito nervoso. Ele só reage de forma visível quando peço que se imagine em uma praia deserta. Seu nível de sugestionabilidade começa a aumentar. Prossigo para a indução do transe. A reação é positiva. O nível dois foi alcançado com sucesso.

Para começar, tento o método da indução objetiva. A identidade do paciente é anulada com uma visualização para diminuir a ansiedade e abandonar filtros repressivos.

— Joshua Fleischer agora tem 4 anos de idade. Ele está calmo e seguro. Você é sua única conexão com outras pessoas. Pode pedir a ele que descreva o que está vendo?

— Um gramado. Ele está com medo de uma abelha. Ela está voando perto. A Sra. Michaelson... Sim, ele... A grama está molhada. Talvez ele seja invisível. Talvez tenha desaparecido na grama. Água... Debbie devia ter vindo para ficar com ele. Ela usa meias vermelhas e sandálias brancas.

— Quem é Debbie?

— A babá dele. Ela passa horas falando no telefone, e seu cabelo é fedido. Ela tem uma verruga marrom enorme embaixo do nariz. — Josh fica nervoso, geme. — Um velho foi atropelado por um carro. A estrada estava cinza. Ele viu quando tiraram o corpo da estrada. Seu rosto estava todo vermelho. Ele não sabe aonde todo mundo foi. Debbie devia estar ali. Ele escuta a voz dela, mas não a vê. Formigas, há formigas em todo canto.

— Está tudo bem. Muitos anos se passaram, e Joshua agora tem 16 anos. Você está parado bem ao lado dele. Descreva como ele é e o que vê.

O rosto do paciente expressa medo. Ele vira a cabeça como se tentasse descobrir onde está. Então morde as unhas da mão esquerda. Com os dedos, gira uma mecha de cabelo imaginária acima da orelha.

De repente, ele se inclina para a frente, como se tivesse levado um golpe na nuca, e solta um gemido alto. Leva ambas as mãos ao rosto, cobrindo a boca, como se tentasse reprimir um grito. Então abre os olhos e me encara, sem me ver. Saliva escorre por seu queixo. Sua respiração está acelerada.

— Onde está Joshua?

— Ele... já chega... — diz o paciente, gesticulando com a mão direita, como se indicasse que algo acabou. — Por favor... per... doe... ele...

Sua voz é a de um adolescente engasgado com as próprias lágrimas. Josh chora. Mas há algo naquele tom de voz, como se ele estivesse anestesiado e sua laringe o impedisse de articular as frases de forma correta. As palavras soam arrastadas. Os olhos agora estão semicerrados. Ele se balança para a frente e para trás na poltrona, se abraçando, como um cego.

— Ele não devia estar lá — diz Josh em uma voz diferente, de adulto, amargurado e ríspido. — Que diabos *ele* estava fazendo lá, com aquela garota? De todos os garotos, precisava ser *ele*? E, pelo amor de Deus, quem deixou que bebesse?

De repente, Josh se joga para trás, batendo os ombros contra o encosto da poltrona. Suas duas mãos tocam a clavícula esquerda. O som que emite sugere uma dor forte.

— O quarto vermelho — diz ele. — Aquele quarto... Nunca mais quero voltar lá...

Fico em silêncio por dez segundos antes de aprofundar o estado de relaxamento, levando-o para o nível três. Sua respiração volta ao normal. A expressão em seu rosto relaxa.

— Dez anos se passaram, e Josh se formou na faculdade. Como ele comemora a formatura?

O paciente parece preocupado. Ele ri, passa a língua sobre os lábios várias vezes, engole em seco, como se estivesse salivando muito. Então diz algo em voz baixa, mas não consigo entender.

Ele parece procurar por um objeto ao seu lado. E fica olhando para o pulso esquerdo, como se tentasse ver as horas.

— Acho que ela não vem — diz ele, e gesticula como se estivesse acendendo um cigarro. Então "fuma", irritado, cada vez mais agitado. — E aí, Phil, como vão as coisas? Não, cara, acho que não, vou esperar mais um pouco, e talvez... Alguém precisa... Não é questão de covardia, mas só...

Josh não fala mais nada. Ele se concentra, como se tentasse se lembrar de algo. Seus lábios se movem sem emitir som. Sua expressão facial se altera várias vezes em intervalos de segundos. Então ele respira fundo e entra em um estado quase catatônico, os braços esticados diante do corpo com as palmas para a frente, como se libertasse um pássaro preso.

— Joshua está em Paris, na França, na suíte de um hotel chamado Le Méridien. Abe Hale, seu amigo, deve chegar em alguns minutos. Joshua e Simone já estão lá.

O paciente parece se concentrar muito e concorda rapidamente com a cabeça, como se tentasse entender o que esperam que ele faça, sem sucesso.

— Joshua acha que estão cometendo um erro — diz ele com tristeza. — Ele gosta dali e quer ficar. Não acredita que Simone tenha concordado com aquela ideia. Ele sabe que pode ser perigoso, mas... Talvez não seja a única maneira...

— Foi Josh quem sugeriu que se encontrassem lá?

— Não, foi ela... Que diferença faz, afinal? Abe não devia ter vindo.

— Por que eles estão nessa suíte de hotel?

— Ela disse que queria... Abe está tentando convencê-la a mudar de ideia, mas Simone não quer. Que lunático. Ela diz que prefere morrer a contar que...

Sua voz está baixa, cansada. Então Josh dá um pulo na poltrona, vira a cabeça como se tivesse escutado um barulho à direita. Seus lábios se movem, mas ele permanece em silêncio por alguns segundos.

— É o serviço de quarto. Pediram outra garrafa — diz o paciente, olhando para algo invisível no lado direito. — Ei, onde... Não, ele não acha que...

Josh olha ao redor, piscando rápido, como alguém que de repente fica no escuro e tenta descobrir onde está. De repente, ele escancara a boca e fica paralisado, com uma expressão apavorada no rosto, os olhos arregalados, encarando o nada. O suor escorre por seu corpo.

— Há um relógio na parede. Olhe para ele e me diga que horas são.

Josh vira a cabeça para a esquerda, devagar, como uma boneca mecanizada. Então resmunga algo inaudível.

— Que horas são?

— Não — responde Josh enquanto balança a cabeça com firmeza. — Ele não consegue. Acha que seria errado. Nem hoje, nem nunca. Eles deviam... — O paciente ergue as pernas e abraça os joelhos, como se estivesse sentado no chão. — Precisam... É um erro... Não, ele não vai dizer nada. Cada um deve tomar sua decisão.

Josh continua balançando a cabeça, e, de vez em quando, parece observar alguém se mover ao seu redor em um espaço apertado. Suas mãos parecem segurar um livro, folhear páginas, e sua cabeça balança.

— Agora...

— Ele a encontrou agora... Ah, meu Deus, não pode ser! O que foi que fizeram? Ah, não...

Seu grito é tão alto que tenho certeza de que a casa inteira escutou. Josh se inclina para a frente, coloca os pés no chão e aperta os joelhos com força. Seu corpo fica paralisado, mais uma vez catatônico.

As perguntas param de surtir efeito, duas sugestões sucessivas de regressão são ignoradas. Decido não levar o transe ao nível quatro. Aos poucos, começo a guiá-lo para um estado desperto.

Ele respira fundo, olha em todas as direções, fita o relógio sobre a mesa.

— Só se passaram 12 minutos — diz.

— Chegamos a um impasse — explico. — Não faria sentido continuar.

— Então, o que descobrimos?

Josh está impaciente, sua habitual máscara de compostura parece ter sido deixada de lado, e não há nenhum esforço para colocá-la de volta no lugar.

— Nada importante — respondo, e ele não consegue disfarçar a decepção. — Você estava lá, no quarto de hotel, provavelmente com Simone e Abe, como me contou antes. Alguém tentou fazer os outros mudarem de ideia sobre alguma coisa. Abe chegou depois, mas parece que vocês dois o esperavam no quarto. Acho que você não estava se escondendo, como me disse. Sua memória parece estar guardando muito bem essas lembranças, como era de se esperar. Você ficou repetindo que não ia contar nada.

— Só isso? — pergunta Josh.

Seu olhar vai de mim para o gravador de vídeo, como se suspeitasse que estou escondendo alguma coisa.

Digo que a primeira sessão costuma ser exploratória e que, na segunda, não vou usar objetificação. Explico como o método funciona — é sugerido ao indivíduo que ele é uma pessoa diferente e que deve descrever uma cena, de forma a eliminar bloqueios e inibições. A descrição da situação a partir de uma perspectiva imparcial aumenta muito a exatidão do relato. Na próxima sessão, pretendo usar sua identidade real.

Josh não parece convencido, mas então concorda e me diz que a segunda sessão deve ocorrer imediatamente. Sugiro que descanse por algumas horas, para conseguir relaxar o máximo possível. Talvez seja bom escutar música enquanto tenta esvaziar a mente de pensamentos.

Minha sugestão é recusada e, em vez disso, sou convidado para andar a cavalo.

Ele me pede que dirija. Walter tira o carro da garagem, e partimos. Josh indica o caminho. Paramos perto da saída para a Interstate 95, a trinta quilômetros da rodovia, em um restaurante chamado Nancy's Diner. Pedimos duas lagostas, mas ele quase não come. Falamos sobre técnicas de pescaria, e fico sabendo que Josh costumava ir pescar com um amigo durante a alta temporada. Sua cabeça está em outro lugar, sua postura mudou. Ele parece estar metade ausente e metade hostil. O fato de eu estar fazendo anotações o incomoda.

Pergunto se a sessão trouxe alguma lembrança nova, mas não recebo uma resposta direta.

Pontuo que qualquer detalhe pode ser fundamental para uma investigação psicológica deste tipo.

Josh hesita por alguns instantes, mas então me diz:

— Acho que a matei, James. Eu me lembrei de algumas coisas... Coisas diferentes, coisas ruins... Elas simplesmente apareceram na minha cabeça. Até agora, consigo vê-las, mas de um jeito distante, como se eu assistisse a um filme ou algo parecido.

— Você não percebe agora — digo —, mas seu cérebro passou por uma tempestade. Espere as informações se encaixarem antes de chegar a conclusões precipitadas. Nossa memória não apenas tem lacunas, mas também lembranças falsas. As pessoas que testemunham acidentes de carro, por exemplo, costumam descrever a cena de um jeito completamente diferente do que aconteceu de fato. O que registramos em nossa memória não é o mesmo que é registrado pela retina, porque não somos robôs. A consciência funciona como um diretor de cinema, cortando as cenas do filme do jeito que preferir, juntando trechos para lhe dar certo sentido e significado. Na verdade, não registramos *fatos*, mas *emoções* e *ideias*, que diferem de uma pessoa para a outra, mesmo que os eventos sejam os mesmos.

— Sei disso tudo — afirma ele, cansado. — Só que estou mais convencido do que nunca de que fui eu quem a matou. Não sei por que teria feito algo assim, mas a culpa foi minha.

Josh reage como se nunca tivesse cogitado de verdade que pudesse ser o culpado pela morte de Simone e que, de repente, tivesse tido uma revelação impressionante, que deixou tudo muito claro.

Voltamos para a casa.

A pressão arterial, a frequência cardíaca, o pulso e o nível de glicose de Josh são verificados outra vez. Ele recebe seu medicamento atual, sem os analgésicos. Vamos para a sala de estar e ligamos o gravador. Nós nos sentamos em lugares diferentes. Josh se deita no sofá, e eu me acomodo na poltrona. A segunda sessão começa.

Segunda sessão

O paciente entra em transe com mais facilidade desta vez. Sua respiração está pesada, sugerindo um estado de sono profundo.

Josh reage de forma positiva à minha sugestão de que tem 4 anos e me conta sobre o dia em que comprou seu primeiro par de chinelos. Ele coopera bastante. Mais uma vez, menciona a preocupação de estar próximo à água.

Pergunto como ele foi parar em Paris depois da formatura. Josh franze a testa.

— Ele sugeriu que eu deveria ir embora. Não sei por quê. Não quero ir para lá. Mas, depois do escândalo, tudo mudou.

— Que escândalo?

Silêncio.

Repito a pergunta:

— Que escândalo?

— Aquela história com o marido dela. Quem se importa? Todo mundo sabe. O cara foi morto, e eu fui para Paris, mas as coisas só pioraram. Com *ele*, as coisas sempre pioram. E todo mundo precisa fazer todas as vontades dele. Ele nunca tem culpa de nada que acontece ao seu redor, não é?

— Você está falando do Abe?

— Ele foi... Se tivesse me escutado, aquele escândalo todo nunca teria acontecido.

— Você está falando do Abe?

— O cara que... Não posso contar nada. — Seu tom de voz muda. Josh "olha" ao redor, preocupado. — A gente não devia falar sobre isso... Se ele descobrir... Melhor deixar para lá... Não sei o que fazer... Ninguém sabe.

Josh fica quieto. Então sussurra algo ininteligível e balança a cabeça.

— Quais são os seus sentimentos em relação a Simone?

Sem hesitar, ele responde:

— Ela é diferente. Não quero machucá-la. Tenho certeza de que ele vai machucá-la se... Acho que a amo.

— Alguém quer machucar Simone?

— Ele quer... Isso faz parte da sua personalidade, foi como aprendeu a ser. Ele é uma pessoa ruim. "E todos os homens matam aquilo que amam... O covarde o faz com um beijo... O corajoso, com uma espada." — Josh fica em silêncio por um bom tempo. — Ela não o ama. Ele devia ir embora do país.

— E o que *ele* quer fazer com Simone?

Josh suspira, passa a mão direita pelo cabelo, vira a cabeça. Seus olhos estão fechados, mas vejo seus globos oculares se movendo rápido sob as pálpebras.

— Essa minha mania idiota de ajudar os outros... Ele sempre me diz que vai... Apesar de eu já ter deixado claro que...

— Abe é a pessoa que quer machucar Simone?

Josh abre um sorriso maldoso. Sua voz muda.

— Não, é a porra do Papai Noel.

— Quero que você preste bastante atenção em mim. Como você chegou ao Hotel Le Méridien? Com Simone e Abe? Foi depois deles? Que horas o relógio da parede marcava quando você entrou no apartamento?

Josh parece assustado, seu rosto se contorce.

— Quem contou isso para você? — sussurra. — Ninguém pode saber. É muito importante que ninguém saiba. Ele roubou meu passaporte, aquele desgraçado maluco!

— Você me contou, porque confia completamente em mim. E quero que continue me explicando o que aconteceu.

Josh faz que não com a cabeça, tenta se levantar do sofá.

— Estou com medo — diz.

— Não precisa ficar com medo — garanto. — Você está seguro agora, ninguém pode te machucar.

— Você não entendeu, não é? — rebate Josh, irritado. — É muito importante que ninguém saiba de nada. Ele a mataria.

— Por quê?

— Porque as pessoas não entenderiam... Ela sofreu tanto por causa de...

— Mas, agora, todos estão longe, seguros, e não podem machucar você. Não podem machucar nem você nem ninguém. Eles foram embora para sempre. Não precisa ter mais medo.

Josh balança a cabeça como se não estivesse nada convencido de que falo a verdade.

— O que aconteceu naquela noite?

— Houve uma briga.

— Você está falando sobre Simone?

— Estou.

— Você chegou ao hotel primeiro? Quer dizer, antes dele? Simone estava com você?

— Cheguei primeiro. Precisei beber muito. Eu estava nervoso. Teve uma hora em que saí do quarto e pensei em ir embora, mas voltei. Disse para ele parar de machucar os outros.

— Do que você está falando exatamente?

— Sobre ele, sobre o que ele fez com a gente.

— Diga o que foi.

— Não posso, ninguém entenderia...

— E ele foi o responsável por essa situação?

— Eu estava apavorado, não sei...

Josh fica imóvel. De repente fica mais agitado. Ele cerra a mão direita em um punho começa a dar socos no ar.

— Sangue — sussurra, e as lágrimas começam a escorrer pelo seu rosto. — Sangue, como na estrada. A estrada é cinza, e todos morreram. Eu a vejo. Seus olhos estão cheios de sangue. Ela está chorando sangue.

De repente, seu corpo inteiro começa a tremer, como se tivesse sofrido um choque elétrico. Espuma branca surge nos cantos de sua boca. Suas mãos se dobram, como se ele tentasse empurrar um peso que aperta seu peito. Os dedos estão envergados como se fossem garras.

Encerro a sessão e o tiro do transe, mas Josh permanece paralisado nessa posição. Aperto o botão do pânico, e a enfermeira chega no mesmo instante.

Permaneci na casa por mais dois dias, porém não consegui falar com Josh de novo.

Ele sofreu um colapso nervoso, apesar de os exames não terem mostrado mudanças significativas em sua saúde. Seu estado geral estava extremamente alterado. Ele não esboçava nem curiosidade para descobrir se a segunda sessão revelara alguma novidade.

Escrevi um relatório que foi trancado em um cofre, esperando o momento em que Josh quisesse lê-lo.

Evitei relatar conclusões precisas, mas eu tinha certeza de que, no mínimo, ele fora cúmplice no assassinato da mulher, se não o único culpado.

Pelas informações que eu tinha, nem Josh nem Abraham Hale pareciam ter o perfil psicológico de um assassino em potencial. Mas existem pessoas que jamais deveriam se conhecer, como Bonnie e Clyde. É algo semelhante a uma reação química — duas substâncias inofensivas podem causar uma explosão ao se misturarem. Quando Josh tocou a campainha daquele apartamento em Nova Jersey e conheceu Abraham, sua vida mudou para sempre.

Fora isso, havia muitas coisas que não se encaixavam e cuja sequência e importância real eram difíceis de determinar. Mas assegurei a mim mesmo que, dadas as circunstâncias, aquilo não tinha importância.

Quando fui me despedir, enquanto Walter levava minhas malas para o carro, Josh tentou me dizer alguma coisa, mas não conseguiu articular as palavras. Ele estava deitado na cama, as mãos e o rosto tão brancos quanto os lençóis. Então gesticulou, irritado, e se virou para a parede.

Eu tinha certeza de que nunca mais o veria. Mas também tive a impressão de que a história não havia acabado.

Antes de eu entrar no carro, Walter me entregou um envelope com meu nome.

— Do Sr. Fleischer — disse ele. — Peço que só abra quando chegar a Nova York.

Eu lhe agradeci, coloquei o envelope no porta-luvas e fui embora. Walter permaneceu na varanda e acenou, me seguindo com o olhar.

Quando os portões de ferro se fecharam às minhas costas, suspirei de alívio. Parecia que eu tinha passado dias trancado em um quarto mofado e alguém finalmente abrira as janelas, deixando o ar entrar.

De todos os pacientes que tive ao longo dos anos, Joshua Fleischer fora o mais próximo da morte. E essa morte, a morte dele, era uma presença quase palpável, escondida em um canto, aguardando o momento certo.

Não me recordo muito da volta para casa. A estrada estava mais cheia do que na ida, e uma chuva pesada e com muita névoa me seguiu por horas. Parei em um posto de gasolina para encher o tanque e tomar um café, tentando decidir o que fazer no dia seguinte. Eu não conseguia parar de pensar na história de Josh e tinha certeza de que ela permaneceria em minhas lembranças por muito tempo.

nove

Cheguei exausto à minha casa, tomei banho e fui direto para a cama. Assim que acordei no dia seguinte, um colega de Los Angeles me ligou para contar sobre uma conferência na Suíça que ocorreria dali a três dias. O professor Atkins estava resfriado e não poderia comparecer, apesar de ser um dos palestrantes. O convite me pegou de surpresa, mas aceitei substituí-lo — seria algo para ocupar minha mente além da história de Josh.

Deixei o envelope em cima da minha escrivaninha em casa e, depois que voltei da conferência, fitava-o enquanto lia meus e-mails e escrevia o esboço do meu relatório para a UCLA, mas não tinha coragem de abri-lo. Suspeitava que seria uma carta de despedida, e ainda não me sentia disposto a encará-la.

Eu gostava de Josh. Ele era quase um personagem fictício, dividido entre o bem e o mal, mas que, mesmo assim, encontrara forças para ajudar tanta gente. Será que ele matara Simone em Paris, tanto tempo atrás? E, se tivesse matado, por que o fizera? Era provável que ninguém jamais descobrisse a verdade.

Em uma noite, decidi que havia chegado a hora de ler a carta.

Eu estava assistindo a um filme antigo na televisão e tinha feito uma xícara de café. Fui até a escrivaninha e me sentei para organizar minha agenda para os próximos dias. O envelope estava lá, entre o porta-lápis e o laptop. Pensei que ele poderia conter algum último pedido do meu ex-paciente, que seria errado ignorá-lo. Então o abri.

Lá dentro, encontrei um envelope menor. O maior abrigava duas folhas de papel com meu nome. Era uma carta de Josh, como imaginei.

Querido James,

Quando você ler isto, seu trabalho terá terminado. Não sei se vamos conseguir solucionar o mistério e, agora, nem sei se um dia quis fazer mesmo isso. Mas sei que você veio me ajudar e que não o fez pelo dinheiro, então quero lhe agradecer mais uma vez.

Não escolhi você apenas por sua comprovada competência e seu renome no mundo acadêmico. Além dessas coisas, minha investigação preliminar o recomendou por outro motivo — de certa forma, uma tragédia parecida também ocorreu na sua vida. Estou me referindo, é claro, a Julie Mitchell. Imagino que você compreenda bem o que é sentir culpa e remorso.

Não se sinta envergonhado pelo fato de eu ter pesquisado seu passado. Só fiz isso para conhecê-lo melhor, antes de lhe confiar o segredo mais tenebroso da minha vida. E também, talvez, porque ouvi um certo tipo de intuição no qual sempre acreditei e que raramente me decepcionou.

Com frequência, as pessoas não enxergam com bons olhos o dinheiro, e seu poder é injustamente considerado exagerado. Acho que isso acontece porque a riqueza sempre foi privilégio de uma minoria minúscula. É por isso que aqueles que nunca enriquecem jamais saberão o poder quase místico que se esconde por trás de uma fortuna verdadeira. Acredite quando falo, o dinheiro tem muito poder.

Então meu dinheiro me permitiu obter uma cópia de certo documento. Ele está no envelope em anexo. Confesso que li tudo. Acredito que seu teor irá ajudá-lo a esclarecer um dilema. É o que posso fazer por você.

Por que essa carta permaneceu escondida até agora? Porque dois pais tomados pela tristeza decidiram escondê-la de você. Eles estavam convencidos de que você tinha causado a morte da filha deles de um jeito ou de outro. Talvez parte de você acreditasse na mesma coisa. Não sei se ainda pensa assim hoje em dia, mas estou mais ou menos convencido de que sim.

Menti quando disse que não tenho medo da morte. Quando penso no momento em que estarei no precipício, sinto mais pavor do que nunca, apesar de estar exausto de lutar contra a doença. É o mesmo sentimento que eu tive àquela vez, em Paris, a sensação aterrorizante de encarar algo irreversível, completamente consciente do fato de que tudo o que aconteceu e tudo o que está prestes a acontecer comigo jamais poderão ser reparados, pelo menos não neste mundo. E, nos últimos dias, percebi que, independentemente do que aconteceu mesmo em Paris, caso tenha sido minha culpa ou não, eu também morri naquela noite.

Agora que estou tão perto da morte, reconheço as mesmas sensações, os mesmos gostos e os mesmos cheiros. Minha memória talvez tenha me enganado sobre muitas coisas, mas essas sensações permaneceram intactas em algum canto da minha mente. Talvez seja impossível descobrir o que aconteceu naquela noite em Paris, mas não tenho dúvida de que estive na presença da morte.

É um erro idealizar a juventude. Não há idade mais banal na vida, e os jovens são presas fáceis para uma infinidade de clichês. Eles estudam porque são obrigados, aprendem coisas inúteis que logo esquecerão. Cultivam ambições ingênuas, se apaixonam, se odeiam com uma facilidade irresponsável, por não fazerem ideia do significado do amor, do desejo e da paixão, nem das consequências de sentimentos extremos.

Na verdade, é a idade em que muita gente destrói sua vida e cai em armadilhas impossíveis de escapar. É a idade em que futuros alcoólatras, assassinos, ladrões, torturadores, golpistas e cúmplices silenciosos do mal constroem suas personalidades.

Uma fase em que acreditamos que até os piores erros podem ser compensados, perdoados e esquecidos. Não concordo. Acho que temos uma propensão maior para cometer erros irreparáveis na juventude, quando nossa essência verdadeira ainda está intacta, do que mais tarde, quando a sociedade já nos envolveu em um casulo de medo, cansaço e inibição, que anestesia nossos sentidos e abafa nossos impulsos verdadeiros. Nenhum adulto jamais será tão cruel quanto um jovem maldoso. O destino colocou alguém assim no meu caminho, e, talvez, na época, eu fosse igual. Eu, Abe e Simone jamais deveríamos ter nos conhecido. Seria fácil colocar a culpa neles dois, mas algo dentro de mim aceitou e até amou o mal que nos cercava, e seguiu essa maldade até o quarto onde o assassinato ocorreu.

É provável que nós nunca mais nos vejamos. Sinto muito que não tenhamos nos conhecido antes, em circunstâncias diferentes. Cuide-se. Você é um bom homem.

Seu amigo,
Josh

P.S.: Por favor, não tente continuar investigando, porque a situação é muito mais complicada do que eu poderia explicar. Durante nossas conversas, me dei conta de uma coisa: alguns acontecimentos devem permanecer ocultos, porque, quando vêm à tona, murcham como flores puxadas pela raiz, perdendo o formato e o sentido. Elas se tornam apenas objetos abstratos, momentos sem sentido, manchas de tinta que podem ser interpretadas de formas completamente diferentes, porque, independentemente do que cada pessoa vê, os significados iniciais desapareceram há muito tempo, mesmo para aqueles que os viram no momento em que ocorreram. Todos nós temos o direito de esquecer e sermos esquecidos. Então deixe os mortos dormirem em paz, James. É melhor assim.

Percebi que ele devia ter escrito a carta na manhã do dia em que conduzimos as sessões, ou na noite anterior. Mais uma vez, me senti muito triste por não ter sido capaz de lhe dar a paz que buscava.

Analisei o segundo envelope.

Julie sempre pareceu distante e confiante durante nosso relacionamento, como se tudo não passasse de uma brincadeira. O que tínhamos não era nem um relacionamento propriamente dito, apenas alguns encontros sexuais em circunstâncias e lugares bizarros o suficiente para me darem a impressão de que eu não passava de um objeto inanimado para experiências, como aqueles manequins para testes de colisão.

Falei isso para ela uma vez, e minhas suspeitas foram mais ou menos confirmadas.

— Acho que, às vezes, os homens encaram a situação oposta como sendo normal, quando as mulheres são objetos sexuais

— dissera Julie. — Por séculos, vocês viram as mulheres como criaturas sujeitas às suas fantasias, sem jamais parar para pensar que, na verdade, poderia ser ao contrário. Talvez sempre tenha sido uma conspiração feminina, quem sabe?

— Até o começo do século XX, o que é muito recente, as mulheres ainda eram vistas como ninfomaníacas se tinham orgasmos intensos demais, correndo o risco de serem internadas em manicômios — expliquei. — As estatísticas da era vitoriana indicam que um homem frequentava bordeis três vezes por semana, na média, e isso era normal, mas uma mulher que traía o marido por prazer corria o risco de ser diagnosticada como louca e passar o resto da vida trancafiada em um manicômio.

— É porque os homens têm medo dos mistérios do corpo feminino. Sabe o que eu acho que sexo significa para a maioria dos caras?

— Imagino que você vá me contar.

— É o seu jeito de aceitar a ideia de que vão morrer.

— O mesmo não vale para as mulheres?

— Já faz muito tempo que aceitei minha morte e decidi escolher por conta própria quando isso vai acontecer.

— Então o que o sexo significa para você?

— É a melhor forma de conhecer uma pessoa de verdade.

Abri o envelope.

Ele abrigava uma cópia de uma mensagem escrita com letra corrida, em duas páginas arrancadas de um caderno espiral, com caneta esferográfica.

Querido,

Assim que você decide morrer, a vida se torna incrivelmente fácil. Desse momento em diante, conseguimos aproveitá-la sem limitações, medo ou vergonha. Tomei minha decisão muito tempo antes de conhecer você. Nosso encontro foi apenas um acidente de percurso. Ele não mudou minha escolha, porque nada o faria, mas me faz adiá-la por um tempo. Talvez você nunca compreenda quantos momentos maravilhosos me deu no meu último ano neste mundo.

Tudo o que eu escrever vai soar falso, porém não quero ir embora sem me despedir. Mas seria impossível fazer isso olhando nos seus olhos. Espero que me permita este pequeno ato covarde.

Durante nosso relacionamento, você me fez perguntas sobre mim mesma, e eu também. Muitas vezes, menti em minhas respostas, não por ter medo da verdade ou por alguma brincadeira perversa, mas apenas por não saber o que dizer. Passei a vida inteira evitando respostas e a verdade; tudo começou quando eu tinha 5 anos e alguém tentou me explicar que Papai Noel não existe. Foi naquela época que entendi que a verdade não tem valor nenhum, que a imaginação é tudo. A tal verdade não passa de um cemitério, a totalidade de todas as coisas que morreram porque as pessoas pararam de sonhar com elas. Por milhares e milhares de anos, milhões de apaixonados sonhavam com a lua, até Neil Armstrong ir até lá e provar que ela é apenas uma bola de poeira sem graça, um lugar árido e hostil.

Acho que eu devia ter uns 12 anos quando meus pais planejaram uma viagem para o Grand Canyon. Eles me mostraram fotos, compraram revistas e livros ilustrados bonitos sobre o lugar. Tentei não olhar nada antes, porque queria abrir meus olhos e descobrir que estava em um lugar mais maravilhoso do que seria possível imaginar. Eu queria perder o fôlego, ficar sem palavras. Não foi desse jeito — meus pais se certificaram disso. Mas foi exatamente assim que me senti quando conheci você. Muito obrigada por tudo o que fez por mim e por tentar me salvar. De certa forma, você conseguiu.

Eu me lembro de uma citação daquele livro de que você tanto gosta: "Não sou única e simples, mas complexa e variada." Agora chegou a hora de reunir minhas forças e partir. Estou ansiosa para fazer o que precisa ser feito. Sinto que estou prestes a embarcar em uma jornada para um lugar miraculoso e ter a alegria de ser a única sortuda escolhida.

Julie

A letra era dela, não havia dúvida. Seus pais deviam ter escondido a carta, apesar de ser uma possível prova de que nós dois tivemos um caso.

Acho que devo ter passado mais de uma hora sentado à escrivaninha, olhando para as folhas de papel espalhadas sobre a superfície, me esforçando para acalmar meus pensamentos. Tentei me lembrar da última vez em que a vi, mas não consegui. Que roupa Julie estava usando? Será que se despediu? Será que nos beijamos? Eu tentei ligar para ela depois? Ela atendeu ou tentou retornar a ligação?

— Você sempre complica as coisas — me dissera ela certa vez.

Nós estávamos no meu apartamento, deitados na cama. Eu falava sobre o livro que pretendia escrever a respeito dos meus experimentos clínicos.

— Espero que você não me transforme no "Caso da Srta. X" ou no "Arquivo nº 2343VM". Será que as pessoas sempre sabem, no fundo, por que fazem certas coisas? Você analisa eventos e fatos que não têm significado especial, revira a mente dos seus pacientes como um mecânico sob o capô de um carro, mas, às vezes, fico com a impressão de que ignora os detalhes mais essenciais. O que quer encontrar? Acho que as coisas mais maravilhosas são aquelas que não podem ser explicadas.

Juntei as folhas de papel, guardei-as no pequeno cofre atrás da escrivaninha, me arrumei e saí. Chovia, e a cidade estremecia sob a camada espessa de nuvens cinza. O chão molhado brilhava como a superfície escura de um rio.

Fui para a Sixth Avenue, ainda abarrotada de pessoas que me pareciam tão estranhas quanto se tivessem vindo de outro planeta. Parei na Joe's Pizza e comprei uma fatia, depois entrei em um bar e pedi uma bebida.

Em algum lugar, a centenas de quilômetros de distância, um homem estava em agonia, cercado por fantasmas, em meio a uma fortuna que perdera o poder de protegê-lo contra tudo e todos. Não apenas ele me pegara pela mão e me levara à sua casa assombrada, mas também redespertara meus pesadelos.

Acho que foi então, naquele momento, enquanto a chuva acinzentada me encarava do outro lado da janela do bar, que decidi descobrir o que tinha acontecido naquela noite em Paris — se não pela paz de espírito de Josh, pela minha.

No dia seguinte, liguei para Kenneth Mallory. Ele fora detetive da polícia de Nova York por dez anos antes de decidir abrir a própria agência de investigação. Era o favorito das agências de talento na Broadway quando precisavam descobrir mais sobre o passado de algum cliente. Era arriscado investir milhões em marketing para que depois um tabloide de quinta estragasse tudo com uma matéria sobre drogas, orgias e carros roubados. Então ele se especializara em investigar o passado das pessoas e se tornara um dos fantasmas da cidade, um homem com acesso aos segredos bem-guardados dos ricos e famosos, discreto, obstinado e eficiente, uma sombra em carne e osso pelas ruas de Nova York.

Nós tínhamos nos conhecido quatro anos antes, quando a polícia suspeitara que um de meus pacientes contratara um matador para assassinar a esposa. Pouco antes de ser morta por um tiro em sua casa em Fort Greene, Brooklyn, a mulher assinara uma apólice de seguro que pagaria um valor alto de seis dígitos, então a empresa havia chamado Mallory para investigar o caso. No fim das contas, o assassino fora preso, e ninguém conseguira provar nenhuma ligação entre ele e o marido da vítima.

Eu não diria que nos tornamos amigos, porque duvidava que esse tipo de conceito existisse no vocabulário do detetive, mas permanecemos em contato e jantávamos juntos duas ou três vezes por ano.

Ele aceitou o caso, e lhe mandei um e-mail com todos os detalhes que eu sabia sobre Josh, Abraham Hale e Simone Duchamp. Sugeri que começasse a investigação pelos arquivos da polícia de Paris, porque assassinatos não solucionados são deixados na geladeira e esquecidos nos arquivos por décadas. Mallory me disse que tinha um contato na polícia francesa e que me avisaria assim que descobrisse alguma coisa.

A investigação me custaria muito tempo e dinheiro, mas o cheque que Josh me dera com certeza era generoso o suficiente para cobrir todas as possíveis despesas, e eu tinha bastante tempo livre antes de começar meu próximo projeto.

Por outro lado, havia o termo de confidencialidade, que já havia sido quebrado quando passei a Mallory os nomes verdadeiros e detalhes sobre o caso. Mas ele ganhava a vida guardando segredos, então não havia nenhum risco de a história ir parar na imprensa. Mais do que isso, no fim das contas, Josh me pagara para descobrir a verdade sobre aquela noite. Eu não havia sido capaz de desvendar o mistério por conta própria, mas, com a ajuda de Mallory, talvez conseguisse.

Não tive notícias dele por uma semana, e então recebi um telefonema quando estava saindo da academia, em uma noite de quinta-feira. Cheguei ao meu carro, entrei e atendi ao telefone.

A voz de Mallory era brusca como sempre.

— Oi, pode falar? — perguntou ele. — Certo, escute. Não existe nenhum caso de assassinato com uma vítima chamada Simone Duchamp nos arquivos da polícia francesa. Não em 1976 nem em qualquer outro ano.

Fiquei muito surpreso.

— Impossível! Talvez tenham perdido o arquivo. Naquela época...

— Sim, claro, já ouvi essa teoria — rebateu Mallory. — Eles não digitalizavam os arquivos naqueles tempos e tal... Mas não pense que, antes dos computadores existirem, os detetives faziam anotações em cadernos vagabundos e depois jogavam tudo fora. Meu contato verificou todos os arquivos possíveis, e garanto que eles são bem organizados. Não existe nenhum caso em aberto sobre uma mulher chamada Simone Duchamp, com 20 e poucos anos. Eles olharam tudo entre 1970 e 1979. Talvez seu amigo tenha se enganado sobre o nome ou o ano. De toda forma, encontrei alguns casos não resolvidos de homicídios em Paris que se encaixam com a idade. Vou lhe mandar a lista por e-mail.

— Você procurou por pessoas desaparecidas? Meu paciente me disse que o corpo sumiu. Talvez nunca tenha sido encontrado e investigado como um desaparecimento, não um homicídio.

— Bem, vou fazer isso, mas, por enquanto, tente descobrir se o sujeito não lhe passou o nome errado. Depois de quatro décadas, talvez ele tenha se enganado. Você é novo demais para saber disso, mas, quando nós envelhecemos, começamos a nos lembrar de tudo de um jeito diferente. Mas, na maioria dos países, depois de alguns anos, dependendo da legislação, uma pessoa desaparecida é automaticamente considerada morta e registrada como tal. Mas vou dar outra olhada, só por garantia.

— Obrigado, Ken. Acho que não vou conseguir entrar em contato com o cara de novo.

Mallory pigarreou.

— Posso fazer uma pergunta?

— Claro.

— Você tem certeza de que quer se envolver nessa história? Quer dizer, esse seu paciente é um figurão. Já aprendi que as confusões antigas dos ricaços sempre têm muita coisa por baixo dos panos.

— Eu entendo, mas tenho certeza.

— Você confia mesmo nele? É difícil conhecer direito alguém depois de terem ficado apenas alguns dias juntos, com todo respeito à sua profissão. Talvez o cara tenha inventado essa história toda, por um motivo qualquer.

— Ken...

— Tudo bem, o dinheiro é seu. Ligo de novo quando descobrir alguma coisa.

Quatro dias depois do Dia de Ação de Graças, recebi uma carta do advogado de Josh, junto com uma foto em preto e branco e um pequeno medalhão de ouro com a imagem da Estátua da Liberdade incrustada.

Sr. Cobb,

Escrevo para informar que o Sr. Fleischer faleceu na quinta-feira, por volta das três da tarde. É um milagre que tenha aguentado por tantos dias após sua visita. Ele não sofreu e partiu durante o sono. Fico muito feliz por as coisas terem se encaminhado de forma que nós, seus amigos, pudéssemos passar as últimas horas ao seu lado e acompanhar sua partida. Era o mínimo que podíamos fazer após toda a ajuda que ele nos deu.

Atenciosamente,
Richard Orrin

P.S.: A fotografia e o pingente anexados são presentes do Sr. Fleischer. Fui informado de que a foto foi tirada em Paris, na década de 1970. Ele a manteve em sua mesa de cabeceira durante os últimos dias.

O medalhão era simples, oval, e exibia a imagem da Estátua da Liberdade. Eu o abri; o interior estava vazio.

A foto mostrava uma moça de vestido branco e chapéu de aba larga que criava uma sombra sobre seus olhos, sentada com dois homens a uma mesa em meio a árvores.

As silhuetas pareciam se diluir em manchas grandes de luz, como uma pintura impressionista. Um dos homens estava sentado diante da mulher, os cotovelos apoiados na toalha de mesa cheia de xícaras de café, garrafinhas e cinzeiros. Ele se recostava na cadeira, de pernas cruzadas. A calça boca de sino estava puxada para revelar metade de sua panturrilha esquerda. A mão direita estava posicionada sobre o colo, enquanto a esquerda permanecia no quadril, em uma pose arrogante. Sua aparência era orgulhosa, impressão acentuada por seu bigodinho fino, estilo década de 1930. O outro homem, provavelmente Abraham Hale, estava sentado à cabeceira da mesa, entre os dois, inclinado na direção da mulher, apesar de ter o olhar fixo no amigo, que o surpreendera com um gesto ou uma palavra que parecia prestes a responder.

A imagem estava estourada, fazendo com que as figuras se dissolvessem em uma espécie de névoa leitosa, e era impossível distinguir seus traços com mais clareza.

Virei a foto. Em uma caligrafia antiga, as seguintes palavras tinham sido escritas no canto inferior direito: *Uma lembrança de Paris — Abe, Josh e Simone, 29 de setembro de 1976.* Coloquei-a sobre a escrivaninha e a encarei por um tempo.

Então, não haveria despedida. Pensei nos olhos de Josh, em suas mãos murchas, sua respiração, seu rosto enrugado pelas trincheiras de uma batalha que eu não sabia determinar se fora perdida ou vencida.

Aquela fora a primeira vez em que eu havia interagido com tanta proximidade com um homem tão próximo da morte, e com certeza sempre me lembraria de cada detalhe, cada expressão facial, cada palavra e gesto, cada gemido do vento contra as janelas.

Mallory ligou alguns meses depois, após as festas de fim de ano. O detetive me disse que tinha descoberto algo interessante, e nos encontramos no dia seguinte no Gramercy, na Union Square. Depois de pedirmos a comida, ele me passou um caderno sobre a mesa. A capa era de couro preto, velha e gasta.

— Talvez você ache isso útil — disse Mallory. — Não sei direito, mas... Bem, é uma história muito confusa, você vai ver, mas os nomes desse pessoal são mencionados aí. Oficialmente, o diário pertencia a um homem chamado Jack Bertrand, que morreu em um manicômio quinze anos atrás. Ele foi preso no fim da década de 1990, acusado de homicídio culposo, julgado culpado, mas louco, e internado no Centro de Psiquiatria Forense Kirby. Não me pergunte como consegui isso, você não vai querer saber. Leia com calma, e, depois, conversamos.

Guardei o diário na minha pasta e mudei de assunto, mas mal podia esperar para dar uma olhada nas páginas. Após voltar para casa, me servi de uma xícara de café e analisei o conteúdo, que fora escrito em garranchos. O texto era quase ilegível, então, no dia seguinte, pedi a um amigo que entendia de computadores para digitalizar as páginas e passá-las por um programa de reconstrução de caligrafia. O resultado final foi um documento quase completo de 25 mil palavras, que comecei a ler na mesma noite.

dez

Diário de Jack Bertrand (1)
Nova York, Estado de Nova York, dezembro de 1998

Tudo começou com uma mulher que procurava um homem que não era eu.

Mas é melhor contar a história desde o começo, porque meu objetivo é transformar trechos aleatórios e insignificantes da realidade em uma história que possa ajudar você a entender por que acabei em um manicômio judiciário, condenado por um assassinato que não cometi.

Cerca de dois meses atrás, no dia 11 de outubro, uma mulher ligou para a emergência para avisar que estava acontecendo alguma coisa com um de seus vizinhos. O homem, chamado Abraham Hale, não tinha colocado o carro do lado certo da calçada, o que ia contra as regras de estacionamento da rua, então acabara com uma multa sob o para-brisa do seu Toyota. Aquilo nunca tinha acontecido antes, insistiu a mulher. Ela tentara entrar em contato com Hale, mas ele não atendera a campainha nem o telefone. A última vez que o tinha visto fora na tarde de quinta-feira.

Os dois moravam em um prédio de arenito de quatro andares, construído antes da guerra, em Jackson Heights, no Queens, perto de Travers Park. A Sra. Jenkins trabalhava para a promotoria, então sua ligação foi levada a sério, e, vinte minutos depois, dois policiais chegaram à porta do apartamento oito, acompanhados pelo zelador. Eles ficaram dois minutos tocando a campainha, sem resposta. Depois de um tempo, o zelador tirou a chave do bolso e tentou abrir a porta, mas o ferrolho estava fechado, então tiveram de arrebentá-lo.

Havia um homem nu caído no chão da sala, próximo ao sofá. Ele era alto, magro, e sua pele estava branca como osso. Não havia sangue coagulado nem nenhum sinal de violência ou roubo. Nada no cômodo parecia fora do lugar, mas era óbvio que o homem caído no carpete estava morto. Um policial verificou seu pulso e não encontrou batimentos cardíacos, então seu colega ligou para o legista. O zelador confirmou que o falecido era, de fato, o inquilino atual, o Sr. Abraham Hale. A porta e as janelas não mostravam sinal de arrombamento, mas os policiais notaram a presença de dois copos sobre a mesa de centro, um deles sujo de batom. Eles aguardaram em silêncio, como se qualquer som pudesse incomodar o defunto.

Após um exame inicial do corpo, o assistente do legista declarou que, a princípio, não havia provas de crime nenhum, e declarou o homem morto. Os paramédicos fecharam o saco para retirada do cadáver e o levaram para o necrotério do Queens Hospital Center, na Jamaica Street.

Nem o zelador nem os vizinhos tinham informações sobre a família do sujeito: ele não era casado, não tinha namorada, filhos ou parentes conhecidos, o que complicava a situação, porque, legalmente, isso significava que não havia ninguém para fazer a identificação oficial no necrotério. Ele se mudara para o prédio cinco anos antes e havia alugado o apartamento através de uma imobiliária.

O legista coletou suas impressões digitais e as enviou para delegacias, mas ninguém descobriu nada. Uma necropsia foi feita, e o laboratório confirmou que não parecia ter sido um assassinato. O homem morrera cerca de 24 horas antes de a polícia encontrar o corpo, e a causa da morte fora a ingestão de um coquetel letal de comprimidos: antidepressivos, lítio e benzodiazepina. O legista comentou que o corpo parecia um laboratório móvel de teste de drogas.

Será que Hale cometera suicídio? Era difícil ter certeza, mas parecia que não. Fazia anos que ele tomava remédios, então devia haver uma receita em algum lugar no apartamento, assinada por um médico capaz de oferecer mais informações sobre seu falecido paciente. Era mais provável que ele tivesse confundido as doses, as receitas, ou as duas coisas, e acabado tomando uma mistura fatal. Será que alguém lhe dera os comprimidos sem que ele percebesse, dissolvendo-os em sua bebida? Muito difícil: aquela quantidade de remédios teria alterado drasticamente o gosto de qualquer líquido, sendo forte o suficiente para ser detectada, e o sujeito não bebera nada alcoólico nas 48 horas antes de sua morte, então não estaria bêbado o suficiente para não perceber. O corpo não apresentava nenhum sinal de que havia sofrido violência, e não existiam marcas de contusões nem arranhões.

Cinco dias depois, o legista relatou a morte para a Administração Pública do Condado do Queens, a instituição temporariamente encarregada de cuidar das propriedades do falecido, e um detetive entrou em cena enquanto a polícia ainda conduzia as investigações. Às vezes, pode levar mais de um ano para que as pendências das propriedades de alguém sejam resolvidas — documentos perdidos, um sobrinho de Utah que não atende ao telefone, dois primos brigando por um carro velho.

Apenas por um acaso do destino, esse detetive era eu, Jack Bertrand, que vos escreve.

*

Na época, éramos quatro trabalhando como detetives para a Administração Pública do Condado do Queens. Os outros eram Ralph Mendoza, um policial aposentado com 50 e poucos anos, alto, triste e divorciado; Linda Martino, que passara os últimos 17 anos como dona de casa, cuidando dos três filhos, até o marido sofrer um derrame repentino e falecer, deixando-a sem um centavo; e um cara de 20 e poucos anos chamado Alan Cole, contratado apenas duas semanas antes, e sobre quem eu não sabia quase nada, tirando o fato de que era do Missouri.

Trabalhávamos em duplas, como forma de garantir que não haveria roubos, mas Linda e o cara novo já tinham outro caso, e Ralph tirara folga para ir ao enterro de um parente no norte do estado. Então peguei o ônibus para Jackson Heights sozinho, e, depois de um tempo, consegui encontrar o zelador, um sujeito baixinho com um sotaque eslavo bem carregado. Ele me mostrou o apartamento no segundo andar, retirou a fita que isolava o local, abriu a residência e foi embora, deixando as chaves na mesa de centro na sala.

Era um apartamento de 65 metros quadrados, com uma cama dobrável embutida na parede e um banheiro pequeno, uma casa limpa e decente para um homem solteiro de meia-idade. Minha tarefa era revirar tudo em busca de dinheiro, pedras preciosas, ouro, obras de arte e quaisquer outros objetos valiosos, que seriam guardados até que a família tivesse permissão legal de fazer a limpa.

Eu sabia que os policiais já tinham olhado tudo em busca de provas, mas, como não encontraram nada útil para o caso, com a exceção de alguns documentos, os pertences do cara deviam continuar ali. Abri a janela e fiquei um tempo sentado no sofá, tentando pensar por onde começar. Será que ele tinha dinheiro ou ouro escondido em algum canto? As pessoas não precisam ser ricas para esconder coisas embaixo das tábuas do piso, ainda mais se moram sozinhas. Ricaços guardam seus itens valiosos em cofres escondidos nas paredes ou no banco. Mas aquele sujeito não tinha cofre, então era provável que tivesse um esconderijo.

Os móveis eram velhos e não combinavam; pareciam ter sido comprados em lojas de segunda mão ou em vendas de garagem. Havia um pequeno tapete bege no chão, sob a mesa de centro, com uma mancha marrom-clara no centro, e cinco prateleiras ao lado da janela, com uns cinquenta livros baratos cobertos de poeira, e uma pilha de revistas velhas. O cheiro forte de tabaco pairava no ar, mas não notei cinzeiros nem cigarros. Eu me levantei, arrastei a mesa para um canto, enrolei o tapete e o apoiei do lado da porta. Pela janela, escutei uma mulher rindo alto lá fora.

Uma hora depois, eu estava sentado em uma poltrona, contemplando o pequeno grupo de objetos dispostos no chão diante de mim, como os últimos resquícios de um planeta destruído. Um relógio de pulso antigo da Hamilton, de ouro, com pulseira de couro preto, ainda funcionando; 21 moedas de prata antigas (de 5, 10, 25, 50 centavos, e de 1 dólar) guardadas em uma bolsa de couro bege; uma gravura japonesa de um terreno visto de cima, em uma moldura fina e simples; uma medalha de São Cristóvão em um cordão, provavelmente de prata ou folheado a prata, mas sem marca aparente; outro relógio de pulso, um Omega de ouro, que não funcionava; uma velha mala Ghurka da Marley Hodgson, feita de couro e tela; um canivete com cabo de chifre de cervo da Case XX; um isqueiro Zippo, seco e sem pedra, entalhado com um desenho dourado do Havaí.

Os objetos e as relíquias de família deixados para trás pelos mortos não perdem o significado; porém, na ausência de seu dono anterior, sua importância real é obscurecida, transformando-os em peças de um quebra-cabeça. Cada coisinha — uma escova de dente no banheiro, um frasco de remédio vazio esquecido no armário, um par de sapatos velhos na sapateira, uma pilha de cartas fechadas na mesa de jantar da sala, uma chave misteriosa que não entra em fechadura nenhuma, algumas fotos antigas —, tudo se transforma em pequenas partes da mesma charada, e alguém precisa caçar cada pecinha até, de repente, elas revelarem a história real de seu dono. Que tipo de pessoa ele era? Será que teve uma vida feliz? Será que sabia que ia morrer logo e teve tempo de se preparar para a grande partida, ou foi algo que o pegou completamente desprevenido? E aquele relógio de ouro? Teria sido presente dos pais? Será que ainda estavam vivos, se perguntando por que o filho não telefonava? Será que ele se matara, ou fora apenas um acidente?

É disso que mais gosto no meu trabalho: os enigmas, cada um diferente do outro, cada um contando uma história completamente distinta.

Verifiquei as roupas no armário espelhado ao lado da janela do quarto de novo, tendo o cuidado de revirar todos os bolsos e apalpar todas as costuras, porém não encontrei mais nada. Quando estava voltando para a sala, vi uma caixa de sapatos da Cole Haan que tinha passado despercebida em minha primeira busca, e a abri. Dentro dela, havia três cadernos em espiral, cheios de anotações. Folheei as páginas em busca de dinheiro, mas, após não encontrar nada, a devolvi para o armário e saí do cômodo.

Eu tinha percebido que não havia fotos nem cartas pessoais no apartamento, e pensei que a polícia devia ter levado tudo, apesar de isso não ser comum.

Depois de terminar de listar os itens que encontrei, guardei os pertences do falecido na bolsa que usamos para esse tipo de serviço, que trouxe do escritório, e a selei. Então preparei um café para mim e o bebi diante da janela aberta enquanto fumava dois cigarros, um atrás do outro. Geralmente, em casos assim, o zelador notifica os fornecedores de utilidades públicas o mais rápido possível, para que possam desligar o telefone, a eletricidade, a água e o gás. Mas tudo continuava funcionando, e me perguntei se já haviam encontrado outro inquilino para o apartamento.

Fechei a janela, lavei a caneca, guardei-a de volta no armário e fui embora, levando as coisas comigo. Tentei encontrar o zelador, mas ele não estava em sua sala no térreo, então fiquei com as chaves.

Isso foi na terça. A mulher apareceu na sexta, três dias depois, por volta das seis da tarde.

Nos dois dias seguintes, pensei em Abraham Hale de vez em quando, o homem que se tornara apenas mais um número de caso no sistema de informática de nosso escritório. Seus pertences estavam nas entranhas do prédio, na sala de propriedades; então, para todos os efeitos, meu trabalho estava basicamente encerrado. Eu não havia contado para meus colegas que ainda tinha as chaves do apartamento. Ninguém me perguntou, de toda forma, e o zelador não me ligou para pedi-las de volta.

No terceiro dia, não resisti e perguntei ao meu chefe, Larry Salvo, se a polícia tinha descoberto mais alguma coisa sobre Hale. Ele apenas deu de ombros e me enviou para outro endereço, na região de College Point, na rua 127. Dessa vez, fui com Linda Martino, então tive de ficar ouvindo suas histórias intermináveis sobre os filhos, escolas ruins e banqueiros tarados até chegarmos.

Depois que acabamos, menti para Linda sobre conhecer alguém na região, e ela me deixou perto de uma estação de metrô. Peguei o trem para Jackson Heights e saltei na Roosevelt

Avenue. Não sei o que passou pela minha cabeça. Talvez eu só quisesse devolver as chaves para o zelador. Mas então, enquanto seguia pela rua, me lembrei dos cadernos e fiquei curioso. Falei para mim mesmo que não faria mal dar uma olhada neles. E se tivessem valor sentimental e eu tivesse os deixado para trás, para alguém jogar fora?

Usei a chave de latão para entrar no prédio, e foi aí que notei pela primeira vez as caixas de correio do lado esquerdo da portaria. Depois que você morre, sua correspondência continua chegando, do mesmo jeito que seu cabelo e suas unhas continuam crescendo. As pessoas não param de mandar cartas, seja porque não sabem da sua morte ou porque não se importam, como se estivessem pregando uma peça macabra. Usei outra chave para abrir a caixa com o nome dele, e levei comigo o bolo de envelopes e folhetos que estavam lá dentro. O prédio estava silencioso e calmo.

Entrei no apartamento e fechei a porta. Sobre a mesa, notei uma caneca que não estava lá três dias antes. Os policiais deviam ter voltado, e um deles fizera café. Verifiquei as luzes e as torneiras: a eletricidade e a água continuavam ligados, e o telefone também não havia sido desconectado, o que era estranho.

Eu me sentei no sofá e dei uma olhada nas cartas de Hale, descartando os folhetos e as propagandas. Havia uma carta do banco, em um envelope branco, e uma conta da companhia de TV a cabo.

Abri a janela e fumei um cigarro, usando um pires como cinzeiro. Perguntei a mim mesmo o que estava fazendo ali. Se me pegassem no apartamento, eu estaria bem encrencado. Peguei os cadernos no armário e comecei a ler.

Dois eram da Rhodia, em espiral, e o terceiro era elegante, da Clairefontaine, com capa preta. Os registros pareciam ter sido feitos em períodos diferentes, mas não havia nada que me ajudasse a identificar suas datas exatas. Não eram como anotações de um diário, mas observações aleatórias, ocasionais. Eu não sabia por qual dos cadernos começar, então escolhi um dos da Rhodia, abri e li:

Quando você realmente quer roubar alguém, não apenas destrói seu futuro, mas também seu passado. Por definição, o futuro é uma incerteza nebulosa, uma soma de esperanças vagas que quase nunca se realizam, e, se o fazem — geralmente tarde ou cedo demais —, são uma decepção, porque nossas expectativas sempre são muito altas.

O passado é a única certeza que temos, nosso único abrigo real, apesar de nossa memória transformar antigos fatos importantes e menos importantes em algo completamente distinto. O passado é único e impossível de repetir, e, ao contrário do futuro, é todo seu; seja bom ou ruim, significante ou insignificante, desperdiçado ou proveitoso, ele não pertence a mais ninguém.

E foi isso que ele tirou de mim.

Passei mais ou menos duas horas lendo, de vez em quando indo até a janela aberta para dar umas tragadas em um cigarro. Duas vezes, pensei ter ouvido passos baixos do lado de fora, mas ninguém tocou a campainha. As luzes estavam apagadas, e o apartamento escurecia.

Nos cadernos, Hale escrevera sobre um período de tempo não especificado na década de 1970, quando estivera em Paris com dois amigos da mesma faixa etária que a sua: Joshua Fleischer, que fora seu colega de quarto em Princeton, e uma francesa chamada Simone Duchamp, sua namorada. Mais tarde, as coisas tinham desandado, apesar de não existirem muitos detalhes sobre o que havia acontecido, e ele voltou para os Estados Unidos. Parecia que o amigo tinha seduzido Simone, que terminara o relacionamento dos dois, apesar de parecer que eles eram felizes juntos até então. Em alguns momentos, ele reclamava sobre o fato de Fleischer não ter escrúpulos para conseguir o que queria. Agora, Hale estava determinado a se vingar e bolava uma série de planos para acertar as contas. Era nítido que ele se mantinha atualizado sobre a vida de Fleischer, que também já tinha voltado a Nova York naquela altura.

De repente, o telefone tocou. Era um modelo antigo e grande, empoleirado em uma mesinha ao lado do sofá. Tomei um susto tão grande que deixei o caderno cair no tapete.

Por dois segundos, pensei no que fazer. Por fim, decidi atender, pensando que eu poderia descobrir alguma informação útil para a investigação em aberto. A pessoa que estava ligando devia conhecer Hale, mas ainda não fora informada sobre sua morte. Estiquei o braço e peguei o telefone.

Sem dizer quem era nem dar oi, a mulher do outro lado da linha me perguntou se eu ainda queria que ela fosse até o apartamento dali a meia hora, como combinado. Achei que não seria certo lhe dar a notícia de que eu não era o homem que procurava nem contar sobre a tragédia por telefone, então pedi que viesse. A mulher se despediu e desligou antes que eu tivesse tempo de mudar de ideia. Tudo aconteceu muito rápido, enquanto eu ainda estava profundamente imerso na história que lia.

Esvaziei meu cinzeiro improvisado na lixeira, fechei a janela e guardei os cadernos de volta no armário. Decidi dizer a ela (uma parente de Hale? Sua amante? Uma conhecida?) que ainda havia uma papelada para ser resolvida, e esse era o motivo da minha presença ali. Pensei em dizer que o falecido era meu conhecido, e era por isso que eu sabia algumas coisas sobre ele e sua vida. Não, não éramos amigos, não éramos próximos, mas ele tinha me contado uma vez que vivera em Paris por um tempo, na década de 1970. Então mudei de ideia: se a mulher me fizesse alguma pergunta que eu não soubesse responder, poderia acabar chamando a polícia. Achei que ela poderia me dar algumas informações sobre ele: ocupação, local de trabalho, gostos e preferências, que motivos poderia ter para se matar, se já tinha mencionado a possibilidade de suicídio.

Hale escrevera no caderno:

As pessoas gostam de falar sobre os mortos. É como se fossem capazes de trazê-los de volta à vida. Tudo que envolve os falecidos já pertence ao passado. Suas coisas são guardadas cuidadosamente em armários, baús e caixas, suas participações foram encerradas de uma vez por todas, com aquela clareza definida que só surge com o final, quando todos os potenciais, as incertezas, adversidades ou decepções foram eliminados e nada mais pode ser incompreendido ou reinterpretado. Está tudo ali, tão firme e silencioso quanto um túmulo.

Eu ainda pensava nessas palavras quando a mulher bateu à porta, ignorando a campainha. Acendi as luzes da sala e abri a porta.

Regulando idade comigo, ou talvez um pouco mais nova, e o ar nervoso de alguém que preferia estar em qualquer outro lugar, ela me cumprimentou com um sorriso hesitante. Eu me afastei da porta para deixá-la entrar, e ela olhou ao redor, prestando atenção em tudo.

— Sei que não é um hotel de luxo — comentei.

A mulher parou no meio da sala, sob a luz. E não perguntou meu nome, nem o que eu estava fazendo ali, nem onde Hale estava, então fiquei sem saber o que dizer. Sem esperar por um convite, ela colocou a bolsa no chão, ao lado do sofá, e sentou-se em uma poltrona. Depois acendeu o cigarro e procurou um cinzeiro. Fui até a cozinha e peguei um pires, que coloquei em cima da mesa de centro. Ela cruzou as pernas e me agradeceu.

— De nada. Quer um café ou um chá?

— Não. Não precisa, obrigada.

Ela não era linda, mas delicada, com pernas maravilhosas, olhos muito bonitos e gestos elegantes. Usava um terninho cinza-escuro e sapatos que combinavam. Considerando a natureza do meu trabalho, eu tinha aprendido a prestar atenção em detalhes aparentemente insignificantes: o esmalte roxo em suas unhas, o colar de pérolas delicado em torno de seu pescoço, os minúsculos brincos de ouro, a verruguinha no canto direito de seu lábio superior. A maquiagem não havia conseguido esconder completamente as olheiras sob seus olhos.

Acendi um cigarro, e, por alguns minutos, ficamos apenas fumando, fitando um ao outro de esguelha, esperando alguém falar alguma coisa. O silêncio me deixou incomodado, então resolvi começar.

— Imagino que a senhora não saiba o que aconteceu... — falei.

Ela ergueu as sobrancelhas.

— Não, não sei. Do que você está falando?

— Bem, sinto muito, mas seu amigo, Abraham Hale, faleceu há oito dias. O corpo está no Queens Hospital Center, na Jamaica Street. Sabe onde fica? A polícia ainda está procurando alguém que possa identificá-lo oficialmente.

Por alguns minutos, a mulher ficou quieta, como se pensasse na reação que deveria esboçar. Então, ela apertou a ponta do cigarro contra o cinzeiro e disse:

— Bem, que pena. — E acendeu outro cigarro. Seu olhar passou pela sala, quase distraído. Depois de um tempo, ela perguntou: — O que aconteceu?

Dei de ombros.

— Ninguém sabe direito. Mas parece que ele tomou soníferos demais.

— Está dizendo que ele se matou?

— Bem, é uma possibilidade, mas a polícia acha que deve ter sido um acidente.

— Entendi...

Fiquei sentado no sofá ao seu lado. Eu tinha a forte sensação de que aquela situação toda era absurda e fora da realidade, como uma cena aleatória em um filme que seria totalmente insignificante para alguém que não tivesse assistido desde o começo.

— Talvez a senhora esteja se perguntando quem eu sou e o que estou fazendo aqui — continuei.

— Acho que isso não é da minha conta, mas sinta-se à vontade para explicar — disse ela. — Posso usar o banheiro antes?

— Claro. Fica à esquerda.

— Eu sei onde é.

A mulher deixou o cigarro no cinzeiro, se levantou e foi ao banheiro, seus sapatos de salto fazendo barulho no chão. Terminei de fumar e tomei um Tylenol, sentindo que uma enxaqueca se aproximava. Ela voltou, tirou a jaqueta e a pendurou no gancho ao lado da porta.

— Ele era seu amigo? — perguntei.

— De certa forma.

Ela pegou o cigarro, foi até a janela e olhou para o lado de fora. Sua postura era empertigada, daquele jeito levemente duro de mulheres que frequentaram aulas de balé na infância.

— Eu o conhecia um pouco — falei. — Ele me disse que passou um tempo morando em Paris. Mas nunca mencionou os remédios.

— Claro — confirmou a mulher, sem se virar para mim. — Ele adorava falar daquela época... Eu também não sabia sobre os remédios. Quero dizer, não sabia que ele estava doente.

— A senhora sabe com o que ele trabalhava?

— Nunca faço perguntas pessoais, Senhor...?

Percebi que não tínhamos nos apresentado. Contei meu nome, mas ela não me disse o dela.

— Então, Sr. Bertrand...

— Por favor, me chame de Jack.

— Tudo bem, Jack... E o que você disse que estava fazendo aqui?

— Estou pensando em alugar o apartamento. A senhora mora por aqui?

— Não, moro em Woodhaven. Antes disso, morei no Bronx. Não sou daqui. Faz dez anos que vim para Nova York.

— Notei seu sotaque. É francês?

— Sim, é francês. Quando você pretende se mudar, Jack?

— Logo, talvez na semana que vem. Ainda não terminei a papelada.

De repente, ela pareceu apreensiva. Com um gesto nervoso, apertou o cigarro contra o cinzeiro, tirou um celular da bolsa e foi até a cozinha. Ouvi apenas trechos da conversa:

— Não, ele não... Por que você está falando comigo assim?... Sim, vou direto para aí, não se preocupe... — Ela voltou para a sala de estar e disse: — Preciso ir agora, desculpe. Você está bem? Seu rosto está pálido.

— Trabalhei muito hoje e não almocei. Mas estou bem.

— Certo, se cuide. Até logo.

A mulher vestiu a jaqueta, pegou a bolsa e foi até a porta. Criei coragem e pedi seu telefone.

— Posso ligar na semana que vem? Talvez a gente devesse tomar um café ou coisa assim.

Ela me encarou com curiosidade, deu de ombros e anotou o número em um Post-it amarelo.

— Aqui está.

— Obrigado. Vou ligar.

Antes de ir embora, ela fez algo muito estranho: se aproximou de mim e sussurrou uma única palavra em meu ouvido, como se tivesse medo de alguém nos ouvir, e foi embora antes que eu conseguisse responder. A palavra era: *Fuja!*

onze

Diário de Jack Bertrand (2)

Na manhã seguinte, acordei cedo e tomei café em uma cafeteria próxima. Eu estava cansado e confuso, como se estivesse de ressaca. Sem me perguntar o que estava fazendo, coloquei algumas coisas em uma mala e voltei para o apartamento de Hale. Passei o restante do dia deitado no sofá da sala, tomando café e lendo os cadernos.

Eu sentia uma afeição estranha pelo homem, cuja vida terminara tão cedo e de forma tão trágica. Até então, minha leitura dos cadernos mostrava que ele era uma pessoa boa e sensível, apesar dos eventos trágicos na França terem partido seu coração. Ele conhecera aquele sujeito, Joshua Fleischer, na faculdade, quando estavam no último ano, e o cara fora seu inimigo: daquele momento em diante, tudo começara a desandar. Depois, ele apenas lutava para aguentar firme e seguir em frente. Hale se via como uma vítima das circunstâncias dramáticas desencadeadas por Fleischer devido às suas frustrações e tendências a fazer o mal. Pelo que escrevera, era óbvio que ele estava apaixonado por Simone, e que ela estava apaixonada por ele, mas a vida tomara um rumo diferente por causa de seu suposto amigo.

Em determinado momento, algo muito ruim parecia ter acontecido entre ele, Fleischer e Simone em uma noite num hotel parisiense. Hale não explicava exatamente os eventos, dizendo apenas que: "Naquela noite, perdi tudo." Referindo-se a Fleischer, acrescentara: "Ele acabou com ela, e comigo por tabela. Por quê? Porque ele podia, e porque esse é o tipo de pessoa que ele é, como um escorpião matando o animal que o ajuda a atravessar o rio."

Fui ao mercadinho mais próximo para comprar algumas coisas e passei o fim de semana inteiro lendo os cadernos. Na manhã de segunda, acordei cedo e levei um tempo para me dar conta de onde estava. O lugar parecia sombrio e hostil, e fiquei ligeiramente aliviado quando fui embora, deixando os cadernos na mesa de centro, diante do sofá. Peguei o ônibus na Elmer Avenue e fui para o escritório. Entrei lá me sentindo culpado, como se estivessem prestes a descobrir todas as besteiras que fiz. Eu não podia perder o emprego. Apesar de meus esforços para economizar, minha conta bancária estava zerada.

Foi um dia daqueles: fomos enviados a dois apartamentos em Washington Heights e a uma casinha perto da Queens Boulevard. Em um dos apartamentos, havia uma senhora morta fazia uma semana até que os vizinhos chamaram a polícia, então o fedor ainda era terrível quando entramos. Alguém arranhou nosso carro no estacionamento, e Linda quase torceu o tornozelo enquanto subia a escada até o sótão.

Antes de voltarmos para o escritório, paramos para almoçar em uma cafeteria na rua 99, em Forest Hill.

— Alguma notícia daquele cara de Jackson Heights, Abraham Hale? — perguntei enquanto a garçonete trazia nossos cafés e bagels.

— Que cara? Querida, o que é isto? Pedi salmão extra, não cream cheese.

— Quer que eu traga outro?

— Não, não temos tempo. Então, o que é que tem esse cara? Houve algum problema?

— Só fiquei curioso.

— Por quê?

— Lembrei que você tem um contato na delegacia da rua 115, e...

— Sim, ele se chama Torres, Miguel Torres.

— Será que você pode perguntar a ele se descobriram alguma coisa sobre Hale?

— E por que eu faria uma coisa dessas?

— Já disse, estou curioso.

— Acho que nunca vi você curioso assim. Encontrou alguma coisa na casa dele e não declarou? Tipo um bilhete de loteria?

— Pare com isso, Linda, não comece com essas coisas...

— Que coisas? Já estou cheia de problemas, Jack, não preciso arrumar outro. Tudo bem, quando chegarmos ao escritório, ligo para Torres. Como era o nome dele?

— Abraham, Abraham Hale. Obrigado, fico devendo uma.

— De nada. Agora, coma seu bagel, a gente precisa ir logo. Você está com algum problema? Não parece bem. Talvez devesse parar de fumar.

— Hoje em dia, a gente não fala mais sobre poluição, gangues nem comida ruim, só de como cigarros fazem mal. Veja só estes bagels... Lembra como eles eram grandes e gostosos quando a gente era pequeno? Lembra como tudo tinha um gosto melhor naquela época? Não se preocupe. Não ando dormindo bem, só isso. Não estou com fome, e esta comida é uma porcaria.

— Sei que você é solteiro, mas está morando com alguém?

— Não, por quê?

— Porque sei como é difícil morar sozinha. Você ficou sabendo do que aconteceu com Ralph?

— O quê?

— Aquele tio dele que morava no norte morreu e deixou uma fortuna de herança, uma fazenda de mais de dois hectares no condado de Mayville, perto do lago. Ele vai pedir demissão e se mudar para lá.

— Bom para ele.

— Pois é... Agora, engole isso aí, e vamos embora.

Passei as duas noites seguintes no apartamento de Hale, folheando os cadernos de vez em quando. Eu havia perdido o medo de ser pego lá, já que ninguém viera desligar os serviços nem telefonara.

Lendo as anotações, ganhei uma antipatia imediata por Fleischer. Eu queria entender por que um homem bom como Hale tinha chegado ao fim da vida daquele jeito deplorável — sozinho, pobre e derrotado —, enquanto Fleischer, um babaca manipulador, era tão bem-sucedido. Parecia um conto de fadas ao contrário. Seria apenas um caso de sorte? Será que existe um momento na vida em que uma decisão, depois de tomada, influencia o restante da sua existência, independentemente do que acontecer depois? Todas essas perguntas giravam pela minha cabeça sem parar, inclusive enquanto eu dormia.

Mas ainda havia um homem que tinha todas as respostas. Na semana seguinte, comecei a seguir Fleischer.

doze

Diário de Jack Bertrand (3)

Foi fácil encontrá-lo, porque o sujeito era notável.

Fui até a biblioteca pública na rua 42 e, por jornais antigos, descobri que Fleischer se tornara famoso na década de 1970: ele tinha doado toda sua herança — que valia mais de 20 milhões de dólares na época — para uma fundação chamada Rosa Branca. Depois, vivera no estrangeiro por um tempo, antes de fazer uma fortuna na Wall Street na década de 1980. Quase tudo fora perdido na segunda-feira negra, em 1987, mas ele recuperara a grana de um jeito espetacular dois anos depois, quando o *Wall Street Journal* o apelidou de "o bom sniper".

Naquela manhã, liguei para meu chefe e pedi alguns dias de folga. Fui até o Upper East Side e vigiei a entrada do prédio onde Fleischer morava: um edifício de luxo com 36 andares na esquina entre a rua 58, leste, e a First Avenue.

O carro de Abraham Hale, um velho Toyota Celica de quatro cilindros, continuava estacionado na vaga do outro lado do seu prédio. Encontrei as chaves em uma gaveta, então o peguei emprestado para seguir Fleischer na manhã seguinte. Ele não saiu de carro, mas pegou um táxi e parou em uma cafeteria elegante na Greenwich Street, perto do distrito financeiro.

Fleischer entrou, e, após alguns minutos, fui atrás. O lugar estava praticamente vazio, mas, mesmo assim, o *maître* me perguntou se eu havia feito reserva. Respondi que não e, após receber um olhar desconfiado, fui levado para uma mesa ao lado da porta. Pedi um espresso, que foi entregue por um garçom.

Fleischer estava sentado a uma mesa perto do bar, na companhia de uma elegante mulher de 30 e poucos anos e um homem da mesma faixa etária, ambos muito bem-vestidos. O grupo parecia relaxado, comendo seus croissants e batendo papo. Não me pareceu uma reunião de negócios.

Ele era alto e magro, tinha traços bonitos, cabelo escuro e um bigodinho. Aparentava ser mais jovem do que realmente era. Se eu não soubesse sua idade, teria chutado que tinha uns 35 anos. Seu terno parecia feito sob medida, e seu relógio de pulso devia ser mais caro do que todas as minhas posses juntas.

Imaginei Hale caído no chão, nu, cercado pelo silêncio e pela solidão, a vida lentamente se esvaindo de seu corpo. E me perguntei se a mulher que eu tinha conhecido no apartamento dele, a senhora elegante com um leve sotaque estrangeiro, era Simone, a mesma que tinha sido mencionada nos cadernos. Seria possível que ela tivesse seguido os dois até os Estados Unidos? Se fosse o caso, eles ainda mantinham contato? Eu me lembrei de que ela sabia onde o banheiro ficava e me dei conta de que já devia ter ido lá antes. Mas será que ainda falava com Fleischer, também? Seria tudo aquilo alguma brincadeira doentia, uma possível explicação para Hale ter acabado com a própria vida? Ela não parecera muito chateada com sua morte.

Quando dei por mim, Fleischer estava na porta, ajudando a mulher a vestir sua capa de chuva. Deixei uma nota de cinco dólares na mesa e segui para a saída, mas o garçom bloqueou minha passagem e me disse que o café custava 5,99. Revirei os bolsos, lhe entreguei mais um dólar e saí, mas era tarde demais: Fleischer e os amigos tinham sumido.

Naquele mesmo dia, por volta das cinco da tarde, enquanto eu fumava diante da janela, me perguntando o que poderia ter acontecido naquela noite em Paris, Linda, minha colega de trabalho, ligou para meu celular. Ela me contou que a investigação da polícia ainda estava em andamento, então seu amigo se recusara a dar qualquer informação sobre Abraham Hale. Depois me perguntou por que eu não tinha ido trabalhar. Contei que tirei alguns dias de folga e desliguei.

Em suas anotações, Hale dava muitos detalhes sobre si mesmo e Fleischer. Por que ele simplesmente não contava o que tinha acontecido naquele hotel? Algumas vezes, afirmava que sua vida inteira havia sido arruinada por causa daquela noite, mas não colocava os pingos nos *is* e confessava como tudo ocorrera.

Peguei uma folha de papel em branco e um lápis e fiz uma espécie de diagrama com caixas conectadas por setas e linhas. Escrevi *Abraham Hale* em uma, ligando-a a outra, na qual escrevi *Joshua Fleischer*. Tudo parecia se resumir àquela noite em Paris, então fiz outra caixa com *Simone Duchamp, quarto de hotel, outono de 1976*.

Alguém havia feito algo terrível naquela noite; talvez apenas um deles, talvez os dois. Isso estava claro. Depois, tinham voltado para os Estados Unidos. E Simone? Hale nunca mais tocara no nome dela após o incidente; apenas escrevera sobre si mesmo e Fleischer. Todas as lembranças de Simone se referiam apenas ao período em que ele morara em Paris. Porém, se a mulher que conheci em seu apartamento era a mesma do diário, os dois deviam ter mantido contato depois que ela se mudara para Nova York, dez anos antes, como me contara.

Embaixo da caixa com o nome de Simone, conectei mais uma, que denominei de *Os fatos*. Ela estava saindo com um dos dois, mas então o dispensara e começara a sair com o outro. Por quê? Hale presumia que Fleischer sabia como manipular as pessoas e convencê-las a fazer o que queria. Ele provavelmente estava magoado e furioso por ter sido trocado pelo amigo, especialmente considerando sua certeza de que Fleischer não a amava de verdade e apenas queria magoá-lo. E tinha conseguido. Mas o que acontecera depois disso?

Eu sabia que aquela era uma pergunta retórica. Havia apenas duas pessoas no mundo que poderiam me dar respostas: Simone, se ela realmente fosse a mulher que conheci, ou Fleischer, se ele concordasse em conversar comigo.

Uma hora depois, por volta das sete, o telefone do apartamento tocou, e eu atendi. Era a mesma mulher que estivera lá. Sua voz parecia péssima.

— Desculpe, não estou me sentindo bem — disse ela, e suspirou. — Você pode vir até aqui? Preciso lhe contar algo importante.

Fiquei surpreso. Nós mal nos conhecíamos, e, agora, ela me convidava para ir à sua casa como se aquilo fosse muito normal.

— Claro... Aconteceu alguma coisa?

— Como assim? Eu disse que precisamos conversar. Você quer vir ou não?

— Tudo bem, desculpe, claro. Pode me passar seu endereço e seu número?

— O quê? Você sabe meu endereço e meu telefone, lembra?

— Acho que perdi.

Anotei as informações no papel com o diagrama e desliguei. Coloquei meu casaco e saí, me perguntando se seria apropriado comprar flores, e então me dei conta de que seria melhor chegar à casa dela o mais rápido possível, considerando que a mulher estava doente. Entrei no carro e segui para Woodhaven. Já havia escurecido, e demorei um pouco para perceber que os faróis estavam desligados. Fiz uma parada na Grand Central e comprei um celular, um Sony Ericsson pequeno com uma antena estendida que parecia um inseto preto enorme. O vendedor, um cara que mal tinha saído da adolescência e que exibia uma tatuagem de dragão vermelho no antebraço direito, me mostrou como salvar o número dela no aparelho.

Quando cheguei ao parque Jackie Robinson, percebi que estava indo longe demais com aquilo tudo. Eu estava morando no apartamento de Hale, usando seu carro, seu telefone, sua eletricidade, até algumas de suas roupas. O problema já não era mais ser somente demitido. Eu seria preso por invasão, roubo, furto, falsidade ideológica e provavelmente um monte de outras coisas. Mais cedo ou mais tarde, o zelador ou os vizinhos notariam minha presença e chamariam a polícia.

Virei à esquerda na rua 87, e o endereço me levou a um prédio de tijolos vermelhos de dois andares, atrás de um pátio malcuidado. Estacionei ao lado de um poste e atravessei o caminho salpicado de cocô até a entrada. Havia um interfone à direta da porta com três botões, mas as placas de plástico para informar os nomes dos moradores estavam em branco. Uma cópia de um jornal grátis e alguns folhetos com as bordas das folhas se enrolando tinham sido deixados sobre o capacho. Fiquei parado ali por alguns instantes, então liguei para ela e avisei que tinha chegado. Alguns segundos depois, escutei a porta estalar, e abri.

Um cheiro forte de comida pairava pelo ar, e o piso de madeira estalava. Não consegui encontrar o interruptor, então subi a escada tateando tudo, como um cego. No topo, havia uma porta amarela, então bati.

Ela estava quase nua, usando apenas uma camisola transparente, sem sutiã ou calcinha. Seu cabelo estava preso em um rabo de cavalo, e ela parecia mais velha do que eu lembrava. Fui convidado para entrar e a observei indo para a sala, rebolando enquanto andava. Fechei a porta e a segui.

O apartamento era pequeno, escuro, quase decadente, fedendo a perfume barato e cigarro. Algumas peças de roupa estavam no chão. Não havia luminárias no cômodo, apenas uma lâmpada exposta, pendendo do teto como um vagalume gigante.

— Posso fumar? — perguntei.

— Fique à vontade, tem um cinzeiro na cozinha. Puxa, estou tão cansada... Você trouxe alguma coisa para beber?

— Não, desculpe, mas posso ir comprar.

— Não tem lojas de bebidas aqui por perto. Deixa para lá.

A mulher se sentou no sofá, e fui até a cozinha buscar o cinzeiro. Ela me pediu um cigarro, e fumamos em silêncio. O sofá era surrado, assim como o restante dos móveis: uma dupla de poltronas decrépitas, duas estantes praticamente vazias e uma mesa de jantar com quatro cadeiras diante da janela. O carpete estava esfarrapado, e notei alguns buracos.

— Obrigado por ter me convidado — falei. — Gostei da sua casa.

— Você está sendo gentil, isto aqui é uma merda, mas não posso bancar nada melhor por enquanto — rebateu ela em um tom amargurado. — Como vão as coisas? Acho que estou gripada, me sinto péssima. Talvez sua visita não tenha sido a melhor das ideias.

— Não se preocupe, vou ficar bem. Posso fazer uma pergunta?

— Claro.

— Você é Simone, não é? Simone Duchamp? Não sei se essa é a pronúncia certa, meu francês é péssimo.

Por alguns segundos, ela não respondeu, mas então disse:

— Sim, é claro que eu sou Simone, achei que você soubesse disso. Por quê?

— Seu falecido amigo, Abraham, me contou sobre você: disse que se conheceram em Paris, se apaixonaram, e aquele outro cara, Fleischer, tentou...

— Não me lembro bem dessa fase da minha vida, e, de toda forma, não quero falar sobre o passado hoje. Por que você não fica mais à vontade?

A barra da camisola havia subido, exibindo suas coxas. Havia um hematoma esverdeado acima de seu joelho direito.

Tentei não encarar as pernas e o púbis depilado dela.

— Quando você veio para cá, para Nova York? — perguntei, e ela bocejou.

— Faz uns dez anos. Olha só, quer um café?

— Não, estou bem, obrigado. Por que você não veio direto com eles, naquela época?

— Por que não vim com quem?

— Com os caras que conheceu na França, Hale e Fleischer. Os dois estavam apaixonados por você, pelo que fiquei sabendo, e...

— Já disse, não gosto de falar sobre o passado. Você por acaso é psicólogo?

Ela se levantou, foi para a cozinha, e escutei o som de água jorrando na pia. Dei outra olhada no cômodo: os cantos dos papéis de parede estavam descascando, e, em alguns lugares, o piso de madeira havia sido mal e porcamente remendado. Havia uma pilha de revistas pornográficas do lado do sofá, e as cortinas estavam encardidas.

Pouco depois, ela voltou com duas xícaras de café e me entregou uma. Sua camisola estava completamente aberta agora, mas Simone não parecia se importar.

— Você não devia fumar, já que está doente — falei, sentindo que o comentário não faria diferença nenhuma e parecia meio despropositado.

— Que diferença faz? — perguntou ela, e se sentou em uma poltrona, enroscando as pernas sob o corpo. — Escute, você quer mais alguma coisa de mim hoje, ou vai ficar só sentado aí, me fazendo perguntas esquisitas? Eu disse que precisamos conversar.

— O que você faz da vida, Simone?

— O quê? Sou musicista, não é óbvio? Toco clarinete. Você ainda não entendeu? Qual é o seu problema?

Eu fiquei muito decepcionado. Pensei em como Abraham Hale a descrevera no diário: uma moça bela, culta, extremamente bem-educada, criada por uma família francesa rica. Também notei que seu sotaque se tornava mais confuso, como se a revelação de seu trabalho tivesse lhe dado uma nova máscara, retirando completamente a elegância, o charme e até a beleza anterior.

Não consegui me controlar e perguntei:

— Como você entrou para essa vida, Simone? Eles não fizeram nada para lhe ajudar?

Ela me lançou um olhar esnobe por cima da caneca, que apertava entre as mãos como se tentasse esmigalhá-la.

— Quando você está na pior, todo mundo quer se aproveitar. E não gosto de pedir ajuda. Não sou aleijada e consigo cuidar da minha própria vida, das partes boas e das ruins, tanto faz. Pare de me olhar assim! Você não sabe como é ser alguém, e depois... Escute, a gente vai ou não vai? Ou você prefere ficar sentado aí e assistir?

— Abraham me contou um monte de coisas sobre você, e ele tinha um diário. Eu só queria conversar sobre algumas coisas que li...

— Que tipo de diário? É sobre mim?

— Sim, você é mencionada várias vezes. Acho que ele amava você de verdade.

Ela ficou irritada.

— Olhe, isso já perdeu a graça. Por que alguém escreveria sobre mim na porra de um diário? Posso ver? O que ele falou de mim?

— Por favor, fique calma, não é exatamente um diário, são só algumas anotações, e não sei bem se...

— Seja lá o que forem, quero ler essas coisas, está me escutando?

— Tudo bem, da próxima vez que eu vier, vou lhe mostrar, não se preocupe.

Isso pareceu deixá-la um pouco mais calma. Ela se levantou, tirou a camisola e começou a tocar os seios.

— Nós vamos para o quarto ou não?

Para ser sincero, fiquei apavorado. Eu me levantei, lhe entreguei todo dinheiro que tinha comigo e meu maço de cigarros, e fui embora. Quando fechei a porta às minhas costas, escutei sua risada.

treze

Diário de Jack Bertrand (4)

Passei uma semana inteira seguindo Fleischer. Todos os dias, ele saía do apartamento cedo e voltava no fim da tarde, passando a maior parte do tempo no escritório, no distrito financeiro.

O sujeito almoçava todos os dias à uma em ponto, em um restaurante pequeno na rua 1, leste, perto do cemitério Marble. Um homem forte de 30 e poucos anos — sempre de preto, um misto de chofer, guarda-costas e mão direita — fazia suas compras e levava suas roupas para a lavanderia. Todas as sextas, por volta das oito da noite, ele buscava a moça com quem eu o vira na cafeteria e, depois do jantar, os dois passavam algumas horas juntos no apartamento dela, próximo ao dele, na rua 76, leste.

Tentei não pensar muito em Simone. Eu tinha uma imagem vívida dela sentada naquele lugar maltrapilho, nua, irritada, provavelmente um pouco bêbada, se oferecendo para ir para a cama comigo. Será que Abraham Hale sabia o que ela havia se tornado? Seria esse um dos motivos para seu suicídio? Se ele sabia, por que não tentara ajudá-la? Hale não era uma pessoa saudável, mas poderia ter tentado fazer alguma coisa para tirá--la daquela vida. Eu tinha resolvido um mistério e me deparado com outro. Pensando na história toda, fiquei com aquela sensação que às vezes temos em pesadelos: quando você tenta se mexer, forçando os músculos, mas não consegue sair do lugar.

Certa noite, por volta das sete, alguém tocou o interfone. Era Linda, minha colega de trabalho. Abri a porta e esperei por ela no fim do corredor. Eu estava muito chateado, porque, durante o tempo que passei fora, seguindo Fleischer, todos os cadernos desapareceram. Eu os havia deixado na mesa de centro diante do sofá, como sempre, mas não os encontrei ao voltar. Para mim, não havia dúvidas de que Simone estivera aqui e os levara em minha ausência, o que significava que Abraham Hale lhe dera uma chave.

— Eu sabia que você estaria aqui — disse Linda, ofegante depois de subir a escada. — Onde está o meu dinheiro, Lebowski? Já viu esse filme? Devia, é ótimo.

Eu a convidei para entrar e fui passar um café na cozinha.

— Você vai ser demitido, Jack — disse ela, se apoiando no batente. — Vá ao escritório amanhã e converse com Larry. Ele é um cara legal, você sabe. Diga que está doente ou algo assim.

Servi o café e levei as canecas para a sala. As luzes estavam apagadas, com exceção de uma luminária de piso pequena em um canto. O clima era sombrio, como em um filme noir. Abri a janela e acendi um cigarro.

— Ele disse que não tinha problema se eu tirasse uns dias de folga — expliquei. — Faz uma semana que conversamos.

— Ele disse que você não ligou e que não está atendendo ao telefone.

— Mentira.

Linda colocou a caneca sobre a mesa de centro, se aproximou de mim, segurou meus ombros e me olhou nos olhos.

— Jack, qual é o problema, querido? Por favor, me diga. Estou assustada. Esta velha gosta muito de você e quer ajudar.

— Não tenho problema nenhum, Linda. Mas obrigado. Eu só queria... — Parei no meio da frase, percebendo que não sabia como explicar aquilo. O que eu queria, de verdade? Terminei meu cigarro e o apaguei. — Linda, não quero ser mal-educado, mas acho melhor você ir embora — continuei. — Tenho que trabalhar.

— Trabalhar no quê? Você arrumou outro emprego?

— Com todo respeito, isso não é da sua conta.

— Por que você está falando assim comigo? Só quero ajudar.

— Eu sei. Mas estou bem, acredite.

Ela seguiu para a porta.

Eu tinha sido grosseiro, e imediatamente me arrependi.

— Por favor, não conte a ninguém que estou aqui — pedi. — Neste apartamento, quero dizer.

Linda abriu a porta, se virou para mim e falou:

— Se cuide, Jack. Você sabe onde me encontrar, se precisar. Se eu fosse você, iria ao escritório amanhã e conversaria com Larry. Ainda não é tarde demais. Até logo. Se comporte.

Fiquei olhando enquanto Linda atravessava a rua. Ela olhou para cima e me encarou por um momento, então entrou no carro e foi embora. Tomei banho, me vesti e fui procurar Fleischer. Eram vinte para as sete, e eu sabia que não teria muito tempo. Se Linda comentasse no trabalho que me encontrara no apartamento de Hale, alguém logo apareceria atrás de mim.

Comprei um bagel com pasta de atum em uma mercearia na frente do estacionamento e comi enquanto analisava os arredores: uma loja da J. Crew; algumas pessoas paradas na fila de um caixa eletrônico; um restaurante caro chamado The Living Room; um cara fantasiado de muppet distribuindo panfletos; um bebê pendurado no braço da mãe, tentando chamar sua atenção; um senhor usando um chapéu fedora ridículo, encarando o nada, como se estivesse hipnotizado por algo invisível. Do outro lado da rua, os andares superiores do prédio de Fleischer refletiam o pôr do sol, vermelhos.

Eu estava acabando meu bagel quando vi o carro de Fleischer se aproximar. Então me posicionei perto da faixa de pedestres e, quando o motorista parou no sinal vermelho, me inclinei para a frente e bati na janela, gritando alto o suficiente para que ele conseguisse me escutar lá dentro:

— Sr. Fleischer, um momento, por favor!

O chofer abriu uma fresta da janela e perguntou:

— O que você quer?

— Falar com o Sr. Fleischer. Ele está no carro?

Ouvi uma voz saindo do útero da limusine:

— O que houve, Walter?

— Boa noite — gritei. — Preciso falar com o senhor sobre Simone. Simone Duchamp!

O sinal ficou verde, e alguns motoristas buzinaram. O carro andou uns dez metros, se aproximou da calçada e parou. Fleischer saltou, acenou para mim, e acenei para ele. A limusine virou à direita, desaparecendo no estacionamento subterrâneo, e ele veio na minha direção.

— Você disse Simone Duchamp? — perguntou ele, analisando meu rosto com atenção. — Quem é você?

— Meu nome é Jack Bertrand. Nós não nos conhecemos, mas sei muito sobre o senhor.

Quanto tempo passei naquele apartamento surrado, imaginando como seria conversar com ele... Mas, agora, perdido naquele fluxo infinito de gente passando pela rua, eu não fazia ideia de como começar. Um homem esbarrou em mim e continuou andando, sem se desculpar. Parado ali, encarando Fleischer, senti meu coração partido e minha mente vazia.

— Está tudo bem com você? — perguntou ele. — Você não parece bem. Desculpe insistir, mas mencionou Simone Duchamp?

Atrás de Fleischer, vi o chofer, Walter, se aproximando de nós, abrindo caminho pela multidão como um felino enorme, os olhos grudados em mim. Eu me perguntei se ele estava armado.

— Sim — respondi. — Mencionei.

— O que tem ela? — quis saber Fleischer.

O chofer nos alcançou e perguntou:

— Está tudo bem?

— Parece que sim — respondeu Fleischer. — Vou dar uma palavrinha com este cavalheiro, o Sr. Jack...

— Bertrand.

— O Sr. Jack Bertrand. Bem, Sr. Bertrand, vamos? Acho que aqui não é o melhor lugar para conversarmos. Há um bar ali na esquina.

— Claro.

Nós andamos pela rua, e Walter nos seguiu de longe. O bar era um lugar bonito, com bons pisos de madeira, paredes revestidas, algumas fotos em preto e branco da Irlanda. Walter ficou do lado de fora. Encontramos uma mesa para dois e pedimos café.

— Pode falar — disse ele, colocando um pouco de açúcar na xícara minúscula. — O que sabe sobre Simone Duchamp?

Eu não me controlei e perguntei:

— O senhor se importa mesmo com ela?

Fleischer me encarou, surpreso.

— Mas que pergunta! É claro que sim, é por isso que estou aqui, tendo esta conversa! Sr. Bertrand, escute... Sou um homem ocupado. Foi você quem me procurou. Eu tive a bondade de convidá-lo para conversar e lhe dar uma chance de me dizer o que quer de mim, apesar de não conhecer você. Se estiver usando esse nome apenas para...

— Eu conheço Simone — falei. — Ela mora em Woodhaven. Caso o senhor já não saiba disso, faz uns dez anos que ela veio para cá, da França.

Fleischer ficou boquiaberto. Ele parecia chocado de verdade.

— Quer dizer que ela está viva? Que mora aqui, em Nova York?

— Ela devia estar morta?

Ele afastou a xícara e apoiou os cotovelos na mesa, se inclinando na minha direção.

— Certo, quem é você e o que quer de mim? Dinheiro? Está tentando me chantagear? Por que eu deveria acreditar na sua palavra? Sem querer ofender, mas você parece um doido. Como foi que a conheceu?

— Não importa quem eu sou nem como a conheci. Você realmente acha que todo mundo quer o seu dinheiro, não é? Você e seu maldito dinheiro...

Fazendo um esforço para manter a calma, Fleischer me cortou:

— Você disse que Simone mora no Queens. Sabe o endereço? Estou disposto a pagar para descobrir o paradeiro dela, mas só se eu puder comprovar que isso não é uma invenção sua.

Beberiquei meu café e sorri. De repente, eu me sentia poderoso e cheio de confiança. Fleischer exibia a expressão de alguém que faria de tudo e mais um pouco para ter aquela informação. Toda sua pose despreocupada tinha desaparecido, e eu achando seu nervosismo engraçado.

— É como eu disse, sei algumas coisas sobre ela — respondi, brincando com um guardanapo de papel.

— Tipo o quê?

— Bem, por exemplo, que ela é uma prostituta.

O rosto de Fleischer se contorceu todo ao ouvir isso. Ele murmurou para si:

— O quê? — Então repetiu mais alto: — O quê?

— Sim, uma prostituta. Surpreso? Ligue para ela e pergunte, se quiser. Tenho o número e o endereço dela.

— Quem é você? Sua cara é familiar. Nós já nos conhecemos? Você anda me seguindo?

— Eu disse que não importa quem eu sou. Você vai ligar para a polícia ou mandar aquele seu pitbull me atacar? Quer o endereço ou não?

— Quanto você quer por ele?

— Pode ficar com o dinheiro, seu babaca!

Tirei uma caneta do bolso, rolei os contatos no meu celular novo e escrevi o número de Simone em um guardanapo, junto com o endereço. Quando lhe passei o papel, ele continuava me encarando.

— Não preciso do seu dinheiro. Fiquei sabendo da sua história e descobri sobre seu passado por causa de um homem que morreu duas semanas atrás. O corpo ainda está no necrotério, não há ninguém para identificá-lo. Ele provavelmente se matou com uma overdose. Morreu sozinho, deprimido e com o coração partido. Mas você não se importa com nada disso, não é? Caso se importasse, teria feito alguma coisa para ajudá-lo, seu filho da puta!

— Do que você está falando?

— Você sabe muito bem do que estou falando! Estou falando do homem de quem você destruiu a vida, Abraham Hale!

Meu corpo todo tremia, como se eu estivesse morrendo de frio. Eu me levantei e saí, quase esbarrando em Walter, que esperava ao lado da porta. Enquanto me afastava, vi o reflexo de Fleischer na janela do bar. Ele apenas encarava o nada, os cotovelos sobre a mesa, o queixo apoiado nas mãos fechadas. Estava chocado, como se tivesse visto um fantasma.

*

Pelo que me lembro, passei o resto da noite vagando sem rumo. Andei pelas ruas, peguei o metrô na estação da rua 77, leste, saí na Times Square, segui para o Lower East Side. Depois me sentei em um banco e fumei sem parar, observando os carros atravessando a ponte ao longe, parecendo de brinquedo.

Repassei a conversa com Fleischer na minha cabeça e percebi minha burrice. Eu tinha criado fantasias sobre vingar Abraham Hale, mas acabara dando o telefone e o endereço de Simone ao seu maior inimigo. A surpresa dele parecia sincera, o que significava que os dois não tinham mantido contato e Fleischer não sabia que ela morava no país. Simone devia ter bons motivos para evitá-lo. Se ela quisesse descobrir o paradeiro dele, teria sido moleza. Afinal, eu não tivera nenhuma dificuldade. Fleischer era um homem perigoso, segundo os cadernos de Abraham Hale. Mas, se ela tinha medo do sujeito, por que vir para Nova York? Simone poderia ter ido a qualquer outro lugar no mundo. Se não estava ali por causa daqueles dois homens, que outro motivo teria para sair da França? Fiquei com raiva de mim mesmo: tive uma ótima oportunidade de encontrar respostas, mas a joguei no lixo.

Eu não queria voltar para Jackson Heights nem para a minha casa. Como meus cigarros tinham acabado, fui procurar um lugar para comprar, seguindo na direção oposta, para Midtown, e parei em uma mercearia 24 horas. Comprei dois maços e comi um sanduíche. A essa altura, já era quase meia-noite.

De repente, senti que Simone poderia estar em perigo. E se Fleischer ligasse para ela ou fosse até sua casa? Ela era apenas uma prostituta de meia-idade, um grão de areia minúsculo na imensidão do submundo da cidade. Seria fácil para um cara daqueles encobrir seu desaparecimento.

Ao mesmo tempo, a polícia não concluíra sua investigação, e era razoável pensar que Fleischer poderia estar envolvido, direta ou indiretamente, na morte de Hale. Se ele fosse culpado, teria feito de tudo para continuar escondendo a verdade. Hale e Simone foram as únicas testemunhas de suas ações na França nos anos 70. Fleischer havia feito algo ruim, isso era óbvio. Eu não sabia exatamente o quê, mas deve ter sido algo terrível. Agora, Hale tinha morrido em circunstâncias suspeitas, e ficou evidente para mim que Simone seria o próximo alvo, agora que Fleischer sabia que ela estava viva e poderia dar com a língua nos dentes.

Antes de ir para Woodhaven, tentei ligar para ela algumas vezes, mas o celular dela estava desligado. Finalmente, chamei um táxi e fui para seu prédio. Paguei mais de quarenta dólares, quase todo o dinheiro que tinha, e me perguntei como voltaria para casa depois. Eu não lembrava onde havia deixado o carro: talvez em Jackson Heights, ou quem sabe no estacionamento próximo ao prédio de Fleischer, no Upper East Side.

Parado diante do edifício, percebi que também não me lembrava do número do apartamento de Simone. Pensei em tentar ligar de novo, mas a bateria do meu celular tinha acabado. Esqueci de carregá-la.

Apertei um botão aleatório e ouvi a voz sonolenta de uma mulher mais velha. Pedi desculpas, disse meu nome e expliquei que estava procurando a Srta. Simone Duchamp.

— Não conheço nenhum Simon — respondeu ela.

— Simon, não. Simone, com um *e* no final, em francês. É o nome de uma mulher. Ela mora no primeiro andar.

— Ah, você está falando de Maggie. Bonita, cabelo castanho?

Só então me ocorreu que Simone devia usar um nome diferente no trabalho, e respondi:

— Sim, isso mesmo. Simone era o apelido dela na escola, e...

— Ela está esperando sua visita, querido?

— É claro, ela me convidou.

— Tudo bem, pode entrar.

A senhora abriu a porta, e entrei. O cheiro de comida ainda permanecia no ar, como se tivesse se entranhado nas paredes. Tateei o caminho pela escada, no escuro. Uma porta no segundo andar abriu, enchendo o espaço de luz. A mesma voz que escutei no interfone perguntou:

— Encontrou, moço?

Olhei para cima, pelo vão, e vi uma senhora de camisola branca debruçada no corrimão.

— Sim, obrigado — falei.

A luz se apagou, e a mulher foi embora. Usando meu isqueiro, encontrei a porta amarela e toquei a campainha. Depois de um tempo, ouvi passos, e ela gritou lá de dentro:

— Quem é?

Senti alívio ao saber que nada tinha acontecido. Respondi que era eu, e a porta abriu.

— Que história é essa? — perguntou Simone, mas se afastou para me deixar entrar. — Você precisa me ligar antes de aparecer aqui. Que horas são?

— Já é tarde. Você está se sentindo melhor? Da última vez que nos vimos, estava gripada.

— Você veio até aqui no meio da madrugada para me perguntar se estou bem?

Ela estava completamente nua, exceto por um par de chinelos, e seu cabelo estava bagunçado. Porém, de um jeito estranho, Simone parecia mais natural e atraente sem a maquiagem e a lingerie barata.

— Desculpe, de verdade — falei. — Eu tentei ligar, mas seu celular estava desligado, e depois eu fiquei sem bateria. Está tudo bem? Fleischer tentou entrar em contato com você?

Ela esfregou os olhos sonolentos e me perguntou:

— Do que é que você está falando? Quem é Fleischer?

— Como assim, quem é Fleischer? Eu estava morrendo de preocupação!

Nós fomos para a sala, e Simone vestiu uma camisa. Ela me convidou para sentar no sofá e se acomodou diante de mim, de pernas cruzadas no chão.

— Ah, sim, Fleischer — disse ela —, o cara francês, não é? Você tem um cigarro?

— Como você não se lembra dele? — perguntei. — Fleischer não é francês, é americano, mas vocês se conheceram na França. O que está acontecendo com você hoje?

— Por que eu me lembraria dele? E se eu não estivesse sozinha? Você não pode simplesmente aparecer aqui quando quiser... Achei que tivesse deixado isso claro.

— Sim, deixou, mas é que depois que...

— Depois do quê?

— Algumas horas atrás, dei seu número para Fleischer, e fiquei...

— Do que é que você está falando?

— Desculpe, eu não devia ter feito isso, mas ele fez um comentário, e perdi a calma...

— Você fez o quê?

E foi nesse momento, enquanto Simone gritava e me xingava, que entendi o que eu realmente queria desde o princípio. Aquilo não tinha nada a ver com vingar Hale, porque o sujeito estava morto de toda forma, e não se tratava de punir Fleischer, que era poderoso demais para alguém como eu. Se meu objetivo fosse realmente machucá-lo, isto é, fisicamente, eu provavelmente teria resolvido a questão lá mesmo, no bar, quando estávamos cara a cara. Talvez, no começo, meu propósito até fosse esse, mas tudo mudara depois.

A única coisa que importava era ela, Simone, desde o começo. O tempo todo, eu só queria entender por que ela preferira Fleischer, em Paris. Tudo bem, o cara era rico, mas Simone também não era uma morta de fome tentando ter um gostinho de uma vida melhor. Então por que uma mulher daquelas, linda, inteligente, culta, escolheria um predador perigoso como Fleischer, em vez de um rapaz decente como Hale, que estava de quatro por ela? Por que preferir o cara mau? Por que as mulheres permitem que os vilões espalhem sua semente pelo mundo, enquanto os mocinhos morrem sozinhos, derrotados e deprimidos? E ela mesma acabara se desperdiçando, morando em um buraco, pobre e desesperada, trocando o corpo por dinheiro. Pensei que, talvez, eu pudesse fazer o tempo voltar e convencê-la a admitir que tinha cometido um erro enorme naquela época, que escolhera o cara errado e que, no processo, destruíra alguém que tanto a amara.

Mas Simone estava enlouquecida. Não eram apenas as palavras que usava, ela também tentou me machucar. Ela me mordeu e me arranhou, como uma gata desvairada, me atacou com uma faca que pegou na cozinha. Tentei acalmá-la. Em certo momento, acho que segurei seus pulsos e a imobilizei. Finalmente, ela parou de gritar comigo e me pediu que saísse de sua casa. Eu queria obedecer e ir embora; porém, por mais estranho que pareça, não sabia como sair dali. Estávamos em Woodhaven, um lugar completamente desconhecido para mim, e eu levaria duas horas para chegar à minha casa se fosse a pé. Meu dinheiro havia acabado, eu não tinha nem o suficiente para a passagem de ônibus. Achei que não faria mal esperar ali por algumas horas e ir embora de manhã.

Tentei explicar isso, mas ela começou a gritar de novo e me mandou sair imediatamente. Disse que chamaria a polícia se eu não obedecesse. Então a amarrei com o cabo do telefone, tentando não a machucar, e a coloquei dentro da banheira. Eu me esforcei para ser delicado. Simone parou de se debater. Ela só ficou chorando em silêncio e, antes de ser amordaçada, pediu que eu não a matasse. Tentei acalmá-la, dizendo que não ia fazer nada, só queria mesmo tirar um cochilo, porque eu estava exausto e confuso. Então a deixei na banheira e dormi feito uma pedra no sofá.

Quando acordei de manhã, por volta das seis, ela estava morta.

A primeira coisa que notei foi o sangue. No meu rosto, nas minhas mãos, no meu casaco e na minha blusa — manchas grandes, vermelhas e grudentas. Meu corpo inteiro doía, como se eu estivesse gripado. Senti vontade de urinar, então fui ao banheiro e a encontrei deitada na banheira, em uma poça de sangue coagulado. Verifiquei seu pulso e percebi que ela devia ter morrido fazia um bom tempo, porque sua pele estava fria como gelo.

Lavei Simone no chuveiro e a levei para a sala, onde a deitei de barriga para cima no chão. Tirei a mordaça, desamarrei-a e analisei seu corpo. Havia quatro ou cinco cortes fundos em seu peito. Todos pareciam lábios vermelhos abertos. Voltei ao banheiro e encontrei uma faca de serra ao lado da privada. A lâmina e o cabo estavam cobertos de sangue. Depois que dormi, alguém devia ter entrado na casa, matado Simone e ido embora. Amarrada e amordaçada, ela não pôde se defender nem pedir ajuda.

Eu estava encrencado. A senhora que morava no segundo andar vira meu rosto e também seria capaz de reconhecer minha voz: "Número quatro, dê um passo à frente." "Ah, meu Deus, sim, é ele, tenho certeza." "Obrigado, senhora, sua ajuda foi inestimável." Os vizinhos também deviam ter escutado os gritos durante nossa briga.

Seria bem fácil para a polícia fazer uma reconstituição das circunstâncias do assassinato. Um cara aparecera tarde da noite, os dois discutiram, provavelmente sobre dinheiro, porque ele estava falido, e o sujeito perdera a cabeça, pegara uma faca na cozinha e matara a mulher a punhaladas. "Mas eu não fiz nada, policial. Sabe de uma coisa, Jack, todo mundo diz isso. Quero dizer, mesmo quando são pegos na cena do crime, os criminosos ainda insistem que são inocentes, todos eles. Você tem dinheiro para pagar um advogado? Entendo... Nesse caso, o tribunal designará um para você. Bem, ele não vai ser maravilhoso, sabe, mas é melhor do que nada. Escute, não acho que você tenha planejado nada disso, Jack. Vou adivinhar, foi no calor do momento, não é? Quer um cigarro? Pode pegar aí... Talvez ela tenha dito algo errado, e você perdeu a cabeça. Eu entendo, também sou homem, e tem dias que as mulheres fazem de tudo para deixar a gente doido..."

Nas duas horas seguintes, lavei e esfreguei o sangue nas minhas roupas, e depois vasculhei o apartamento, remexendo as lingeries ousadas, os vibradores, a maquiagem, as perucas e outras tralhas de Simone em busca dos cadernos. Em uma bolsa, encontrei uma carteira de motorista do Kentucky com o nome de Margaret Lucas, 1,67m, olhos castanhos. Era o rosto de Simone na foto, sem dúvida. Ela deve ter mudado de nome quando chegou aos Estados Unidos. Para Margaret Lucas, como a senhora do andar de cima havia indicado. Não encontrei o diário de Hale e preferi acreditar que ela o destruíra.

Não sei bem o que fiz pelas horas seguintes, mas, em certo momento, notei que o cinzeiro na mesa de centro transbordava de bitucas e meu segundo maço estava quase no fim. Escureceu, e uma chuva leve batia contra a janela. Eu tinha passado o dia inteiro sentado ali, pelado, a dois passos de um cadáver.

Tirei minhas roupas do varal pendurado sobre a banheira e me vesti. Tive aquela sensação estranha de ver tudo de cima, como se eu estivesse flutuando, grudado ao teto. Cada detalhe se tornou assustadoramente claro. Como se usasse uma lupa, notei uma mancha na parede e, abaixo, uma rosa rugosa em um vaso de cerâmica; vi um coração vermelho tatuado no púbis depilado dela, uma queimadura de cigarro no encosto do sofá, um único sapato verde de cabeça para baixo, ao lado da porta fechada da varanda, uma abelha perdida sobre a superfície daquele novo planeta estranho, girando suas antenas, atenta.

O sujeito sentado no meio da sala não era mais eu. Ele não passava de um mero conhecido, e a mulher morta no chão não era Simone, mas uma prostituta de meia-idade que nunca vi antes. Aquele cara estava encrencado e logo se tornaria o principal suspeito de um homicídio, mas isso não era da minha conta. Até a história de Paris foi sumindo da minha mente aos poucos, pedaço por pedaço, como objetos cenográficos de um palco de teatro sendo desmontado e arrumado após o espetáculo. Eu estava longe de tudo, e nada importava.

Agora, o cara encrencado entra no banheiro, acende a luz e faz a barba com cuidado, usando o aparelho de barbear de lâmina dupla que encontrou na prateleira de vidro sob o espelho. Então ele tira o celular da mulher morta da bolsa dela, liga-o e telefona para a polícia, dando um resumo rápido dos acontecimentos. Ele espera diante da janela, pálido e concentrado, fumando seu último cigarro. Cinco minutos depois, escuta as sirenes ao longe, observa as luzes dos carros pintados de azul e branco que se aproximam da cena do crime.

Ele vai até a porta, abre-a e sai para o corredor. Quando vê os policiais subindo a escada, dá um passo para trás, levando as mãos à cabeça. O primeiro policial fardado é muito jovem, alto e magro feito uma vara, com um bigode louro. O rapaz aponta sua arma para o homem e grita:

— Polícia, coloque as mãos para cima! Deixe as mãos onde eu possa vê-las e ajoelhe no chão, agora, agora! Não se mexa! Não se mexa!

O cara se ajoelha no corredor e diz:

— O corpo está na sala.

Ele se deita no chão de barriga para baixo. Sinto seu alívio quando o jovem policial devolve a arma ao coldre e o algema. Os outros — há cinco ou seis agora, além de dois paramédicos, invadindo o lugar como um bando de formigas azuis e verdes enormes — acendem todas as luzes no apartamento e começam a fazer seu trabalho, resmungando nos rádios presos em seus ombros. Sei que logo vão levá-lo para uma das viaturas, colocarão a mulher morta em um saco de borracha e a levarão para o necrotério, onde ela finalmente se reencontrará com Abraham Hale. Mas eu vou permanecer aqui um pouco mais, quieto e imóvel, observando todos os detalhes incríveis que nunca notei antes, como a abelha, que agora está no teto, se aproximando lentamente do bocal da lâmpada, tentando encontrar abrigo.

catorze

Diário de Jack Bertrand (5)

O Dr. Larry Walker, o chefe da equipe de psiquiatria do hospital, tinha o ar de um garoto do ensino fundamental que acabara de resolver um problema muito difícil e mal podia esperar para dar a notícia à professora. Todas as suas anotações anteriores estavam arrumadas sobre a mesa, em ordem perfeita, mas, desta vez, não havia gravador de voz.

Eu me apoiei contra o batente da janela e olhei para o mundo lá fora através da tela de metal esticada sobre o vidro. Não havia muito o que ver: o pátio do hospital, iluminado pela luz matinal, os blocos de concreto e os altos muros de arame que cercavam os prédios como uma armadilha montada para um gigante. Eu observara aquela vista muitas vezes durante minhas conversas com Walker.

O escritório dele havia sido reformado recentemente e ainda tinha cheiro de água sanitária e tinta. A decoração era simples: uma escrivaninha do lado oposto à porta, duas estantes cheias de livros grossos e um sofá de couro com duas poltronas combinando, suas pernas aparafusadas ao chão. As paredes eram adornadas com uma variedade de desenhos e pinturas, provavelmente obras de seus pacientes internados ali. A maioria usava cores escuras e exibia paisagens livres de qualquer presença humana, enquanto outras não passavam de manchas abstratas de tinta sem sentido aparente.

— Doutor, posso fazer uma pergunta?

— Fique à vontade.

— Fiquei sabendo que um paciente atacou uma enfermeira hoje cedo, enquanto ela tentava lhe dar comida. Ele arrancou a orelha da moça com uma mordida.

— Sim, infelizmente é verdade.

— O senhor acha mesmo que estou no lugar certo? Quero dizer, em uma instituição assim? É óbvio que não sou maluco.

— Não usamos essa palavra aqui.

— Que seja.

— Jack, você foi internado neste hospital como resultado de uma avaliação feita por três especialistas e uma decisão judicial. Não é nem dever nem meu objetivo concluir se a sentença foi certa ou errada. Tenho certeza de que você compreende.

— Então por que está perdendo o seu tempo falando comigo, se isso não vai mudar nada?

— Eu quero entender *por que* você fez aquilo.

Parecia que a gente se entendia cada vez menos. Nas últimas semanas, fiz várias tentativas inúteis de explicar a ele que talvez eu não soubesse muito sobre mim mesmo e os motivos reais para minha internação — e como alguém pode alegar saber tudo sobre si, de toda forma? —, mas que pelo menos era completamente aberto e sincero em nossas sessões.

— Por favor, preste atenção ao que vou dizer — disse ele.

— Claro, doutor, eu sempre presto.

— Jack, li com muita atenção tudo o que você me passou nos últimos dois meses, cada palavra. Agora, quero entrar em alguns detalhes que me deixaram intrigado. Onde você nasceu e foi criado, Jack?

— Long Branch, no condado de Monmouth, em Nova Jersey. Fica no litoral. Achei que o senhor soubesse disso. Imagino que esteja no meu arquivo.

— Certo, mas você nunca mencionou sua cidade natal nem o nome dos seus pais nas suas anotações ou durante nossas conversas. Ninguém telefona para você, e você não telefona para ninguém. Tem irmãos?

— Não, sou filho único.

— Entendo. E os seus pais?

— O que têm eles? Morreram, os dois.

— Como e quando?

— Como e quando eles morreram? Bem, minha mãe faleceu quando eu tinha 8 anos; quase não me lembro dela. E meu pai teve um ataque cardíacos há dez anos, em agosto de 1988. Só sei disso, não fui ao enterro. Na verdade, não éramos muito próximos. Ele era um beberrão que vivia me dando surras quando eu era pequeno. Por que a pergunta?

Eu queria fumar, mas, depois de implorar algumas vezes para o doutor me trazer cigarros, tinha desistido de tentar. Não era permitido fumar no hospital, e essa regra não podia ser quebrada em hipótese nenhuma. Fiquei sabendo que alguns guardas contrabandeavam todo tipo de coisa para os pacientes, mas eu não tinha dinheiro nenhum na minha conta.

— Já vou explicar... Como eles se chamavam?

— Que conversa esquisita. John e Nancy Bertrand.

— E você não tem outros parentes?

— Talvez tenha. Qual é a pegadinha, doutor?

— Você também nunca os mencionou. Agora, tenho algumas perguntas sobre a mulher, Margaret Lucas.

— Esse era um nome falso. Prefiro que a chame por seu nome verdadeiro, Simone Duchamp, se não se importar.

— Você me contou que a conheceu quando ela apareceu em Jackson Heights naquela tarde de sexta, procurando pelo falecido, Abraham Hale. E a descreveu como uma mulher elegante, refinada, com um sotaque francês bonito e bons modos. Mas, durante seu segundo encontro, no apartamento em Woodhaven, ela parece ter passado uma impressão completamente diferente: agora, era uma prostituta de meia-idade, comum, e, mais importante, com um sotaque quase imperceptível e péssimos modos.

— Bem, ela estava doente naquela noite, talvez...

— Não, Jack, era como se você estivesse descrevendo outra pessoa.

— Eu só contei o que vi e pensei. O que mais o senhor quer de mim?

— Margaret Lucas *era* o nome de verdade dela, Jack. Ela nasceu e foi criada no condado de Rowan, no Kentucky, e tinha 41 anos. No fim dos anos 1980, conseguiu alguns papéis pequenos como atriz em Nova York. Vocês se conheceram há cerca de um ano.

No começo, não entendi. Seria aquilo algum teste? Às vezes, eu sentia como se ele brincasse com a minha cabeça só por diversão.

— Não, doutor, a gente se conheceu naquela sexta, como eu disse. Nunca menti para o senhor, nunca. Não tenho nada a perder. Por que eu mentiria?

Uma enfermeira entrou na sala e entregou uma pasta para ele. Ela era alta, magra, e me lançou um olhar gélido. Seus olhos eram azul-claros, como os de um husky siberiano. Eu me perguntei se havia algo sobre o meu caso naquela pasta azul. Mas o doutor apenas assinou uma folha e lhe devolveu os papéis. Depois que ela foi embora, ele continuou:

— Não estou dizendo que você está mentindo, Jack. É só que... Bem, tenho certeza de que vamos montar esse quebra-cabeça. Agora, sobre o encontro com o Sr. Fleischer... Sua versão não é exatamente igual ao que aconteceu naquela noite.

— Ele contou uma história diferente? Não me surpreende. O senhor acreditou?

— Eu tentei me encontrar com ele, mas fui informado de que o Sr. Fleischer foi para o Maine e vai ficar por lá durante alguns meses. Consegui falar com Walter, o segurança dele, que testemunhou tudo e me contou a mesma coisa que contou para a polícia: uma noite, você se enfiou na frente do carro dele do nada, gritando alguma coisa sobre uma francesa chamada Simone. Então mandou que o Sr. Fleischer a deixasse em paz e, quando ele saiu do carro para ver o que estava acontecendo, você tentou apunhalá-lo com uma faca. Se Walter tivesse conseguido segurar você e chamar a polícia, teria salvado a vida daquela mulher. Mas ele não conseguiu, e você saiu correndo. Mais tarde naquela mesma noite, você foi a Woodhaven, brigou com a Srta. Lucas e a matou. Você a apunhalou cinco vezes e a observou morrer. Aliás, o Sr. Fleischer o reconheceu.

— Fleischer está mentindo, e...

— Jack, não preciso mais ouvir a sua versão, porque sei o que aconteceu do começo ao fim. Estou tentando ajudar *você* a entender a verdade, o *porquê* de as coisas terem acontecido daquela maneira e *como* elas foram possíveis. Sou médico, não policial. Para mim, você não é um assassino violento, e sim um paciente que precisa de ajuda.

— Obrigado, fico muito agradecido, mas...

— Preste atenção em mim, Jack! Vamos voltar para o começo, quando você me contou como encontraram o corpo de Hale em Jackson Heights. Você não estava lá, então como saberia tantos detalhes exatos sobre a cena? Que ele estava caído no chão, nu, sobre os copos na mesa de centro, um deles manchado de batom, sugerindo que uma mulher estivera lá antes da morte dele... Está me entendendo? Uma pessoa que não estivesse lá, no momento, não saberia dessas coisas.

— É óbvio que eu não estava presente naquela manhã, mas fui lá cinco dias depois. Devo ter lido um relatório da polícia no escritório, ou alguém descreveu a cena para mim, não lembro exatamente. Por que isso é tão importante?

— Vou explicar, Jack: porque não encontraram um cadáver naquele apartamento, morto por uma overdose de soníferos. Esse caso não está aberto no escritório da Administração Pública do Condado do Queens, e não há nenhum corpo no necrotério da Jamaica Street com esse nome. Naquela manhã, dois policiais foram ao *seu* apartamento, porque uma de suas vizinhas os chamou. Ela notou que você não tinha estacionado o carro direito, algo que nunca havia acontecido antes, e ninguém atendia a sua porta. Você disse a eles que estava gripado, tirou o carro de lá, e os dois foram embora.

De repente, minha boca ficou seca, e tive de pigarrear antes de falar. Tive um vislumbre de lembrança, como um flash: eu falava com o zelador, um homem chamado Mike, sobre pintar o apartamento antes de me mudar. Ele estava muito gripado e ficava assoando o nariz em lenços de papel. E me lembrei de outra coisa: a barulheira diária do caminhão de lixo passando na rua, às oito da manhã em ponto.

Olhei pela janela de novo. O sol estava alto, e o céu exibia rastros vermelho-sangue. Havia chovido durante a noite, e algumas poças ainda brilhavam no pátio. Um pássaro preto deslizou em silêncio rumo ao chão e então disparou para cima.

— Então foi tudo uma farsa? — perguntei.

— Não, Jack, não foi uma farsa. Foi uma alucinação.

— Mas e Hale, Fleischer e Simone, todas essas pessoas e lugares de que nunca tinha ouvido falar antes? E os cadernos que li?

— Como você explicaria o desaparecimento deles?

— Não tenho certeza, mas imagino que Simone os destruiu depois que cometi o erro de contar a ela sobre os diários. Ela deve ter ido ao apartamento quando eu não estava lá e os encontrou. Eles não estavam escondidos. Ficavam na mesa de centro, na sala.

— Escute, estes são os fatos que sabemos até agora. Você morava naquele apartamento desde 1994. E se mudou para lá quando começou a trabalhar para a Administração Pública do Condado do Queens, há quatro anos. Antes disso, assim que se mudou para Nova York, trabalhava em uma loja, depois de morar na Califórnia por cinco anos. Essas são todas as informações que a polícia conseguiu descobrir por enquanto.

— Nunca estive na Califórnia, doutor, tenho certeza.

— Ah, esteve, sim. Quanto ao restante, você é um fantasma. Houve um James L. Bertrand, nascido e criado no condado de Mercer, em Nova Jersey, filho de John e Nancy Bertrand, mas ele morreu em 1968, aos 12 anos, de pneumonia. Foi enterrado no cemitério Greenwood. A polícia acredita que em algum momento, durante os anos 1980, talvez até antes, você tenha trocado de identidade e adotado um nome diferente. A pessoa que forjou seus documentos deve ter usado a identidade de Jack Bertrand por ele ter morrido jovem e não ter parentes próximos.

"A polícia ainda está tentando confirmar tudo o que o Sr. Fleischer nos contou sobre sua verdadeira identidade. Não foram encontrados registros das suas impressões digitais, arcada dentária nem informações médicas nos últimos dez anos, mas você me deu algumas pistas durante nossa conversa. Eu as comparei com as informações dadas pelo Sr. Fleischer e acho que seu nome verdadeiro é Abraham Hale, e vocês dois se conheceram há muito tempo, na universidade."

Então o doutor começou a enfiar sua versão da minha vida pela minha goela, distorcendo tudo.

De acordo com ele, cerca de dois anos atrás, comecei a me consultar com um médico chamado Vincent Roth, relatando sintomas que sugeriam esquizofrenia paranoide. O médico me prescreveu remédios e passei três semanas hospitalizado em Bellevue, na First Avenue. Tive alta, mas as coisas pioraram. Aos poucos, perdi todas as conexões com a minha vida e comecei a pensar nela como se fosse a existência de uma pessoa diferente, um homem pobre e extremamente perturbado chamado Abraham Hale, que fora destruído por um de seus amigos, alguém que conhecera na faculdade quando tinha 20 e poucos anos.

Os cadernos não existiam. Eu provavelmente sabia todos os detalhes daquela história — se fossem mesmo verdade —, porque eram minhas próprias lembranças fragmentadas, que minha mente perturbada havia organizado de um jeito diferente.

Um ano atrás, depois de sair do hospital, conheci Margaret Lucas e pedi que viesse ao meu apartamento uma vez por semana para encenar o papel de uma francesa chamada Simone Duchamp. Então começamos um relacionamento bizarro. Quando fiquei sem dinheiro, ela se recusou a continuar. Finalmente, em uma noite, fui ao seu apartamento, a esfaqueei e a observei morrer. Mais cedo, eu havia tido uma discussão na rua com Fleischer.

Só para garantir, a promotoria tinha entrado em contato com as autoridades francesas e perguntado se havia algum caso arquivado em Paris que envolvesse uma moça chamada Simone Duchamp, que desaparecera em meados da década de 1970. A resposta fora não.

Tenho tantas perguntas, mas não quero discutir com ninguém, porque sei que seria inútil. Dinheiro significa poder, e pessoas ricas conseguem tudo de que precisam e tudo o que querem. Seres insignificantes como eu servem a apenas um único objetivo: fazer suas vontades. E têm apenas um dever: permanecer vivos pelo máximo de tempo possível para servi-las. Quando um membro da raça superior se irrita, ele é capaz de engolir alguém vivo, capturando-o com apenas uma mordida. Foi isso que aconteceu.

Não sei quanto Fleischer pagou para armar essa situação toda nem quanto tempo vou ficar trancafiado no hospício. Não me importa. Mas nunca vou permitir que tirem minhas memórias. Eu sei quem eu sou, o que fiz e o que não fiz. E me lembro de muitas coisas: nomes, lugares, rostos. Tenho um passado, estou desperdiçando meu presente cercado por esses muros, e ainda tento imaginar meu futuro. Andei por centenas de ruas, conheci milhares de pessoas, pronunciei milhões de palavras. E estão tentando fazer comigo o que fizeram com aquele homem, Abraham Hale: me apagar, me anular, tirar tudo o que tenho.

Eu me arrependo de ter perdido os cadernos. Eles teriam provado de uma vez por todas como Abraham Hale era inteligente e bondoso, e como Joshua Fleischer é um monstro manipulador. Então, de vez em quando, tento me lembrar de tudo o que li naquelas páginas, de cada palavra e cada vírgula. Talvez eu tenha deixado algo passar batido, e os segredos de Paris estavam escondidos nas entrelinhas, e, agora, estão enterrados entre minhas lembranças. Sinto que ainda tenho o dever de revelar o caráter verdadeiro daquele homem, apesar de ele preferir se manter obscuro enquanto escrevia aquelas anotações: Abraham Hale escondeu mistério dentro de mistério dentro de mistério, como uma boneca russa. Mas, um dia, vou me lembrar de tudo, tenho certeza. Não há motivo para ter pressa, porque, aqui, a vida perdeu todo o formato e a consistência, se transformando em um bando de ecos, ressoando pelas cavernas do tempo.

quinze

Nova York, estado de Nova York, seis meses antes

Mallory me ligou após alguns dias para perguntar se eu tinha lido o diário.

— Sim, li. O tal Bertrand morreu no hospital?

— Sim, no Centro de Psiquiatria Forense Kirby, em março de 1999. Ele se enforcou no banheiro.

— E tinham certeza de que ele era Abraham Hale?

— Bem, era isso o que pensavam, com base no que Joshua Fleischer contou e nas informações do diário. Mas não conseguiram encontrar ninguém para identificá-lo com certeza, porque Fleischer não quis se envolver nessa questão e não havia meios legais de forçá-lo a cooperar contra sua vontade. Os pais de Bertrand já haviam morrido, e ele não tinha mais ninguém da família. E, cá entre nós, acho que a polícia não perdeu muito tempo tentando descobrir quem esse cara realmente era. Ele matou a mulher, foi preso em flagrante, julgado culpado, mas louco, e condenado ao manicômio judiciário. O caso foi fechado, então todo mundo ficou satisfeito. Ninguém se importava se o sujeito era um pé-rapado da Louisiana ou um idiota de Nova Jersey, contanto que ele estivesse preso com o restante dos malucos.

— Sim, você deve estar certo.

— Por outro lado, falei com o meu contato na França de novo. Também não há nenhuma Simone Duchamp no registro de pessoas desaparecidas. Você pode ver se o nome está certo? Talvez Fleischer tenha mentido e essa garota seja uma invenção.

— Não acho que seja mentira, por que ele faria uma coisa dessas? E também não era uma alucinação. Escute, sei que Simone passou muitos anos morando com os pais em Lyon. O padrasto dela, Lucas Duchamp, era um herói da Resistência. E, ah, é mesmo, ela tinha uma irmã mais nova, Laura. Contei essa parte?

— Não, não contou. Certo, vou continuar procurando, mas quero deixar registrado que você pode estar jogando dinheiro fora.

— Você descobriu alguma coisa sobre a época em que Josh e Abraham moraram em Paris?

— Acho que encontrei o apartamento, na Rue de Rome. Nos anos 1980, o lugar foi totalmente reformado e transformado em um hotelzinho. Um cara chamado Alain Bizerte era zelador de lá na época, mas morreu faz dez anos. Não há registro das pessoas que alugavam os apartamentos antes do hotel. A fundação que cuidava do contrato, L'Etoile, encerrou as operações em 1981, e ninguém sabe onde estão seus arquivos. Então...

— Eu preciso mesmo entender esse caso, Ken.

— Bem, se todo mundo tivesse o que queria, mendigos estariam dirigindo Jaguares por aí. Sou bom no meu trabalho, mas não faço mágica. Tive sorte de encontrar esse diário. Vamos tomar um café na sexta, às três da tarde, no Starbucks da rua 80 com a York.

— Conheço um restaurante bom por ali.

— Obrigado, mas minha esposa me colocou de dieta.

*

Naquela noite, trabalhei até tarde, depois dormi como uma pedra até o dia seguinte. Quando acordei, cansado e confuso, o nascer do sol refletia nas janelas. Tomei um banho, fiz a barba e me vesti, pensando em Josh.

Durante nossas conversas, ele costumava descrever a si mesmo e a Simone como vítimas dos complexos e frustrações de Abraham. Porém, depois da primeira sessão de hipnose, ele me dissera que tivera lembranças de coisas que o levavam a acreditar que a culpa de tudo era sua.

Josh também sugerira que Abraham era extremamente perturbado e talvez doente. Pelo visto, ele reconhecera o antigo amigo naquela noite, em 1998, apesar de achar desnecessário compartilhar essa informação comigo, por algum motivo. No entanto, apesar de saber que Abraham era psicótico e tinha assassinado uma mulher em circunstâncias parecidas, Josh ainda acreditava ter sido o culpado pela morte de Simone. Mas por que sua mente inventaria um mundo no qual ele era um assassino? Memórias falsas geralmente são criadas para proteger, mudar e até apagar lembranças trágicas, não o contrário.

Por outro lado, o diário de Abraham indicava que ele e Simone tinham sido vítimas de Josh, que era descrito como um homem manipulador e sem escrúpulos, e que o assassinato de Margaret Lucas, 22 anos depois, fora uma repetição do crime terrível cometido em Paris. Porém, era óbvio que o diário pertencia a um homem paranoico, cujo testemunho não tinha a menor credibilidade. Na verdade, era muito provável que Abraham tivesse matado Simone também. A esquizofrenia costuma apresentar seus primeiros sinais no fim da adolescência. Abraham tinha 20 e poucos anos quando fora para Paris, então quase com certeza era um psicótico com profundas ilusões, apesar de seus companheiros não terem percebido a gravidade da situação. Mais tarde, suas atitudes apenas confirmaram o diagnóstico.

Ao mesmo tempo, eu precisava me perguntar se Josh havia sido completamente sincero durante sua confissão. Por exemplo, por que não me contara sobre o encontro com Abraham em 1998? No decorrer da minha pesquisa, eu tinha provado repetidas vezes que pessoas psicóticas permanecem psicóticas quando estão sob hipnose, se comportando da maneira apropriada mesmo em estados alterados de consciência, isto é, não como pessoas sãs.

Nem mesmo o transe mais profundo, induzido pelo hipnotizador mais habilidoso, é capaz de remover a grossa carapuça de percepções falsas, distorções alucinatórias e convicções aberrantes que tais indivíduos constroem para si mesmos, às vezes no decorrer de décadas. Os neuróticos são capazes de cooperar e até de reagir de forma positiva a sugestões após a hipnose, mas os psicóticos, não. Eles continuam prisioneiros do labirinto emaranhado que suas mentes construíram, geralmente permanecendo assim para sempre.

Mas Josh não dera nenhum sinal de sofrer distúrbios mentais. Sua carreira fora bem-sucedida, sem as recaídas comuns de quem apresenta comportamentos psicóticos. Ele nunca passara por tratamento profissional, e, portanto, seu tormento — se tivesse um — teria piorado aos poucos, as ilusões se tornariam sistêmicas, e sua personalidade teria se desintegrado completamente há muito tempo, como acontecera com Abraham. Josh não parecia sofrer de alucinações auditivas ou visuais, e suas funções física, mental e emocional eram perfeitas, dentro dos limites de sua grave doença.

E a pergunta mais importante: Por que ele faria algo assim? Por que mentiria? Por que perderia seu tempo precioso e limitado apenas para me enganar?

Em suas anotações, Abraham mencionara uma instituição de caridade chamada Rosa Branca, fundada por Josh no fim da década de 1970. Fiz uma pesquisa na internet e descobri que essa informação era real: a ONG existia e ajudava mulheres vítimas de violência doméstica. Talvez a opção por essa causa, em vez de qualquer outra, fosse a chave para compreender tudo: Josh sempre pensara em si mesmo como culpado, pelo menos por iniciar a cadeia de eventos que finalmente culminara na morte de Simone. Apesar de as circunstâncias e de alguns detalhes permanecerem obscuros, me perguntei se ele realmente achava que tinha matado Simone. Será que esperava que eu confirmasse ou acabasse com essa afirmação?

Também fiquei na dúvida se Josh realmente fora hipnotizado ou se apenas fingira o transe.

Um paciente deve ser extremamente habilidoso para atuar durante uma sessão de hipnose, mas isso não é impossível. E a gravação das sessões permanecera com ele, então eu não tinha como analisá-las. Só me restavam minhas anotações, que não eram suficientes.

Lembrei que Josh mencionara uma mulher chamada Elisabeth Gregory, que ajudara Abraham a conseguir a oferta de emprego na França. Naquela altura do campeonato, com Josh e Abraham mortos, talvez ela fosse minha única pista. Enviei um e-mail para Thomas Harley, um antigo colega que agora era professor em Princeton.

Prezado Tom,

Espero que você esteja bem. Durante uma sessão de terapia com um paciente, descobri uma história interessante que aconteceu em Princeton no começo da década de 1970. Não vou me estender nos detalhes, mas dois rapazes estavam envolvidos, ambos alunos na época.

Um era Joshua Fleischer, estudante de inglês, e o outro, Abraham Hale, que cursava filosofia. Também sei que dividiram uma casa no último ano e que Hale era protegido de uma mulher chamada Elisabeth Gregory, que tinha uma pequena empresa de tradução. Ela devia ter uns 30 e poucos anos na época. Será que você poderia me passar o contato de qualquer pessoa capaz de me dar detalhes sobre os dois alunos e a Sra. Gregory?

Atenciosamente,
James

À noite, encontrei a resposta em minha caixa de entrada.

Prezado James,
Deve fazer uns seis meses desde a última vez que tive o prazer em falar com você, então fiquei muito feliz em receber seu e-mail. Eu estava pronto para ir a uma conferência em Zurique, mas Amy ficou doente e não quis deixá-la sozinha. Ela está aqui do meu lado e manda um abraço. Não sei se você ficou sabendo, mas saí da universidade há quatro meses. Agora, estou no departamento de pesquisa da Siemens. Sempre tive inveja de nossos colegas das ciências por terem uma alternativa ao meio acadêmico, então gostei de ter encontrado algo parecido para mim.

Prometo que vou entrar em contato com o corpo docente sobre esses homens, Fleischer e Hale. Talvez eles tenham sido alunos na mesma época que alguns professores de agora.

E me lembro muito bem de Elisabeth Gregory. Ela está aposentada agora, mas ainda mora no condado de

Mercer, pelo que sei. Se quiser, posso conseguir o endereço dela para você.

Um abraço,
Tom

Eu lhe agradeci e pedi que me enviasse o contato da Sra. Gregory assim que possível. Recebi a resposta no dia seguinte, então mandei um e-mail para ela explicando em termos gerais o assunto que eu queria discutir.

Na sexta-feira, antes de me encontrar com Mallory, conduzi três sessões de terapia seguidas no consultório. Quando terminei, dei o restante do dia de folga para minha secretária e fui andando para a cafeteria na rua 80, leste. Havia parado de nevar, mas um frio profundo tomara a cidade coberta pelo céu azul, e os prédios brilhavam sob o sol frio.

Entrei, peguei uma mesa e pedi um café. Mallory chegou alguns minutos depois. Ele pediu sua bebida e me encarou.

— Você parece cansado. Está tudo bem?

— Tive um dia cheio no consultório. Agora, me conte o que descobriu.

— Tenho duas notícias. Primeira, entendi qual era o problema com a garota, Simone. O sobrenome da família não era Duchamp, e sim Maillot, assim, M-a-i-l-l-o-t, com dois *is* no meio, e ela tinha um nome do meio, Louise. Então, na verdade, era Simone Louise Maillot. Parece que Lucas Duchamp nunca a adotou, nem a irmã, Laura, então as duas mantinham o nome do pai verdadeiro. Elas usavam Duchamp informalmente, mas o sobrenome oficial era Maillot. E a segunda é que sim, existe um caso de pessoa desaparecida com esse nome, Simone Louise Maillot. Está nos arquivos da polícia francesa, datado de outubro de 1976. Meu colega em Paris vai me mandar os detalhes completos em um ou dois dias. Parece que a vítima tinha 20 e poucos anos na época, saiu de casa em uma noite e nunca mais apareceu. O encarregado do caso era um detetive chamado Marc Oliveira. Infelizmente, ele morreu em 1991.

— Certo...

— Laura Maillot largou a faculdade depois que a irmã desapareceu e voltou para Lyon, para a casa dos pais. Hoje em dia, ela cuida do padrasto, Lucas Duchamp, que continua vivo. Ele deve ter uns 90 anos agora. Ainda moram no mesmo endereço. O sujeito teve um derrame faz uns dez anos, e, agora, está em uma cadeira de rodas. Tentei entrar em contato, mas ela é muito reclusa. Acho que a casa nem tem telefone. Mas meu colega francês encontrou uma amiga muito próxima de Laura, Claudette Morel, e entrou em contato. Parece que ela está disposta a contar o que sabe se receber uma grana. Não sei se é a fonte mais confiável do mundo, porque parece que ela tem o hábito de beber demais, mas aqui está o número dela. Boa sorte.

— Obrigado, vou ligar amanhã.

Ele tomou um gole do café.

— Escute, tenho quase certeza de que os diários de Hale respondem todas as suas perguntas — continuou Mallory. — O cara já era instável e violento na época em que morava em Paris, e, vinte anos depois, cometeu outro crime muito parecido. É bem provável que ele tenha matado a garota, Simone, fugido, voltado para a Rue de Rome no dia seguinte, levado o corpo enquanto Fleischer dormia, dado um jeito de se livrar dele e encobrir seus rastros. No fim das contas, conseguiu voltar para os Estados Unidos e mudar de nome, mas acabou enlouquecendo completamente e matando aquela prostituta.

Eu me sentia cansado e sonolento, então pedi ao atendente que trouxesse um espresso.

— Sem querer ofender, Ken, mas não engulo essa história.

— Como assim?

— Por que Josh não me contou nada sobre seu encontro com Abraham em 1998? Essa informação era muito importante, mas ele a omitiu de propósito. E a polícia deve ter informado que Abraham matou uma mulher naquela noite, prova de que teria sido capaz de assassinar Simone também. Outra coisa: por que a polícia francesa não interrogou Josh e Abraham na época? Não sou detetive, mas é bem óbvio que os dois deveriam ter sido alvos da investigação, talvez até suspeitos, quando Simone desapareceu. Mas não, a polícia simplesmente deixou que fossem embora, apesar de todo mundo saber que eram próximos de Simone e poderiam ter alguma informação sobre seu sumiço. E por que Lucas Duchamp não tentou entrar em contato com eles depois que a enteada desapareceu?

Mallory balançou a cabeça.

— Talvez tenha tentado, mas os dois já tinham saído da França.

— Fala sério, um cara como ele...

— Bem, a polícia não focou nos dois. E daí? Essas coisas não funcionam como no cinema. Se a pessoa desaparecida não for menor de idade e não houver sinais de crime, então a investigação não passa de alguns telefonemas e o registro do nome em um banco de dados, até mesmo hoje em dia, dependendo da quantidade de trabalho dos policiais e de quantos casos em aberto eles têm. As pessoas somem o tempo todo. Mais de noventa por cento de supostos desaparecidos, tanto homens como mulheres, na verdade vão embora porque querem, dando as caras de novo depois de semanas, meses, até anos. E, naquela época, não havia câmeras de segurança para verificar, celulares para rastrear, gastos de cartão de crédito para analisar.

— Certo, mas a família de Josh era muito conhecida, e seria moleza para alguém encontrá-lo, mesmo depois de algumas semanas. Outra coisa: por um tempo, ele morou no México. Será que estava pensando em uma possível extradição para a França, que seria possível dos Estados Unidos, mas não do México, pelo que sei? Lucas Duchamp era um advogado famoso, e teria sido fácil mexer uns pauzinhos se quisesse. Ele podia ter pressionado as autoridades francesas para fazer seu trabalho.

— Tudo bem, aonde você quer chegar?

— Acho que ainda não sabemos o que realmente aconteceu naquela noite, nem se Simone realmente morreu. A história que Josh me contou, por exemplo, sobre a mala que sumiu no dia seguinte, não faz sentido, e não acredito nela. De toda forma, quero passar alguns dias na França e conversar com essas mulheres, Claudette Morel e a irmã de Simone, Laura.

Um homem embrulhado em um casaco grosso entrou e se sentou à mesa ao nosso lado. Quando nossos olhos se encontraram, ele piscou para mim e sorriu.

— Se eu fosse você, pararia de perder tempo e dinheiro com essa história — disse Mallory. — Não dá para ter certeza de que essas mulheres sabem alguma coisa. — Ele colocou uma nota de vinte em cima da mesa e se levantou. — Essa fica por minha conta. Vou continuar investigando, e, se você precisar de alguma coisa, me ligue. Estarei na Costa Oeste por algumas semanas.

— Obrigado, e boa sorte com a dieta.

dezesseis

No fim de semana, peguei um bloco de papel e anotei todas as perguntas que continuavam sem resposta. Eu tinha lido o diário de Abraham duas vezes e também fizera um resumo dos relatórios de Mallory. Uma das minhas dúvidas era: será que Abraham já era extremamente instável em Paris, como Josh descrevera, ou sua mente se deteriorara durante os anos de pobreza e solidão, com o coração partido devido à tragédia que testemunhara? E se ele estivesse contando a verdade, e Josh, na década de 1990, tivesse usado seu dinheiro e sua influência para incriminá-lo e mandá-lo de uma vez por todas para um manicômio de criminosos? Ninguém acreditaria em Abraham se ele tentasse revelar a verdade para a polícia.

Invoquei o espírito do Google e descobri o site da fundação Rosa Branca. De acordo com ele, a instituição era financiada pela herança do Sr. Salem H. Fleischer, pai de Josh. Mas um detalhe chamou minha atenção: Josh me contara que seus pais haviam falecido em um acidente de carro em junho de 1973, mas a fundação fora criada quatro anos depois, em fevereiro de 1977.

Anotei o telefone do presidente do conselho administrativo, um homem chamado Lionel J. Carpenter. Após algumas tentativas malsucedidas de entrar em contato, uma secretária rabugenta finalmente transferiu minha ligação. Eu me apresentei e disse que estava ligando por causa do falecido Joshua Fleischer. O presidente do conselho ficou interessado na mesma hora.

— Dr. Cobb, o senhor falou recentemente com Joshua? Em pessoa, quero dizer... Quando?

— Sim, Sr. Carpenter, nós nos encontramos no Maine, quando me hospedei em sua casa por alguns dias, em outubro do ano passado.

— Fazia mais ou menos uns quarenta anos que eu não tinha o prazer de me encontrar com ele — informou o homem, para minha surpresa. — Estou no comando da fundação desde o começo, em seu nome, mas não mantínhamos contato... O advogado dele me ligou algumas semanas atrás para me avisar do seu falecimento.

— Infelizmente, é verdade — confirmei. — Ele sofria de leucemia. Foi nesse contexto que contratou meus serviços. Sou psiquiatra, e o Sr. Fleischer era meu paciente.

— Já ouvi falar do senhor, Dr. Cobb. Acho que o vi na televisão faz pouco tempo. O senhor publicou um livro, não foi?

— Sim, isso mesmo. Sr. Carpenter, quero fazer uma pergunta: a Instituição Rosa Branca foi fundada por Joshua ou pelo pai dele?

Houve uma pausa.

— De certa forma — disse ele, hesitante —, a ideia foi de Joshua. Mas prefiro não discutir essa questão por telefone. Se o senhor puder, podemos conversar hoje à tarde. Vou viajar amanhã e passar alguns dias fora. Pode me encontrar aqui, no meu escritório, às cinco?

— Claro, obrigado. Estarei aí.

Carpenter tinha 70 e poucos anos, era alto, magro e macilento. Ele me ofereceu uma cadeira, pediu à secretária que nos trouxesse café e disse:

— Comecei a trabalhar no escritório de advocacia de Salem na década de 1960, oito anos antes do acidente. Depois de sua morte, não modificamos o nome da empresa, Fleischer e Associados, por cinco anos. Sócios novos começaram a entrar, e tivemos que trocar o nome. Sal era um homem extraordinário, querido por todos, muito inteligente. Suas festas eram eventos da alta sociedade de Manhattan na época. Ele era próximo dos Kennedy e manteve contato com Jackie até o fim.

— Sr. Carpenter, que tipo de relacionamento Josh tinha com os pais, se não se importar com a pergunta?

Ele tirou os óculos e começou a limpá-los com um lenço.

— Para ser sincero, o rapaz era um adolescente estranho. Inteligentíssimo, todos os professores diziam que sua mente era brilhante, mas seu comportamento podia ser... esquisito. Houve casos em que Sal teve que usar sua posição para abafar escândalos. O fim da década de 1960 e o início de 1970 foi uma época curiosa, e os jovens adoravam ser rebeldes, mostrar aos mais velhos como eram livres, mas Josh ia um pouco além, sabe? Nada como drogas, bebidas, correr demais com o carro. Pelo contrário, era um rapaz sensato para sua idade. Ele nem fumava, pelo que lembro.

— E...?

Carpenter terminou de limpar os óculos, devolvendo-os ao nariz, e tomou um gole de café.

— Bem, Joshua era bonito, rico e culto, então as meninas gostavam dele — continuou, parecendo um pouco envergonhado. — Pelo que sei, tinha uma série de namoradas. Mas havia algo estranho, e certas garotas conversaram com os pais delas, determinadas coisas vieram à tona. Parece que ele tinha algumas preferências... diferentes. Uma menina alegou, por exemplo, que ele tinha tendências sádicas. É óbvio que Sal nunca me contou detalhes, e, de toda forma, ele estava convencido de que o problema era a boca grande do filho, que seu desejo era provocar através de fantasias, sem se dar conta de que as namoradas não tinham uma imaginação tão fértil e poderiam levar a sério as histórias que inventava para impressioná-las. Pelo que eu soube, o pai se recusou a deixá-lo estudar em Harvard, quebrando a tradição da família. Ele tinha medo das fofocas em um lugar onde seu nome era tão conhecido.

Tive a impressão de que Carpenter passara anos esperando por uma oportunidade de falar sobre os Fleischer. Era óbvio que a história o preocupara mais do que ele estava disposto a admitir. Aos poucos, chegou à fundação da Rosa Branca.

— Depois que se formou, Joshua foi para a Europa. Para a França, acho. Quando voltou, alguns meses depois, me ligou de um hotel em Nova York. Fazia dois anos que não nos víamos nem nos falávamos, porque a questão do testamento já tinha sido resolvida e ele era maior de idade. Em resumo, Joshua me disse que não precisava do dinheiro dos pais, que queria tomar as rédeas da própria vida e doar a herança, cada centavo dela, para uma fundação, que me pediu para fundar e administrar junto com quem eu escolhesse. Fiquei chocado, como o senhor pode imaginar. Tentei convencê-lo a mudar de ideia, ou pelo menos a pensar melhor no assunto. Eu tinha certeza de que alguma coisa acontecera na Europa, e não queria que ele tomasse uma decisão num impulso e se arrependesse depois.

— De quanto estamos falando?

— Levando em consideração todas as propriedades, incluindo a casa, era mais de 30 milhões de dólares. Continua sendo uma fortuna, mesmo para os padrões atuais.

— É, continua mesmo.

— Joshua me garantiu que a decisão não era um capricho passageiro, mas resultado de uma análise calma e lúcida. Ele me passou o telefone de um advogado com quem conversara e me disse que, se eu não quisesse administrar a fundação, havia muitas pessoas que aceitariam o trabalho. Pensei em Sal e Sandra, em nossa amizade e na possibilidade do seu legado cair em mãos erradas, e topei. E foi assim que a Instituição Rosa Branca nasceu. Faz dois anos que me aposentei, mas mantive o cargo de presidente honorário do conselho administrativo. Josh decidiu que a fundação devia se dedicar apenas a oferecer ajuda psicológica e financeira a mulheres vítimas de abuso. E é isso que fizemos por todos esses anos, com ótimos resultados, inclusive. Depois disso, passei um tempo sem ter notícias dele. Fui informado de que passaria um período fora dos Estados Unidos. Depois, acabei descobrindo, não lembro como, que ele tinha se mudado para o México. Alguns anos depois, li no jornal sobre um empresário chamado Joshua Fleischer, que estava fazendo um sucesso estrondoso em Wall Street. Liguei para ele e conversamos. Mantivemos contato por telefone, mas nunca mais nos encontramos pessoalmente.

Agradeci, e Carpenter me acompanhou até a porta. Antes de eu ir embora, ele inclinou a cabeça e disse:

— Ah, tem mais um detalhe importante que me esqueci de mencionar. Sal mudou o testamento pouco antes de morrer, acrescentando uma condição muito curiosa: Joshua perderia toda a herança caso se envolvesse em algum incidente de violência contra mulheres, com exceção de autodefesa.

Fiquei impressionado. Havia muito tempo que minha profissão me ensinara que, se você cavoucar o suficiente, por trás de uma imagem perfeita sempre há uma pilha de lixo, e a família Fleischer não devia ser exceção à regra. Mas, no caso deles, o lixo parecia conter alguns segredos perigosos também.

— Mas por que o Sr. Fleischer mudaria o testamento? Alguma coisa aconteceu para sugerir que o filho seria capaz de algo assim?

— Não sei. Talvez o senhor seja jovem demais para saber, mas, naquela época, muitas coisas eram vistas apenas como *acidentes* infelizes, e ninguém tocava mais no assunto. Uma família decente costumava manter seus *acidentes* trancafiados em um lugar seguro, onde nem seus melhores amigos teriam permissão de entrar sob hipótese nenhuma. Eu e Sal éramos bem próximos, como eu já disse, mas ele sabia muito bem como proteger sua privacidade, e ninguém, inclusive eu, teria coragem de perguntar sobre algo assim. Porém, para ser sincero, sempre pensei que a decisão de Joshua sobre a herança devia ter alguma conexão com essa exigência no testamento do pai. Eu não quis me aprofundar muito nos seus motivos, porque não era da minha conta. Tenha um bom dia, Dr. Cobb.

Liguei para Claudette Morel no dia seguinte, assim que acordei, e a ligação foi atendida após dois toques por uma voz rouca, de fumante. Perguntei se podíamos conversar em inglês, e ela concordou. Eu me apresentei, e ela confirmou que tinha sido muito próxima das irmãs Maillot.

— Sra. Morel, sei que o inspetor Henri Solano, da polícia francesa, a procurou faz alguns dias. Como ele deve ter mencionado, estou muito interessado em discutir as circunstâncias do desaparecimento de Simone Maillot, ou Duchamp, em outubro de 1976.

— Entendo... A polícia descobriu o que aconteceu? O inspetor não quis me dar detalhes.

— Infelizmente, não, mas...

— Ele também mencionou seu empregador, um homem chamado Joshua Fleischer, não é? Nós nos conhecemos, muito tempo atrás. — A voz dela soava cautelosa e hostil. — Por que ele está interessado nessa história, depois de tanto tempo? Ele disse? A polícia está envolvida?

— Não, não está, é uma questão particular. Quanto ao interesse do Sr. Fleischer, bem, é um pouco complicado. Ele foi meu paciente, e...

— Entendo, Dr...

— Cobb, James Cobb. Por favor, me chame de James.

— Bem, Dr. Cobb, essa história toda está muito mal contada. Não vejo motivo nenhum para falar nada. Não conheço o senhor, nem sei o que realmente quer de mim. As autoridades lhe deram um mandado, ou há algo que queira me dizer da parte de Joshua Fleischer?

— Eu liguei porque preciso da sua ajuda, Sra. Morel. Pelo que sei, a senhora conheceu o Sr. Fleischer em 1976, e também conheceu o melhor amigo dele, o Sr. Abraham Hale. E os dois estavam apaixonados por Simone, não estavam?

Ela riu — uma risada irônica, sem nenhum traço de alegria.

— Não sei quem estava apaixonado por quem, Dr. Cobb. Foi só muito depois do desaparecimento de Simone, quando Laura parou de falar comigo, que juntei os pontos. Nós duas éramos muito amigas na época, mas ela tinha seus segredos, como todo mundo. Estudávamos juntas na faculdade. Simone me indicou para a fundação em que trabalhava, a pedido da irmã, e consegui um emprego de meio período lá. E aí...

— Então a senhora trabalhava com Simone? Eu não sabia disso. Por um tempo, Abraham Hale trabalhou na fundação também, se não me engano, então vocês deviam se conhecer.

— É claro que eu o conhecia. E conheci Fleischer também. — Ouvi um cigarro sendo aceso do outro lado da linha. — Aliás, como está Fleischer? Ele vai bem?

— Infelizmente não tenho boas notícias. O Sr. Fleischer faleceu faz alguns meses, de leucemia.

— Que pena.

— Sra. Morel, preciso perguntar: depois que o Sr. Fleischer visitou Simone em Lyon, ele...

— Desculpe interromper, mas os dois rapazes foram para Lyon juntos, eu me lembro bem. Também fui convidada. Abraham era muito bonito, tímido, quieto e educado, o extremo oposto de Fleischer, que era esquisito. Como já disse, eu saí com os dois algumas vezes, mas parei de ir depois de certo tempo, principalmente por causa do comportamento de Fleischer. Ele ficava insuportável quando bebia. E ele bebia muito.

— Entendo... Pouco depois daquele fim de semana em Lyon, Simone desapareceu. A senhora se lembra do que houve? Estava em Paris na época?

Por um instante, ela ficou em silêncio, e ouvi sua respiração se tornar mais ofegante.

— Vejo que você já sabe de muita coisa... Como eu disse, Laura costumava conversar comigo sobre sua vida e a da irmã. Sim, eu estava em Paris quando Simone desapareceu. Na época, dividia um apartamento com Laura. Simone não atendia ao telefone, não apareceu no trabalho, então os pais dela chamaram a polícia. Foi horrível. Ela simplesmente sumiu... Por muitos anos, pensei que poderia estar viva, morando em outro país e usando uma identidade falsa, sabe? Como nos filmes.

— Por que ela faria isso?

— Não sei o motivo, mas os Duchamp esqueceram dela bem rápido. Rápido até demais. Então imaginei que deviam saber de alguma coisa. Aquela família tinha muitos segredos, Dr. Cobb.

— E Laura? As senhoras ainda mantêm contato? Eu gostaria de conversar com ela, se possível.

— Depois que Simone sumiu, Laura largou a faculdade, voltou para Lyon e se isolou completamente do mundo. Ela se recusou a falar comigo ou com qualquer outra pessoa, pelo que sei. Fiquei sabendo que teve um colapso nervoso e foi internada em uma clínica psiquiátrica na Suíça por alguns anos. Deve ter custado uma fortuna. Tentei entrar em contato com ela muitas vezes, mas o pai me pediu que não ligasse mais, e, com o tempo, obedeci. Então minha família vendeu nossa casa e se mudou para a Alsácia, e nunca mais voltei a Lyon. Não posso ajudá-lo a entrar em contato com ela, sinto muito.

De repente, Claudette mudou de assunto e me perguntou sobre Abraham.

— Infelizmente também não tenho boas notícias sobre ele. Parece que Abraham passou um tempo morando na Califórnia, depois foi para Nova York. No outono de 1998, matou uma mulher. Ele foi declarado louco e internado em um manicômio judiciário, onde faleceu pouco depois.

Houve um longo silêncio.

— Nós estamos falando da mesma pessoa? Deve haver um engano.

— Por quê?

— Porque Abraham era a pessoa mais gentil que já conheci, e não acredito que ele seria capaz de algo assim.

— Infelizmente estou falando a verdade, Sra. Morel. Ele foi diagnosticado como um paranoico perigoso.

— Abraham? Ah, meu Deus... Escute, nós não nos conhecemos, mas quero perguntar uma coisa: O senhor já pensou que pode estar em perigo? Que sua reputação, sua carreira e até sua vida podem estar em risco?

— Como assim?

— Essa história. O senhor disse que é psicólogo.

— Na verdade, eu disse que era psiquiatra.

— Bem, então não deve ser muito bom no seu trabalho, já que se meteu nessa confusão. Lembro que Laura ficou cada vez mais quieta e nervosa durante aquela época, depois de conhecer aqueles rapazes. Para mim, era nítido que ela estava preocupada com alguma coisa, que provavelmente tinha conexão com os americanos, mas nada relacionado a amor e romance. Acho que Abraham e Fleischer estavam envolvidos com algo sombrio e perigoso, mas nunca descobri o quê. E então Simone desapareceu, e minha amiga foi parar no hospital.

— Tenho mais uma pergunta, Sra. Morel. Sabe se, por um acaso, o Sr. Duchamp mencionou Joshua e Abraham para a polícia francesa na época? Parece que a senhora suspeitava do envolvimento dos dois no desaparecimento de Simone, e provavelmente não era a única. Não entendo por que a polícia não tentou falar com eles.

— Não sei o que os Duchamp contaram para a polícia, sinto muito. Mas ninguém veio falar comigo.

O humor dela foi mudando aos poucos, e notei que estava ficando nervosa. Seu discurso se tornava cada vez mais confuso.

— Sra. Morel, estou muito intrigado com essa história. Seria um favor enorme se pudesse se encontrar comigo para conversarmos. Talvez eu vá a Paris na semana que vem, e...

— Mas o senhor disse que é médico.

— Isso mesmo.

— E não tem pacientes e prazos? Como pode largar tudo assim? Isso não me parece muito normal. Estou assustada.

— Preciso ir a Paris para tratar de outras coisas e queria muito me encontrar com a senhora — menti.

— Seu nome é James Cobb. C-o-b-b, certo?

— Sim.

Escutei o farfalhar de folhas de papel.

— São duas da tarde aqui — disse ela. — Quero que me ligue amanhã, na mesma hora. Preciso consultar minha agenda — enfatizou em um tom metido, antes de desligar.

*

Naquela noite, encontrei uma mensagem de Elisabeth Gregory na minha caixa de entrada.

Prezado Dr. Cobb,

Sua mensagem despertou lembranças dolorosas, lembranças que eu tinha enterrado há muito tempo. Já ouvi falar muito sobre o senhor e aprecio seu trabalho, então tenho certeza de que existe um bom motivo para seu interesse em coisas que aconteceram em um passado tão distante.

Eu raramente saio de casa, então quero convidá-lo para me visitar aqui, quando puder. Podemos conversar mais então.

Cordialmente,
Elisabeth

Respondi que a visitaria no dia seguinte e passei o número do meu celular. Ela me mandou uma mensagem logo depois — estaria me esperando às onze da manhã.

dezessete

Elisabeth Gregory morava em Bradford Estates, um condomínio cheio de casas com quintal, construído em meados da década de 1980, próximo a Princeton Junction. Havia cerca de três dúzias de casas e prédios espalhados em torno de um campo de golfe com um laguinho no centro.

A propriedade em si tinha dois andares, com a fachada branca e uma varanda grande. À direita havia um lago, e, à esquerda, a garagem, diante da qual estacionei meu carro. Saltei e observei os arredores.

O lugar parecia novo em folha, e cada detalhe aparentava estar exatamente no lugar certo. O exterior da casa havia sido pintado fazia pouco tempo, e a água no lago, apesar do clima, era transparente. Tive a sensação de encarar a versão gigante de uma casa de bonecas, abandonada no meio de um campo por uma criança enorme e entediada, que estava escondida em algum lugar por perto.

Subi os degraus até a varanda e vi uma silhueta por uma das janelas do primeiro andar. A Sra. Gregory abriu a porta antes de eu tocar a campainha.

Ela era muito alta, e, apesar da idade, dava para notar que havia sido uma beldade fora do comum. Seu cabelo grisalho estava preso para trás com uma faixa preta. Ela usava um suéter estampado e calça jeans desbotada.

Eu a cumprimentei e fui convidado a entrar.

— O senhor parece mais jovem e mais magro do que na televisão — disse a Sra. Gregory, e sorriu.

Ela fechou a porta e me guiou por um corredor cheio de fotografias em preto e branco. Entramos em uma sala espaçosa. O interior dava a mesma impressão que o lado de fora — imaculado; cada objeto parecia ter sido posicionado depois de uma reflexão demorada e cuidadosa. O cheiro de café se misturava com um purificador de ar leve e um perfume discreto. O canto dos pássaros e o suave chiado de ocasionais carros passando pela Vincent Drive eram os únicos sons que entravam pelas janelas.

— Se o senhor ainda não tomou café, tenho uns croissants maravilhosos — disse ela, gesticulando na direção da cozinha. — Estão frescos, comprei hoje cedo.

— Não precisa — disse. — Obrigado pelo convite.

Sobre a mesa, havia uma tigela com um bule, dois pires e duas xícaras. A Sra. Gregory serviu o café e posicionou uma xícara diante de mim. Seus gestos eram calmos e calculados, demonstrando um firme controle sobre o corpo.

— Como o senhor ficou sabendo sobre mim, Dr. Cobb? Por que pediu meu contato a Tom?

— Como escrevi no meu e-mail, o Sr. Fleischer mencionou seu nome em conexão com um homem chamado Abraham Hale. Ele me contou que foi graças à senhora que ele conseguiu o emprego em uma fundação francesa no último ano de faculdade. Na verdade, quero descobrir mais sobre a época em que os dois eram estudantes, e achei que a senhora poderia me contar mais detalhes.

— Entendo... E Fleischer contou mais alguma coisa?

— Não. Só que o Sr. Hale era seu protegido.

— Certo... A sua curiosidade é apenas profissional?

— Para ser sincero, vai além disso. Só que minha vida se complicaria bastante se a senhora me pedisse que fosse mais específico.

— Não, não vou pedir. Só quero me certificar de que nada do que vou contar irá a público. Espero que seu interesse não siga esse rumo.

— Não é nada assim, Sra. Gregory. É apenas algo pessoal, que não vai acabar em uma revista nem em um livro. Dou a minha palavra. De toda forma, o Sr. Fleischer impôs uma condição parecida.

— Não me surpreende... Que tal o senhor me contar como Joshua Fleischer virou seu paciente?

Enquanto tomávamos café, contei como Josh me procurou, sem entrar em muitos detalhes, e sobre o diário de Abraham Hale, pulando a parte em que, antes de ser internado no manicômio, ele havia se tornado um assassino.

A Sra. Gregory prestou atenção, sem tirar os olhos de mim. Quando terminei, ela perguntou:

— Tanto Abe como Joshua já se foram, Dr. Cobb... Então por que algo que aconteceu há tanto tempo faz diferença para o senhor?

— Essa é uma boa pergunta... Bem, não mencionei que o Sr. Fleischer acreditava que ele ou o Sr. Hale tinham feito algo terrível em Paris. Acabei descobrindo que os eventos podem não ter acontecido da maneira como ele se lembrava, e, agora, estou tentando entender *por que* ele criaria esse tipo de memória falsa.

— Isso é possível?

— Claro. Aquilo que chamamos de *memória* não é uma câmera de vídeo que *filma* a realidade ao nosso redor e a preserva de forma fiel, sem alterações. Ocorrem distorções durante o processo de gravação. E outras surgem com o passar do tempo, conforme nossa percepção muda. De acordo com pesquisas, oitenta por cento das nossas lembranças podem ser mais ou menos mentirosas.

— Essa coisa terrível tem algo a ver com uma mulher?

— Sim, com uma jovem francesa que ele e o Sr. Hale conheceram em Paris, no verão após a formatura. O nome dela era Simone Duchamp, e ela desapareceu no outono de 1976.

— Então talvez eu tenha uma explicação, Dr. Cobb. Tenho fortes motivos para acreditar que, pouco antes de os dois se formarem, Fleischer cometeu outra ação terrível. Mas Abe encobriu o caso. Tinha algo a ver com uma herança, se não me engano. Talvez ele tenha feito a mesma coisa em Paris.

A Sra. Gregory estava sentada com a coluna muito empertigada, sem nem tocar no encosto da poltrona. Ela passou um tempo encarando o nada, mas então se levantou e foi até um aparador. Abriu a primeira gaveta, revirou o conteúdo por um instante e pegou uma foto. Quando voltou para a mesa de centro, me entregou a fotografia sem dizer uma palavra.

A imagem estava muito embaçada, pois havia sido tirada com uma Polaroid barata, e as cores eram distorcidas, mas consegui reconhecer minha anfitriã na juventude, com o corpo de uma deusa, de braço dado com um rapaz alto e magro que usava uma camisa preta e calça jeans. Ele exibia o sinal de paz e amor para a câmera e sorria. Os dois estavam diante de uma roseira alta, e, ao longe, vi o que parecia ser uma torre de igreja. Olhei o verso da foto. No canto esquerdo, havia a data 14 de junho de 1976.

— O ano em que o Sr. Fleischer e o Sr. Hale se formaram na faculdade — comentei.

Ela concordou com a cabeça.

— É a única foto de nós dois juntos. E o senhor é a primeira pessoa para quem a mostro.

— Perdoe-me, Sra. Gregory, mas o seu relacionamento com o Sr. Hale era íntimo? O Sr. Fleischer mencionou essa parte, mas não parecia saber muitos detalhes.

— Ele sabia muitos *detalhes*, pode acreditar — respondeu ela. — O suficiente para nos subornar. O que aconteceu foi o seguinte...

A Sra. Gregory se encostou na poltrona e fechou os olhos, como se fosse mais fácil contar a história sem me encarar.

— Conheci Abe no segundo ano dele em Princeton, quando foi contratado para estagiar na minha empresa. Ele era inteligentíssimo, tímido e muito bonito. Para sua idade, era extremamente culto. E se destacava demais dos outros alunos; era difícil não notar sua presença. Agora, o senhor me disse que ele enlouqueceu. Com todo respeito, Dr. Cobb, não acredito nisso. O Abe que eu conheci era a melhor pessoa do mundo.

"Nós tivemos uma conversa particular, e perguntei se ele pretendia seguir carreira acadêmica. Abe confessou que era o seu sonho. Acabei me tornando uma espécie de mentora, por assim dizer, sem segundas intenções.

"A situação permaneceu assim até o fim do ano. Naquele verão, Abe perdeu a bolsa de estudos. Fazia meses que estava muito deprimido. Ele sentia dificuldades para se concentrar, tinha praticamente desistido dos estudos, passava dias sem conseguir sair de casa."

— A senhora não acha que pode estar descrevendo o começo da doença dele?

— Não, não acho, porque, apesar de sua tristeza crônica, Abe era totalmente racional. Mas sua mãe tinha falecido quando ele era pequeno, o relacionamento com o pai era horrível, e seu maior medo era não conseguir trabalho aqui e ter que voltar para sua cidade natal, para uma comunidade que sempre pareceu rejeitá-lo. As notas dele foram péssimas, e, como eu disse, ele perdeu a bolsa.

"Eu o contratei para voltar a trabalhar na minha empresa durante o verão. Não tirei férias naquele ano, então nós nos víamos com frequência. Foi quando nosso relacionamento começou. Eu não sentia pena de Abe, não me entenda mal. Apenas me apaixonei. Acho que me sentia assim desde o dia em que nos conhecemos. Eu ainda era casada, não apenas porque não acreditava que o divórcio era uma opção, mas porque meu marido, Matt, morava em Nova York, e quase não nos víamos. Ele era mulherengo, todo mundo sabia disso, e sonhava em se tornar o novo Arthur Miller, mas acabou sendo só um bêbado chato, como todos os alcoólatras."

A Sra. Gregory se levantou e abriu uma das janelas. Um vento frio invadiu a sala.

— Toda primavera desde que me mudei, faço planos de construir uma piscina e um monte de outras coisas — disse ela, voltando à mesa de centro e se sentando na poltrona. — E quando o outono chega, percebo que não fiz nada. O tempo passa a ter uma dimensão completamente diferente quando envelhecemos. O senhor deve saber muito sobre a relatividade daquilo que chamamos de horas, dias e anos, não é, Dr. Cobb?

"Enfim, não quero entrar em detalhes sobre meu relacionamento com Abe, porque nada disso é relevante para nossa conversa. Vou apenas dizer que nunca sonhei que encontraria um rapaz tão maravilhoso. Todas as pessoas que odiamos se tornam parecidas aos nossos olhos, mas aqueles que amamos sempre são diferentes uns dos outros.

"Antes de me casar, eu nunca tinha tido um namorado sequer, e, para mim, os únicos homens do mundo eram meu pai, que era meu ídolo e faleceu quando eu tinha 21 anos, e Matt, meu marido, um hipócrita arrogante e cruel, por quem, mesmo assim, passei alguns anos apaixonada. Abe era diferente dos dois. Ele não tinha a força que eu sentia em meu pai nem o talento enorme que meu marido afogou no álcool. Mas tinha outra coisa: uma bondade quase infinita, uma gentileza angelical, uma delicadeza que eu antes achava só estar presente nas mulheres.

"Mas duas coisas aconteceram: Abe conheceu Fleischer, que se mudou para sua casa. E meu marido nos pegou no flagra. Nosso relacionamento foi destruído."

A Sra. Gregory não gesticulava ao falar, e seu tom era calmo, quase monótono. Eu notara suas pupilas quando ela abrira a porta e me perguntei que remédios tinha tomado.

— Aquela foi a primeira noite em que convidei Abe para dormir lá. Nós passamos na minha casa para eu trocar de roupa antes de irmos para o motel, e, de repente, me perguntei por que tínhamos que fazer aquilo quando eu tinha um lugar inteiro ao meu dispor, minha casa. Os vizinhos do outro lado da rua passariam o fim de semana fora, então ninguém veria nada. Eu morava em Port Hertford na época. Foi a pior ideia que já tive.

"Matt tinha a chave, nem o escutamos entrar. Ele subiu a escada até o quarto e nos encontrou na cama. Nós estávamos dormindo, e ele não nos acordou. Só deixou um bilhete na sala, dizendo que estava hospedado em um hotel próximo. No dia seguinte, ligou e me pediu que fosse encontrá-lo.

"Ele me perguntou quem era Abe e como nos conhecemos. Usou termos vulgares, me acusou de todos os problemas do mundo, disse que me destruiria se eu não terminasse tudo. Eu não tinha medo de Matt. Fisicamente, quero dizer. Sabia que ele não passava de um covarde que gostava de botar banca, mas fiquei com medo do escândalo. Então eu e Abe resolvemos que passaríamos um tempo sem nos encontrar em público, até Matt cansar de bancar o marido traído e partir para outra.

"Foi aí que Fleischer botou as asinhas de fora. Abe tinha me apresentado a ele assim que os dois se conheceram, empolgado.

"Até então, ele nunca tinha me contado sobre amigos próximos, apenas conhecidos. Mas Fleischer o fascinava. E até dava para entender por quê. Ele era muito bonito, se vestia bem, era muito culto, um verdadeiro galã, como a gente dizia na época, seguro de si e charmoso. Eu conhecia o tipo, porque nasci e fui criada em Nova York. E sabia que, por trás daquela fachada bonita, provavelmente havia uma alma pervertida e uma mente cheia de clichês da moda. Mas, para Abe, era novidade ser aceito no grupo de um figurão.

"Fleischer tinha herdado uma fortuna e conhecia gente importante em todas as áreas. Apesar de os dois terem a mesma idade, ele tratava Abe como um irmão mais novo, com um ar de superioridade que eu acharia ofensivo. Mas, ao mesmo tempo, era nítido que gostava muito de Abe.

"Não me entenda mal, Fleischer passava uma boa impressão, era inteligente e, na maior parte do tempo, alegre e calmo. Mas, por trás da aparência, dava para *sentir* que havia algo sombrio e perigoso, mesmo que não fosse possível identificar exatamente o que era. Talvez fosse a sensação de que, sob certas circunstâncias, ele seria capaz de lhe fazer muito mal. Há certas pessoas que são incapazes de machucar os outros, no sentido físico, quero dizer, mesmo que sua vida esteja em perigo, enquanto outras são capazes das piores crueldades em certas situações. Joshua era como uma casa bonita que dava prazer de visitar, mas onde, inevitavelmente, encontraríamos um quarto trancado e logo perceberíamos que jamais deveríamos colocar os pés lá dentro.

"Mas acho que Abe era jovem demais para notar isso e estava cansado da solidão. E então o escândalo veio.

"Nós dois tínhamos passado a noite juntos, no motel que mencionei. Depois do que aconteceu com meu marido, evitávamos a minha casa. Voltei para lá para dormir, pronta para um telefonema demorado e absurdo de Matt, que tinha criado o hábito de ligar toda noite, geralmente muito tarde. Se eu tirasse o telefone do gancho ou não atendesse, ele vinha de Nova Jersey, pronto para brigar, então eu preferia atender e aturar seus discursos bêbados.

"Ele sempre começava com as mesmas palavras, *Precisamos ter uma conversa séria*. Como se nossas conversas anteriores, que duravam horas, não tivessem sido sérias e fossem apenas uma forma de matar o tempo.

"E ele sempre estava bêbado, mas os primeiros minutos da ligação eram relativamente normais. Depois, não importava o que eu dizia, Matt começava a me criticar. Nossa vida a dois, em sua opinião, seria um paraíso se eu não tivesse cometido uma série de erros e feito um monte de coisas horríveis que vinham diretamente da minha essência maligna. Ele dizia que devia estar sendo traído desde o início, com todos os homens que surgissem no meu caminho. E, ultimamente, eu tinha me rebaixado tanto que estava *trepando* com alunos adolescentes, tipo uma piranha no cio. Matt adorava falar desse jeito. Então mencionava os poucos amigos homens que tínhamos como casal e me interrogava sobre supostas relações adúlteras que tive com cada um deles.

"Naquele dia, acredito que depois da meia-noite, ouvi a campainha bem na hora em que eu tentava encerrar a "conversa", um monólogo chato e incoerente que estava pior do que o normal.

"Demorei uns dez minutos para me livrar de Matt, e fui atender à porta. Era Abe. Eu o convidei para entrar, e ele me disse que uma moça chamada Lucy estava acusando Fleischer de estuprá-la. Enquanto isso, o telefone não parava de tocar, e eu tinha certeza de que era Matt. Pedi a Abe que esperasse enquanto eu atendia. Levei uma hora para me livrar dele, enquanto Abe andava de um lado para o outro, fazendo sinais desesperados para mim o tempo inteiro.

"Em resumo, ele queria que eu desse um álibi para Fleischer, que déssemos uma declaração afirmando que estávamos todos juntos na hora do suposto estupro. Eu me recusei.

"Abe me disse que tinha certeza de *onde* Fleischer estava no momento, e que não era em casa, onde a suposta vítima dizia que o estupro tinha acontecido, mas não podia contar para ninguém, nem para mim, onde e com quem o amigo estava. Então ele sabia que Fleischer não era culpado e que a acusação não passava de uma mentira ou um mal-entendido.

"Conversamos durante a madrugada toda, ele insistindo e eu me recusando a fazer aquilo. Fiz um milhão de perguntas, e suas respostas eram sempre vagas. Percebi que Abe sabia mais do que estava dizendo. Ele achava que a suposta vítima devia ter planejado tudo, provavelmente por ganância. Mas quem iria querer prejudicar Fleischer? Quem pagaria a ela para fazer algo assim? Eu sei quem, ele me disse, mas não posso contar, porque você pensaria que estou louco, e as consequências seriam terríveis para nós dois. Perguntei se Fleischer seria capaz de chantagem. Ele evitou me dar uma resposta direta, mas isso bastou para me convencer de que aquela era a única explicação para o comportamento de Abe.

"Acho que cedi mais pelo cansaço. Após duas horas de discussões inúteis com Matt por telefone e outras duas horas de uma conversa tensa com Abe, era impossível pensar com clareza. Eu me vesti, e fomos à delegacia onde Fleischer estava preso. Conversamos com um detetive, que nos contou que a vítima, a Srta. Lucy Sandler, estava em um hotel próximo com um psicólogo. Fleischer seria levado diante do juiz na manhã seguinte e precisava de um advogado.

"As horas seguintes foram um pesadelo, em uma sala tomada por fumaça de cigarro, delinquentes e policiais. Testemunhei que Fleischer estivera na minha casa, se preparando para uma apresentação. O detetive que tomou meu depoimento não parava de sorrir e fazer perguntas maldosas, sem parecer acreditar em uma vírgula do que eu dizia. Contratei um advogado conhecido, e ele deu uma olhada na ficha. Então me contou que a Srta. Sandler alegava que, no dia anterior, por volta do meio-dia, tivera relações sexuais com o acusado, na residência temporária dele, após se conhecerem em uma festa na noite anterior. Depois disso, Fleischer foi embora, dizendo que precisava resolver algumas coisas, e ela caiu no sono. Mais tarde, ele voltou bêbado, lhe deu uma surra, a estuprou e fugiu.

"A história não colava, segundo o advogado, porque a suposta vítima não parecia ter sofrido nenhuma agressão. Ele concluiu que devia ser apenas um caso de chantagem.

"Abe admitiu que fora ele quem apresentara a Srta. Lucy Sandler a Fleischer na festa e que estava chocado com tudo o que havia acontecido. Em certo momento, sussurrou para mim que, se Fleischer fosse considerado culpado, perderia toda a herança, mas não me contou o motivo.

"De manhã, fui ao tribunal com Fleischer, me sentindo em um pesadelo. O juiz concordou em liberá-lo sob fiança, mas o proibiu de sair da cidade. Ao meio-dia, descobrimos que a Srta. Sandler tinha retirado a queixa e voltado para Nova York. Antes de nos despedirmos, Fleischer disse: 'Talvez um dia eu possa recompensar o favor.' Respondi que não queria recompensa: aquela era a pior coisa que eu já tinha feito na vida e preferia nunca mais pensar no que tinha acontecido. Mas, como uma coincidência estranha, a tragédia com Matt ocorreu logo depois."

A Sra. Gregory fez uma pausa, como se tivesse se perdido na história. Perguntei onde era o banheiro, e, enquanto estava lá, dei uma olhada no armário. Havia uma farmácia no interior. Voltei para a sala, me perguntando se podia confiar em sua versão. Depois que me sentei, ela continuou:

— Como eu dizia, dormi por 14 horas seguidas. Tirei o telefone do gancho, então meu marido passou a noite inteira tentando ligar. Por volta das seis da manhã, ele pegou o trem em Nova Jersey. E estava pior do que nunca.

"Matt revirou a casa inteira em busca do meu suposto amante, convencido de que havia um homem escondido em algum lugar. No fim das contas, alguém ligou para a polícia, uma patrulha veio, e ele foi levado para a delegacia, apesar de eu dizer para os policiais que não queria prestar queixa.

"Liguei para Abe, mas ele não atendeu.

"Eu precisava ir trabalhar; havia muita coisa a ser feita que não poderia ser adiada. Tive a sensação de que todo mundo me encarava, que meus funcionários faziam fofoca pelas minhas costas. Liguei para a delegacia, e me disseram que o Sr. Matt Gregory tinha sido liberado algumas horas antes, depois de receber uma advertência. Liguei para Abe de novo, mas ele continuou sem atender.

"Na manhã seguinte, fui acordada pela campainha. Dois policiais vieram me informar que Matt tinha sido assassinado. Esfaqueado, para ser mais exata.

"Eles contaram que o corpo havia sido encontrado por volta das quatro da manhã, em um beco perto da estação de trem em Princeton Junction. Os paramédicos o declararam morto no local. O assassino devia ser profissional. Foi uma única punhalada, direto no coração. Não encontraram dinheiro nem objetos de valor com ele, então parecia um assalto. Você quer mais café?"

O tom de voz da Sra. Gregory não mudou ao fazer a pergunta, então a encarei por alguns segundos, confuso, sem entender o que estava dizendo.

— Não, estou satisfeito, obrigado. Que história horrível... Como o Sr. Hale reagiu quando recebeu a notícia?

— Mais uma vez, Abe parecia muito apavorado. Ele não me deu nenhuma explicação plausível sobre onde estava no dia anterior. Gaguejou qualquer coisa sobre ajudar Fleischer com um trabalho, sobre estar na biblioteca. Era mentira, porque verifiquei mais tarde se eles tinham registrado sua entrada lá, e descobri que não.

— A senhora acha que um deles ou os dois estavam envolvidos na morte de Matt? A polícia pegou o assassino?

— Não, nunca pegaram o culpado. A teoria era que provavelmente fora algum forasteiro, que saiu da cidade logo depois do crime.

"Dr. Cobb, sabe como é quando vemos algo pelo canto de olho por uma fração de segundo e nos perguntamos depois se o que vimos foi real ou produto da nossa imaginação? Nunca me esqueci da expressão no rosto de Fleischer quando ele me disse que um dia me recompensaria pela ajuda.

"Mais tarde, percebi que tinha pensado na possibilidade de ele ou Abe estarem envolvidos no assassinato de Matt desde o primeiro momento. Mas, na época, eu estava assustada e abalada demais com o fato de que de repente minha vida saíra do rumo para ter certeza de qualquer coisa. Meu mundo havia se espatifado em mil pedaços, se transformando em um furacão que podia me engolir a qualquer momento.

"De toda forma, eu e Abe chegamos à conclusão de que seria melhor passarmos um tempo afastados.

"Os pais de Matt pegaram seu corpo no necrotério e o levaram para Nova York. Eles nem me convidaram para o enterro. Fingiram que eu não existia.

"Os meses seguintes foram confusos, e não me lembro de muita coisa. Abe cumpriu sua promessa e não me procurou. Ele não trabalhava mais para mim, e nunca nos encontrávamos por acaso na rua. No fim de dezembro, ele me ligou para desejar um feliz Natal, e contei que passaria as festas de fim de ano com meus pais, na Flórida. Na verdade, fiquei em casa, sozinha, mas queria ter certeza de que ele não apareceria na minha porta. Abe me disse que sua tese estava indo bem. Passamos o inverno inteiro sem nos vermos. Fui eu quem o procurei, no fim das contas, em meados de março.

"Quando olhei em seus olhos de novo, percebi que o homem que eu amava não existia mais. Para alguém com 20 e poucos anos, alguns meses fazem uma diferença enorme. Não, Abe não se esquecera de mim e ainda se importava comigo. Mas, desde o primeiro momento, tive a impressão de que eu havia me tornado uma colega, uma amiga com quem compartilhar memórias.

"Fleischer também parecia diferente. Seu bom humor tinha desaparecido, suas respostas às minhas perguntas eram curtas e grossas, e, na maioria das vezes, ele parecia perdido em um mundo à parte. Eu não entendia por que Abe o levava aos nossos encontros.

"Abe tinha outro motivo para se preocupar. Suas notas estavam péssimas, e ele não tinha nenhuma perspectiva de arrumar um emprego decente. Seu medo era envelhecer dando aulas em uma escola no fim do mundo, cercado pelos fracassos amargurados do corpo docente e pela hostilidade dos alunos na sala de aula. Como eu disse antes, seu relacionamento com o pai era ruim, e ele não queria voltar para Louisiana. Prometi que o ajudaria a encontrar um emprego, mas Abe disse que não precisava. De toda forma, raramente nos víamos.

"Acho que foi em maio, pouco antes da sua formatura, que ele foi me visitar e contou sobre o México. Tinha sido ideia de Fleischer, pelo que entendi. Os dois queriam ir para lá, não lembro exatamente aonde, para comprar um hotel pequeno na praia e viver disso. Abe até me mostrou um panfleto com fotos da propriedade. Era uma mansão de dois andares, caindo aos pedaços, com paredes brancas e detalhes em madeira, na costa.

"Perguntei de onde ele tiraria o dinheiro e fui lembrada que Fleischer era herdeiro de uma fortuna enorme.

"Resolvi fazer todo o possível para impedir que ele se metesse naquela aventura. Abe não sabia nada sobre administração de hotéis. Eu o imaginei virando um alcoólatra inchado, envelhecido, cercado de vagabundos, suando na varanda de uma casa em ruínas, a piada da cidade.

"Por um golpe de sorte, um amigo na França tinha me pedido que recomendasse alguém para um emprego temporário em uma fundação cultural chamada L'Etoile. O salário não era dos melhores, mas, para um rapaz no começo de carreira, era uma chance de trabalhar na Europa, e Abe era fluente em francês.

"No começo, ele foi totalmente contra, e acho que foi Fleischer quem finalmente o convenceu a aceitar. Na época, eu não sabia que os dois tinham combinado de se encontrar na França logo depois.

"Em julho, eu o levei até o aeroporto, e ele foi embora. Tive a impressão de que nunca mais nos veríamos."

O sol havia atravessado as nuvens e brilhava forte. A Sra. Gregory se levantou e gesticulou para que eu a acompanhasse. Ela pegou um casaco em um suporte no corredor, jogou-o sobre os ombros, e nós saímos.

Na varanda, havia uma mesa e um banco de madeira, e fui convidado a me sentar. Um pardal pousou na beira da mesa e nos encarou com seus olhos pretos de contas, e depois saiu voando, desaparecendo em meio aos arbustos.

*

— Nas primeiras duas semanas, Abe me ligava quase todo dia. Ele estava feliz e empolgado. Mas depois as ligações pararam. Tentei entrar em contato com Fleischer e descobri que ele também tinha ido para Paris. Eu tinha o endereço e o telefone de Abe, que ele tinha me dado quando chegou à França, então escrevi para tentar ter notícias, mas não recebi resposta.

"No fim das contas, fui até lá. Eu já tinha ido a Paris, cerca de 15 anos antes, no verão depois que me formei na escola, nos dias em que viagens para a Europa se tornaram um requisito para a classe média, isso e casas de três quartos em bairros residenciais, dois carros na garagem e uma televisão em cores."

— A senhora conheceu Simone?

Ela assentiu.

— Não diretamente... Em uma de suas poucas cartas, Abe me contou que conheceu uma mulher com esse nome, que o deixou fascinado com sua beleza e inteligência, e o ajudou a se aclimatar à vida parisiense. E me falou essas coisas como se eu não passasse de uma simples amiga, o que me irritou. Ele deve ter achado que seria uma gentileza me informar, mas, para mim, foi um tapa na cara. Foi por causa desse namorico que larguei tudo e fui atrás dele. Alguma mulher já se apaixonou pelo senhor, Dr. Cobb?

— Sim, acho que sim...

— Bem, não sei o que ela fez ou como reagiu, mas, pode acreditar, não foi nem metade do que imaginou fazer. Eu bolei uma infinidade de planos para me vingar, um pior do que o outro. Pensei em acabar com a reputação dele, acusá-lo da morte do meu marido, dizer à fundação que tinha me arrependido da recomendação, encontrar Simone para falar que Abe era um maníaco perigoso e que ele e Fleischer eram mais do que simples amigos, se é que o senhor me entende.

"Quando finalmente cheguei a Paris, eu nem sabia mais o que queria. Estava me sentindo uma amante velha e abandonada, disposta a criar um escândalo e me humilhar em troca de uma chance ínfima de voltar com meu namorado mais novo. Eu entendia que minha situação era deplorável, mas não conseguia me controlar.

"Passei a noite em um hotel próximo à rua onde Abe morava. Na manhã seguinte, entrei no primeiro salão de beleza que vi para me tornar mais apresentável. Tentando parecer feliz e segura, fui procurá-lo na fundação. Ele não estava, então fui até seu endereço, rezando para tudo que é mais sagrado para não o encontrar com aquela mulher. Abe tinha companhia, mas era Joshua quem estava lá.

"O porteiro interfonou para dizer que havia uma mulher na portaria, sem dar meu nome, e, quando ele me viu, ficou paralisado. Disse que Fleischer estava no apartamento, e fomos a uma cafeteria lá perto.

"Toda minha confiança havia desaparecido, e me rastejei aos pés dele. Abe nunca estivera em uma situação como aquela antes e ficou envergonhado, não sabia o que fazer. Ele me pediu várias vezes que tentasse entender, dizendo que achava que nosso relacionamento tinha acabado antes da sua vinda para a Europa.

"Resumindo, fiz um papelão. No fim das contas, consegui me acalmar e percebi que me sentia feliz na presença dele, mesmo naquelas circunstâncias. Perguntei se ele estava apaixonado pela garota, se os dois estavam juntos. Abe nunca negou nem admitiu nada, então ainda não sabia que tipo de relacionamento eles tinham.

"Não há motivo para me estender muito em relação aos detalhes... Abe continuou com suas explicações e desculpas, eu insisti que nossa separação seria um erro enorme. Menti e disse que tinha negócios para resolver em Paris, então fiquei na cidade por mais alguns dias e o segui. Ele se encontrou com Simone, e tive certeza de que os dois estavam perdidamente apaixonados. Eu não estava pensando direito. Meu comportamento me causava vergonha, mas, como disse, era difícil me controlar.

"De toda forma, eu tinha largado tudo no trabalho, dando desculpas absurdas para todo mundo, e vagava por uma capital estrangeira como um fantasma, a todo tempo me perguntando o que estava fazendo ali. Nem sei se deduzi certas coisas depois ou se simplesmente as imaginei. A vida inteira fui uma pessoa racional, sempre muito lógica, e, de repente, tinha me transformado em uma mulher perdida que se comportava de maneira degradante."

Tive uma sensação estranha de *déjà-vu*. Era como se eu tivesse voltado ao Maine, à mansão de Joshua Fleischer, escutando novamente a mesma história longínqua, desta vez contada sob outro ponto de vista, por outra personagem.

— O homem que tinha me pedido que recomendasse alguém para a fundação se chamava Pierre Zolner. Ele dava aulas na faculdade politécnica. Eu tinha certeza de que Abe voltaria para os Estados Unidos se perdesse o emprego. Então escrevi uma carta maldosa e anônima, denunciando Abe e Fleischer, e a mandei para Zolner. Depois, ele ligou para me informar que, apesar de seu respeito e amizade por mim, a fundação tivera que demitir o rapaz que recomendei.

"Voltei para casa e para minha vida. Por um tempo, me recusei a pensar em Abe. Ele nunca mais entrou em contato comigo, e também não tentei procurá-lo. Por acaso, no fim da década de 1980, conheci um homem em Baton Rouge que conhecia bem a família Hale. Os detalhes não vêm ao caso. Mas ele me disse que o pai de Abe tinha ficado arrasado ao se deparar com o filho andando na rua, em Los Angeles. Quando o chamou, Abe fingiu que não escutou. Eu sabia que ele detestava o pai, então não fiquei surpresa ao saber que os dois perderam contato.

"Fiquei muito triste com o que o senhor me contou hoje, Dr. Cobb. Agora, sei que posso ter estragado tudo e arruinado a vida de Abe apenas por rancor. Se eu não tivesse mandado aquela carta, talvez ele ainda fosse feliz com aquela mulher, em vez de voltar para cá e terminar morrendo sozinho em um manicômio."

Entendi que a Sra. Gregory havia chegado ao fim da história. Por um instante, permanecemos sentados em silêncio. Ela parecia exausta, e eu tinha a sensação desagradável de ter aberto a gaveta de calcinhas de uma senhora de idade, revirado suas roupas íntimas. Então ela me perguntou:

— Bem, Dr. Cobb, descobriu o que queria?

— Para ser sincero, não — respondi. — Não entendo como funcionava o relacionamento entre os dois homens e a Srta. Duchamp, porque a versão do Sr. Fleischer era completamente diferente da sua. E não descobri o que aconteceu depois que o Sr. Hale foi demitido. O Sr. Fleischer foi muito enfático sobre não se lembrar dos acontecimentos de uma noite específica. Foi por isso que me procurou. E as circunstâncias do desaparecimento de Simone Duchamp continuam confusas.

— Fleischer deve ter mentido — disse a Sra. Gregory em um tom calmo. — Já era de se esperar. Aquele homem era um assassino. Conforme o tempo foi passando, fiquei cada vez mais convicta de que ele matou o meu marido.

— Então por que ele me contrataria, correndo o risco de revelar tudo sob hipnose?

— Talvez para ter credibilidade, Dr. Cobb. Ele deve ter fingido entrar em transe. Não sei a que conclusão o senhor chegou em sua consulta, mas provavelmente foi algo que o exonerou por completo. Ou talvez ele quisesse encontrar uma forma de confessar seus pecados e aliviar a consciência antes de morrer. Mas é tudo tão previsível, não acha? O riquinho fica cada vez mais rico, se torna um membro respeitado da alta sociedade, apesar de suas transgressões passadas. E o pobretão termina aceitando seu papel como um zé-ninguém, esquecido por todos, chegando a enlouquecer.

"Abe tinha uma mente brilhante, que hesitava em usar por causa de todos os preconceitos e das frustrações que carregava. Ele era quase um gênio, mas, ao contrário de Fleischer, sua autoestima tinha sido completamente destruída desde a infância, talvez devido ao comportamento do pai. Abe e aquela garota pagaram o preço, enquanto Fleischer seguiu com a vida, intocado. Mas são sempre os mais fracos e bondosos que levam a culpa, não é? Eu queria que Abraham tivesse sido feliz e bem-sucedido. Em vez disso, fui tão cruel com ele quanto as outras pessoas que passaram por sua vida."

Nós nos levantamos.

O sol tinha sido coberto de novo por nuvens pesadas e cinzentas. Imaginei a mulher diante de mim sendo corroída pelas dúvidas, obsessões e pelos arrependimentos ao longo dos anos, congelada em uma época e um lugar específicos.

— Não sei por que concordei em conversar com o senhor e contar isso tudo — continuou ela sem me encarar. — Como dizem por aí, o passado é outro país. Mas, para ser sincera, nunca entendi o que aconteceu naquela época. Uma história precisa de começo, meio e fim. Nesse caso, entendo e aceito o começo e até o meio, mas a conclusão nunca fez sentido. Então imagino que estava torcendo para o senhor ser capaz de me contar o final que eu nunca soube.

— Sinto muito, Sra. Gregory, ainda não sou capaz de fazer isso. Mas tenho quase certeza de que o Sr. Fleischer não estava envolvido na morte do seu marido. Se ele tivesse cometido um assassinato a sangue-frio naquela época, não teria sido atormentado pelo mistério de uma noite específica em Paris. Talvez ele tenha feito algumas coisas ruins na juventude, mas nada desse tipo. Não posso dizer a mesma coisa sobre o Sr. Hale. Infelizmente, acho que ele não era capaz de distinguir o imaginário do real, o certo do errado.

— Mas eu tenho certeza, Dr. Cobb, com todo respeito, porque o conhecia bem. Quer almoçar? — perguntou a Sra. Gregory em um tom educado. Não havia nenhum sinal de simpatia em sua voz.

— Não, obrigado, preciso voltar para Nova York. Desculpe por tomar tanto do seu tempo.

— Então até logo, Dr. Cobb — disse ela, esticando a mão firme e fria. — Obrigada pela visita, e se cuide. Tenho a impressão de que o senhor está revirando um túmulo.

Apertei sua mão e entrei no carro. A Sra. Gregory continuou parada ao lado do banco, apertando o casaco em torno dos ombros. Antes de eu ir embora, ela gritou meu nome, e abri a janela.

— Dr. Cobb, imagino que saiba a resposta para uma pergunta que me atormenta. Por que as pessoas mentem?

— Por medo, na maioria das vezes — falei. — Geralmente, a mentira é uma forma de se defender, Sra. Gregory. Mas as pessoas também mentem para serem recompensadas.

— É verdade, Dr. Cobb. Nunca se esqueça disso.

Liguei o carro engatei a ré para sair da vaga. A Sra. Gregory continuava parada no mesmo lugar, com o cabelo grisalho sendo soprado pelo vento.

dezoito

Naquela tarde, me forcei a terminar de escrever um artigo para uma revista de Chicago. Minha mente estava ocupada com aquela história e a carta de despedida de Julie, que Josh me dera, então era difícil me concentrar em outra coisa.

Fiz uma busca em meu computador e dei uma olhada em arquivos antigos. Juntei todas as informações que reuni sobre Julie durante nossas sessões. Escutei algumas gravações e reli anotações que fiz na época. Algo naqueles arquivos de áudio me deixava inquieto, mas não consegui identificar o quê. Escutei tudo de novo e me senti da mesma forma, então resolvi deixar aquilo de lado por ora.

Na minha revisão dos arquivos, encontrei o nome e o endereço de uma amiga de Julie. Todos os pacientes me passam o contato de alguém para o caso de uma emergência. Ela havia escolhido me dar o contato de Susan Dressman em vez do de seus pais. Passei um bom tempo sentado à escrivaninha, tentando reunir coragem para pegar o telefone, torcendo, e ao mesmo tempo com medo, para que o número tivesse mudado.

Susan atendeu na mesma hora e pareceu surpresa com a ligação, mas se lembrou de quem eu era imediatamente e concordou em se encontrar comigo no centro da cidade, em um café chamado Gino's, rua 38, leste.

*

Quando cheguei ao local, duas horas depois, apenas duas mesas estavam ocupadas: uma por Susan, que já havia pedido uma salada, e outra por um casal de idosos. Eu a reconheci de imediato, apesar de só tê-la visto uma vez, quando fui com ela e Julie à ópera. Susan tinha perdido peso e mudara o corte de cabelo, mas seus olhos irônicos e confiantes permaneciam os mesmos, e a tensão em sua boca parecia sugerir que a vida não passava de uma série de eventos tediosos. Ela também me reconheceu, acenando assim que entrei.

Eu não estava com fome, então pedi apenas um espresso. Enquanto a máquina de café começava seu zumbido alto e monótono atrás do balcão, ela disse:

— Quando vi você na porta, percebi que não envelheceu nada. Agora, estou vendo uns cabelos brancos que não existiam quando nos conhecemos. Quantos anos fazem?

— Três — respondi. — Foi no ano em que Julie...

— Ainda é difícil acreditar que ela não está mais aqui — confessou Susan. Ela falava rápido e evitava fazer contato visual. — Às vezes, me pergunto o que ela anda aprontando e por que não me liga. Julie sempre pareceu tão cheia de vida... Nunca a vi como uma pessoa com... problemas.

O garçom trouxe meu café. Coloquei um pouco de açúcar e misturei. Susan terminou a salada e afastou o prato.

— O que você quer comigo, James? — perguntou ela, revirando a bolsa, na cadeira ao seu lado, em busca de algo. — Imagino que não tenha me ligado para saber como vai a minha vida.

— Nos últimos dias, eu estava revendo o arquivo de Julie, e...

— Não estou gostando disso — alertou Susan. Ela fechou a bolsa e me encarou pela primeira vez. — O arquivo de Julie, quero dizer. Julie não era um arquivo. Ela era uma das melhores pessoas que eu conheci, uma das minhas melhores amigas.

— Não foi isso que eu quis dizer — me desculpei. — Ela também era muito importante para mim. Não era só uma paciente.

Duas manchas vermelhas surgiram em suas bochechas. Susan disse, devagar:

— Fiquei na dúvida se iríamos tocar nesse assunto. Julie me contou o que estava acontecendo entre vocês. Achei esquisito, mas, no fim das contas, os dois eram solteiros, e o que faziam não era da conta de ninguém. Mas um psiquiatra deveria ser ético e manter uma distância profissional, não se engraçar com as pacientes entre uma consulta e outra. Eu me perguntei que tipo de homem tiraria vantagem do poder que exerce sobre uma pessoa tão vulnerável a ponto de fazê-la tirar a calcinha.

Eu me surpreendi com seu tom de voz e a hostilidade em seu olhar.

— E a minha conclusão — continuou Susan — foi que um homem desses seria um grande babaca. E que devia ser impedido de fazer a mesma coisa com outras pacientes. Cliff, o pai de Julie, me ligou naquela noite. Ele me mostrou a carta de suicídio e me perguntou se eu sabia a quem era endereçada, já que não havia um nome. Eu sabia de tudo, então contei sobre você e o incentivei a entrar na justiça. A ideia foi minha, sabe.

Eu queria estar em qualquer outro lugar no mundo em vez de ali, com ela.

— Faz pouco tempo que descobri sobre a carta que Julie deixou para mim — expliquei. — Achei que talvez você pudesse responder algumas perguntas... Foi por isso que entrei em contato.

Susan chamou o garçom.

— Um cappuccino, por favor. Não se faça de inocente. Nem sei se ela estava mesmo apaixonada por você. Mas sei que você foi um idiota — Susan tomou um gole do café e me encarou por trás da borda da xícara. — Não quero estar aqui com você, falando de Julie. Só vim porque fiquei curiosa. Agora sei que foi um erro. Ainda sinto uma vontade imensa de machucar você. Talvez você, com toda sua sabedoria, saiba o termo para o que estou sentindo, mas não me interessa. Adeus. Acho péssimo que você continue clinicando e brincando com a cabeça das pessoas. Mas merdas assim acontecem todo dia, não é?

Ela estava tão irritada que mal conseguia falar.

— Eu estava fazendo o meu trabalho, Susan. Que é exatamente isso, analisar a mente dos meus pacientes, não importa que pensamentos horríveis, feios ou trágicos eles tenham, não importa a profundidade em que as coisas estão escondidas em suas mentes. Só quero ajudar.

— Mas seduzir suas pacientes não faz parte do seu trabalho, inferno! — gritou ela.

A colher do homem na outra mesa parou no meio do caminho entre a tigela de sopa e sua boca.

— Eu sei disso, e vou passar a vida inteira arrependido pelo que aconteceu. Mas aquela carta tem alguma coisa...

Susan me encarou.

— Que diabos você pensa que está fazendo? Quer me interrogar agora? Está achando que sou uma das suas pacientes? Quer que eu levante a minha saia para você também?

Coloquei uma nota de vinte em cima da mesa e me levantei.

— Tchau, Susan. Desculpe ter incomodado.

— Nunca mais me ligue.

— Pode deixar.

Quando telefonei para Claudette Morel de novo, ela atendeu com um tom de voz muito mais tranquilo e amigável, e me pediu que avisasse assim que eu chegasse à França. Ela disse que estava aposentada e que tinha todo tempo do mundo, abandonando a mentira anterior sobre ter de consultar sua agenda cheia.

Comprei uma passagem para a semana seguinte e procurei o Hotel Le Méridien. Ele ainda existia e havia passado por reformas recentes. Fiz uma reserva para três noites. A ideia de dormir lá era esquisita, como se eu estivesse fazendo planos de passar a noite em uma mansão assombrada.

No fim da tarde, peguei uma caneta e um bloco de papel, e me sentei à escrivaninha no meu apartamento enquanto a escuridão tomava a cidade em uma onda gélida.

O que eu sabia era o seguinte. Simone fora assassinada naquela noite, e, imediatamente depois disso, Josh abrira mão de toda a fortuna que herdara dos pais e passara alguns anos no México. Abraham desaparecera por um tempo e voltara para os Estados Unidos com um nome falso. Ele também abrira mão de tudo, inclusive de sua identidade. O testamento de Sal Fleischer tinha uma cláusula sobre Josh perder a herança no caso de se envolver em qualquer ato violento contra mulheres. Fazia sentido presumir que ele tinha doado o dinheiro para a Rosa Branca porque se sentia culpado e queria respeitar o último desejo do pai.

Escrevi ABRAHAM HALE em letra de forma, sublinhei as palavras e me concentrei no nome.

Ele tinha começado um relacionamento com Simone Duchamp assim que se mudara para Paris. Era bem provável que sua psicose já desse sinais na época. A chegada de Josh à França fora um grande problema para o namoro. A versão de Josh: ele e Simone se apaixonaram. A versão sugerida por Abraham no diário e vagamente confirmada por Elisabeth Gregory: Abraham e Simone estavam profundamente apaixonados, e Josh tentou destruir o relacionamento apenas por um capricho. Ele nunca amara Simone de verdade, mas tinha inveja da felicidade dos dois.

Mas por que me contar uma história diferente? Por que Abraham mudara de nome e abandonara por completo sua vida anterior? Nem Josh nem Abraham foram considerados suspeitos pelas autoridades francesas, então não tinham motivo para temer as consequências do que havia acontecido em Paris.

Por outro lado, parecia bizarro que os pais de Simone jamais tivessem sugerido à polícia que os americanos poderiam estar envolvidos no desaparecimento da filha. Se tivessem feito isso, os rapazes teriam sido investigados ou considerados suspeitos, então seriam interrogados ou até presos por alguns dias, no mínimo. Mas parecia que a família não tinha feito quase nada em relação aos dois. Ou talvez tivesse, e fora a polícia — sabe-se lá por quê — que ignorara a pista.

Enquanto todas essas perguntas passavam pela minha cabeça, novamente tive a impressão de invadir uma mansão velha cheia de fantasmas, cujas paredes estavam prestes a desabar sobre mim.

Quando eu era pequeno, nos limites da minha cidade, ao lado do cemitério, havia uma casa de dois andares abandonada. Ela era coberta de trepadeiras que quase alcançavam o telhado quebrado, escurecido pela chuva e pelo calor. O jardim era uma selva em miniatura, protegido por uma cerca improvisada de placas podres de madeira.

Os adolescentes costumavam usar o lugar como esconderijo, um porto seguro para fumar maconha, dar uns amassos ou apenas tomar cerveja e escapar dos adultos. Tom, um garoto ruivo que era dois anos mais velho que eu, dizia que tinha levado May LaSalle até lá e chegado aos finalmentes; mas ninguém acreditava no maior mentiroso do condado, porque ninguém entrava na casa dos Hogarth desde 1974.

Rezava a lenda que a propriedade de três quartos havia sido o cenário de eventos terríveis e estranhos pouco depois de a família que a construíra sair da cidade. Uma noite, no fim da década de 1960, Caleb Hogarth, a esposa e os três filhos foram embora de repente, deixando um bilhete para o delegado. Nele, diziam que estavam indo para a Califórnia e pediam à polícia que ficasse de olho na casa. Ninguém nunca mais teve notícias da família; então, legalmente, a casa e o terreno não podiam ser vendidos.

O lugar virou uma casa assombrada, um espaço para bêbados e mendigos se abrigarem de vez em quando. Mas ninguém durava muito tempo em seu interior, nem quando o delegado e seus policiais não apareciam. Velhos bebuns, adolescentes rebeldes, ladrões em busca de móveis antigos ou revestimentos de cobre — todos fugiam apavorados, alegando ter visto fantasmas, manchas de sangue nas paredes, corpos pendurados nas vigas podres do telhado. Eles ouviam sons estranhos e sentiam mãos geladas tocando seus rostos.

Porém o evento mais assustador aconteceria no outono de 1974.

A Sra. Wilbur, na época contadora na Rubin e Associados, costumava passear com seu cachorro por ali. Ela morava em Crackly Meadow, nas proximidades. E também costumava visitar o cemitério para conversar com o falecido Sr. Wilbur, que havia morrido cinco anos antes.

Um dia, ela passou diante da casa dos Hogarth com o cachorro. O poodle — cujo nome não entrou para a história — se soltou da guia e se enfiou em um buraco na cerca, desaparecendo pelo jardim. Ela o seguiu, gritando por ele, mas o cachorro tinha sumido. Achando ter escutado um ganido dentro da casa, a Sra. Wilbur entrou.

Meia hora depois, uma pessoa que passava pela rua a encontrou. Ela só conseguiu explicar o que tinha acontecido depois de os médicos suturarem seus quinze ferimentos pelo corpo todo, lhe darem muito sangue, engessarem sua perna direita, quebrada em três pontos diferentes, e cuidarem de seu lábio cortado e seus hematomas nos olhos.

A Sra. Wilbur jurava que a pessoa que a atacara era ninguém mais, ninguém menos do que seu finado marido, Sylvester. Quando ela entrou na casa dos Hogarth, ele estava sentado em uma cadeira à mesa de jantar, com os cotovelos apoiados na superfície de madeira. O homem usava o mesmo terno azul com o qual fora enterrado e, por alguns segundos, não pareceu notar a intrusa paralisada na porta, praticamente tendo um ataque do coração.

Então o Sr. Wilbur a viu, sorriu, se levantou e lhe deu uma surra. A mulher se lembrava de engatinhar pelo quintal até alcançar a rua, onde acabou desmaiando.

Os médicos disseram que os cortes pareciam ter sido feitos por um objeto muito afiado, e que era um milagre que nenhuma artéria tivesse sido atingida.

Seguiram-se muitos debates sobre estresse pós-traumático, sobre vagabundos invadindo nosso condado pacífico, sobre o delegado não fazer seu trabalho direito. O jornal local publicou uma matéria sobre o incidente, junto com uma página inteira com cartas dos leitores. Alguns diziam que o corpo do Sr. Wilbur devia ser exumado, para garantirem que o homem não tinha virado um zumbi nem um vampiro.

E foi nesse lugar que entrei em uma noite de agosto, quando eu tinha 14 anos e estava apaixonado por uma garota chamada Marsha Johnson. Ela estava doida para dar uma olhada na casa assombrada, e não perdi a oportunidade de demonstrar toda minha coragem.

Então, naquela noite, por volta das nove, paramos na frente da casa dos Hogarth, e, para ser sincero, quase fiz xixi na calça. Eu sempre tive medo do escuro, e histórias de fantasmas me davam arrepios. Teve uma época, depois de ler alguns contos de Edgar Allan Poe, que passei semanas tendo pesadelos. Se Marsha tivesse me pedido que pulasse do topo de um prédio de três andares, teria sido mais fácil.

Nós passamos pelas placas da cerca destruída e atravessamos o quintal na ponta dos pés, chegando até a porta rachada, que estava aberta. Eu suava em bicas, e minha garganta ficou imediatamente seca.

Ainda não sei bem o que aconteceu em seguida. Lembro que entramos em uma sala muito escura, e acendi minha lanterna, que apagou na mesma hora. Eu a abri e mexi nas pilhas, apertei a lâmpada. Nada — ela estava completamente inutilizável. Naqueles breves instantes, vimos alguns móveis cobertos por lençóis que pareciam mortalhas de cadáveres, e rachaduras imensas no piso.

Fomos tateando até uma porta que levava a uma escada semelhante à espinha dorsal dos fósseis de dinossauro em museus de história natural. A única parte boa foi que Marsha segurava minha mão pela primeira vez, para não nos perdermos um do outro. O piso rangia alto a cada passo que dávamos, e os restos de uma cortina se agitavam sobre folhas de janela que não existiam mais. Havia uma mesa de madeira no centro da sala, suas pernas afundadas no piso podre. O espaço cheirava a ratos e mofo, a roupas velhas e picles estragados. Um dos meus pés bateu em uma garrafa vazia, que foi rolando até a parede. Nós pisávamos em vidro quebrado, restos de caixas de papel, pedaços de madeira e latas vazias.

Chegamos à escada, e eu estava prestes a subir no primeiro degrau, me perguntando se ele era firme o suficiente para aguentar meu peso, quando vi algo. Não na escada, mas à esquerda, no corredor que levava ao porão.

Nunca consegui me lembrar do que vi naquele momento. Eu não seria capaz de descrever a imagem, ou, melhor dizendo, a esqueci no segundo seguinte. Minha mente provavelmente não fora capaz de processar o que meus olhos enxergaram.

As pessoas dividem o tempo em segundos, minutos, horas, dias, semanas, meses, anos, séculos e milênios. Mas existem intervalos minúsculos, tão pequenos que praticamente não existem para nós. Essas "partículas" de tempo não são perceptíveis aos olhos, à mente, nem podem ser catalogadas por nossos sentidos.

Seria mais fácil afirmar que vi um fantasma arrastando correntes, um zumbi com um machado enterrado na cabeça ou um gigante peludo com um olho só. Mas aquilo era um milhão de vezes pior, mais assustador e pavoroso do que todas essas coisas juntas — e é por isso que não tem nome e não pode ser descrito em palavras. Nem em pesadelos.

Só sei que fiquei completamente paralisado. Não consegui nem gritar, apesar de tentar, e saí correndo, me esquecendo até de Marsha. Eu me lembro de tropeçar em um degrau e cair no chão de terra. Segui cambaleante, prendi a barra da calça nos arbustos. Só parei de correr quando cheguei ao parque na frente da prefeitura. Demorei mais de uma hora para conseguir levantar daquele banco de madeira e voltar para casa. Dei alguma desculpa para meus pais, fui para o meu quarto e passei semanas dormindo com a luz acesa e um canivete embaixo do travesseiro.

Não sei se Marsha também viu alguma coisa, porque nós nunca mais nos falamos. E nem tentei lembrar direito do que vi naquela noite, porque sabia que seria inútil. Minha única certeza é que passei anos me questionando por que entrei na casa dos Hogarth e que tipo de curiosidade doentia me levou a fazer aquilo, além do meu amor pela filha de Dan Johnson. Ou, mais exatamente, por que, depois que entrei, notei aquela coisa escondida na escuridão, que parecia esperar por mim, apenas por mim. Posso não me lembrar do que vi. Mas, depois daquela noite, aprendi que há coisas piores que a morte, que cada um de nós tem um pesadelo feito sob medida.

*

Lembrei que Julie certa vez me disse: "Você escolheu a profissão mais perigosa do mundo. Um dia, quando estiver vasculhando esses espaços sombrios, vai encontrar um monstro capaz de lhe engolir de uma vez só, antes que se dê conta do que está acontecendo. Se eu fosse uma caçadora de fantasmas como você, tomaria mais cuidado."

Entrei no banheiro, tomei banho e fui dormir, com o abajur aceso.

Na manhã seguinte, liguei o laptop e chequei meus e-mails. Na caixa de entrada, encontrei uma mensagem nova de Mallory. Um de seus investigadores tinha encontrado mais informações sobre Abraham Hale. Era uma matéria publicada em um jornal local de Louisiana no começo da década de 1960. A imagem digitalizada estava em anexo e dizia o seguinte:

A Gazeta, quatro de setembro de 1962

Assassinato recente pode ter conexão com sequestro de menino de 5 anos

por Randal Cormier e Olima Landry

De acordo com uma fonte próxima à polícia, o assassinato que abalou recentemente a tranquila comunidade de Credence Creek pode ter relação com um caso de sequestro. Três anos antes, Abraham Hale, de 5 anos, morador da cidade, foi sequestrado e mantido em cativeiro em um local desconhecido por mais de duas semanas.

Abraham nasceu em Credence Creek, município a 30 quilômetros de Baton Rouge. Seu pai é comerciante e trabalha em um barco de pesca de camarões durante o outono. A mãe é dona de casa. Ele é o único filho do casal.

No dia catorze 14 de agosto de 1959, por volta das sete da noite, a Sra. Hale notou que o filho não estava na varanda da casa, onde apenas minutos antes se encontrava brincando. Seu marido estava viajando a negócios, e, depois de procurar pelo menino nas imediações, ela chamou a polícia. A criança havia desaparecido sem deixar vestígios.

As autoridades conduziram uma operação abrangente por vários dias e noites — a delegacia do condado de Albert, a polícia estadual de Louisiana e vários agentes federais participaram das buscas —, mas não encontraram pistas sobre o paradeiro do menino. Parecia improvável que ele tivesse sido sequestrado pelo dinheiro do resgate, considerando a situação financeira da família, e os detetives concluíram que provavelmente vagara até o pântano próximo à casa da família, a 3 metros de distância, se afogara ou fora devorado por jacarés. Após uma semana, encerraram as buscas. Imagens do pequeno Abraham permaneceram coladas pela cidade. Vizinhos e conhecidos descreveram os Hale como uma família tranquila e reclusa, que nunca causou problemas.

Duas semanas depois, no dia 4 de setembro, Abraham foi encontrado por um transeunte no parque Mulberry, e a polícia foi notificada.

O menino estava usando roupas novas, cujas etiquetas tinham sido cuidadosamente removidas. Um exame médico concluiu que ele não aparentava sinais de violência física nem de qualquer tipo de abuso. As autoridades declararam que, durante o período de seu desaparecimento, alguém cuidara de seu bem-estar.

Por dias, a polícia, os pais e um psicólogo do hospital do condado tentaram induzir o menino a contar o que tinha acontecido, mas ele afirmava só se recordar de ter sido abordado por alguém na varanda, enquanto brincava, e nada mais.

Quatro dias atrás, o corpo de um homem branco foi encontrado no pântano próximo ao lar dos Hale. Ele estava com uma jaqueta de couro preta e calça jeans e se afogara dois dias antes, uma ocorrência suspeita, levando em consideração que o condado passa por uma grave seca e o nível das águas está extremamente baixo. "É como se o sujeito tivesse se afogado em uma poça", declarou o delegado Donoghue.

O legista determinou na necropsia que a vítima havia sido golpeada na nuca por um objeto não cortante. Os detetives suspeitam que o homem deve ter ido até a beira do pântano para fazer suas necessidades, antes de ser atacado por um agressor desconhecido. Ele perdeu a consciência, caiu no chão e se afogou em poucos centímetros de água. Havia 55 dólares em seu bolso, tornando improvável que tenha sido um assalto.

A vítima, cuja morte agora é investigada como assassinato, foi identificada como Eloi Lafarge, um homem sem residência fixa que passou boa parte da vida sendo preso, condenado por vários crimes, inclusive abuso sexual de menores. Ele havia se estabelecido na região fazia pouco tempo, recém--saído de Nova Orleans, e morava em um trailer nos limites da cidade.

A polícia acredita que pode existir uma conexão entre o desaparecimento de Abraham, três anos antes, e a morte do homem nas proximidades da casa da família Hale. Uma testemunha confirma que o Sr. Hale esteve na delegacia. "Foi apenas uma conversa, não um interrogatório", insistiu nossa fonte, "e o Sr. Hale cooperou, respondendo a todas as perguntas. Ele não tem álibi para a noite do assassinato."

Traremos mais informações conforme novas descobertas forem sendo feitas pela investigação.

Mallory havia acrescentado um recado:

Não sei se esta informação é importante, mas parece que Hale não acreditava no filho. Ele achava que Abraham estava mentindo e se lembrava de tudo o que tinha acontecido. O cara era um alcoólatra violento, que agredia a família. Ele pressionou o filho a contar a verdade. Com o tempo, a Sra. Hale prestou queixa na delegacia, e ele recebeu uma advertência. A polícia nunca descobriu quem matou Lafarge nem se o sujeito estava envolvido no sequestro.

Também descobri algo muito interessante sobre o velho Lucas Duchamp. Ligo para você mais tarde.

Mallory

Ele me ligou por volta das dez, contou sobre suas descobertas e passou o telefone de um homem chamado François Garnier, que tinha trabalhado no DGSE, o serviço secreto da França, na década de 1970.

Liguei para Garnier naquela noite, e conversamos por um bom tempo. Depois de uma apresentação demorada, ele me contou o que sabia sobre Lucas Duchamp. E insistiu que nada daquilo devia ir a público; mais uma vez, garanti que não tinha nenhuma intenção de fazer isso.

Passei o restante da noite na internet, confirmando alguns detalhes sobre a história de Garnier, e embarquei para a França no dia seguinte.

dezenove

Aterrissei em Paris às oito e trinta e cinco da manhã, depois de terminar as últimas cinquenta páginas de um livro de mistério completamente previsível, assistir a dois filmes e comer uma refeição horrorosa. O tempo estava péssimo: uma chuva fria e um vento cortante assolavam a cidade. Depois de passar pela imigração e pegar minha mala, fiquei quinze minutos em uma fila enorme antes de finalmente entrar em um táxi.

Eu já tinha visitado a cidade algumas vezes, a última sendo um ano e meio antes. Foram poucos os lugares de que gostei tanto à primeira vista quanto Paris, e ainda me lembro de as pontes sobre o Sena, as praças enormes e os monumentos históricos me marcarem logo de cara. No caminho do aeroporto, olhei pela janela do Renault Scenic verde-metálico, tentando me reconectar com a sensação daquele primeiro encontro.

Mas tudo que vi foram correntes de água açoitando furiosamente as avenidas largas, pelas quais pessoas e carros disparavam como fugitivos. Nem percebi quando chegamos ao hotel. Paramos diante de um edifício alto, e o motorista se virou para mim.

— Le Méridien, *monsieur*.

A recepção ficava à esquerda da entrada, e precisei esperar dez minutos pela minha vez. Subi para meu quarto e guardei minhas coisas no armário ao lado da cama. Tomei um banho, troquei de roupa e desci para o bar no térreo, que tinha acabado de abrir. A sala de café da manhã no lado oposto estava cheia, e parecia que o hotel, apesar de enorme, estava lotado.

Na minha imaginação, o palco da história de Josh e Abraham parecia uma mansão antiga em uma rua misteriosa, coberta por heras e cheia de segredos. Em vez disso, me vi em um prédio moderno, com acabamentos de mármore preto e aço inoxidável, e me perguntei se viera para o lugar errado.

Pedi um café e bebi devagar, conversando com um atendente jovem que exibia uma argola dourada na orelha direita. Segundo ele, o hotel tinha sido inaugurado no começo da década de 1970 e passara por algumas reformas. E vivia cheio, graças à localização próxima ao Palais des Congrès, onde havia conferências quase todos os dias. Perguntei se ele sabia alguma história trágica relacionada ao lugar, e o rapaz quis saber se eu era jornalista.

— Sou psiquiatra — respondi.

— Ah, entendo... Vocês, americanos, usam uma palavra engraçada para essa profissão. *Alienígena*?

— Acho que você quer dizer *alienista*.

— Certo, alienista. Bem, já faz oito anos que estou nesse mercado, e trabalhei em vários hotéis. Todo lugar tem uma história. Dois anos atrás, uma mulher se suicidou aqui. O namorado, um cantor famoso na Espanha, tinha lhe dado um pé na bunda, então ela reservou um quarto e pulou da janela. A gerência abafou o caso, porque esse tipo de coisa afasta hóspedes. Mas as pessoas se esquecem rápido das tragédias. Nossas memórias são curtas, não são? E, é claro, teve o caso das gêmeas assassinadas a machadadas pelo pai maluco...

Eu o encarei, surpreso.

— Que gêmeas?

O rapaz riu.

— Estou brincando. Eu me lembrei daquele filme antigo com Jack Nicholson, *O iluminado*, sobre um hotel gigante nas montanhas.

— Já assisti, é um bom filme — falei e assinei a conta. — Até logo, se cuide.

Liguei para Claudette Morel e avisei que havia chegado a Paris. Ela me passou o endereço de um café e me pediu que nos encontrássemos ao meio-dia.

Eu tinha duas horas livres, então saí do hotel e fui dar uma volta. Virei à direita, passei por um bar chamado James Joyce, que ainda não havia aberto, e cheguei a uma pequena praça cheia de bares com mesas na calçada, com um toldo e aquecedores externos. A chuva se transformou em um granizo gélido. Segui para a Champs-Élysées e parei diante de um café chamado George V, com um pátio na frente. Como havia aquecimento, peguei uma mesa.

O lugar estava apinhado de gente com bolsas de compras, a maioria com aquele ar deslumbrado e contente de pessoas de férias, além do fluxo de transeuntes seguindo pela calçada e observando as vitrines. Perto dali, o Arco do Triunfo parecia um enorme cão de caça encolhido, pronto para atacar.

Pedi um café e pensei em Simone, Josh e Abraham.

Imaginei os três se encontrando em um local parecido e a reação de Abraham ao perceber pela primeira vez nos olhos de Josh que o amigo não tinha intenções amigáveis com a mulher por quem ele estava apaixonado. Caim matou Abel por inveja — Deus ficou mais satisfeito com os presentes de seu irmão do que com os dele. Porém, naquele caso, quem se apaixonara por quem, quem tinha inveja de quem? Em algum lugar, em uma cidade grande que brilhava como um diamante, três destinos se cruzaram e se misturaram para sempre. Não importava se o motivo era sofrimento ou amor — com frequência, as duas palavras significam a mesma coisa.

Uma garota loura em um uniforme escolar vermelho e azul se agachou, pegou algo no chão e foi embora, distraída com seu celular. Terminei meu café, me levantei e segui para o ponto de táxi do outro lado da avenida.

Foi fácil identificar a Sra. Morel. Ela estava sentada sozinha a uma mesa na calçada, usando uma capa de chuva verde que não havia tirado ao entrar, o cabelo rebelde estava preso para trás com alguns grampos. Apesar de usar muita maquiagem, era nítido que os anos não tinham sido generosos.

— Sra. Morel? — perguntei, e a mulher concordou com a cabeça. — Sou o Dr. James Cobb, é um prazer conhecê-la.

Eu me sentei à mesa, em uma cadeira estofada com couro sintético, enquanto ela me analisava com atenção, avaliando-me com seus olhos castanho-claros.

— É um prazer conhecê-lo. O senhor deve estar muito interessado nessa história para vir até aqui só por causa disso — disse ela, apontando para o cardápio. — É a primeira vez que vem à França?

— Não, já estive aqui algumas vezes. Obrigado mais uma vez por aceitar se encontrar comigo, Sra. Morel.

— Por favor, me chame de Claudette. Posso te chamar de James?

— Obrigado, Claudette. É claro que pode.

— Você é casado, James? Tem filhos?

— Não, não sou casado.

Claudette já tinha um copo cheio de um líquido âmbar diante de si. Perguntei o que estava bebendo, e ela respondeu:

— Calvados, um conhaque de maçã. É bem popular aqui na França. Se eu fosse dez anos mais nova, levaria você para ver a

Paris que apenas os habitantes locais conhecem. Nós tomaríamos chá quente e vinho tinto, passearíamos pela Champs-Élysées, ficaríamos até o amanhecer em um café em Montmartre. Mas, para mim, essa época ficou para trás há muito tempo.

Pedi um Calvados, dando graças a Deus por ela não ser dez anos mais nova.

— *Santé* — disse Claudette em um tom teatral, tomando metade do copo em um gole.

Saboreei a bebida. Era tão forte quanto uísque, só que mais aromático. Um melro pousou perto da mesa e nos encarou com seus olhos pretos de conta antes de sair voando, desaparecendo no céu. A sirene de uma ambulância soava ao longe, como um mau agouro.

— Bem, James, você ainda não me contou por que está tão interessado nesse assunto.

— É uma história muito intrigante. Tenho certeza de que Laura e os pais fizeram tudo o que podiam para descobrir o paradeiro de Simone, não é?

De repente, o rosto de Claudette ficou sério, e seu humor mudou, como normalmente acontece com os bêbados. Ela terminou a bebida e vasculhou sua bolsa, que estava na cadeira ao lado, pegou um maço de cigarros e acendeu um, sujando o filtro de batom.

— Eu e Laura não éramos apenas colegas de faculdade, mas melhores amigas — explicou, enquanto olhava para o garçom e apontava para seu copo. — Nós aquecíamos uma à outra, porque era sempre inverno em nossas vidas. — Claudette ficou quieta, como se subitamente tivesse se esquecido do que iria falar, tomou o segundo drinque inteiro em apenas um gole e olhou ao redor, hesitante. A mesa estava muito próxima ao aquecedor, mas ela não parecia notar, enroscada em seu casaco esfarrapado. — Estou desesperada, James. Dois anos atrás, um amigo me convenceu a hipotecar meu apartamento e investir o dinheiro em um negócio que não deu em nada. Ele sumiu depois disso, e, agora, mal tenho o suficiente para sobreviver. Meu marido faleceu faz 15 anos, não tenho filhos nem irmãos, então estou sozinha. Sobrevivo da caridade dos outros e, daqui a pouco, vou acabar na rua. Não vou aguentar uma coisa dessas. Não mereço passar meus últimos anos em um asilo vagabundo porque fiz a burrice de confiar em um amigo.

Seu sotaque se tornava mais pesado conforme ela bebia, e era difícil compreender suas palavras. Claudette pediu mais um drinque, e percebi que eu teria de ser rápido: naquele ritmo, ela estaria completamente alucinada em meia hora. Notei o relógio de ouro em seu pulso esquerdo, uma provável herança de família.

— Você sabe o que aconteceu com a Sra. Claudia Duchamp, a mãe de Simone?

— Morreu no fim da década de 1980, de peritonite. Descobri pela minha mãe, que mantinha contato com os vizinhos dos Duchamp. Não fomos convidados nem para o enterro. Pelo que fiquei sabendo, ela se sentiu mal, mas se recusou a ir ao médico. Mudou de ideia quando era tarde demais, já estava com septicemia. Não sei por que Laura passou esses anos todos sem falar comigo. Nós éramos como irmãs. — Claudette acendeu outro cigarro e me perguntou: — Bem, será que está disposto a me pagar pelas informações que tenho, James? Você é rico, como Fleischer? Ninguém deve ter lhe contado, mas, alguns meses atrás, liguei para ele e mandei uma carta. Admito que pedi dinheiro, porque sabia que não lhe faria falta. E tinha certeza de que Fleischer não queria que ninguém descobrisse o que eu sei.

Calculei que ela devia ter mandado a carta na mesma época em que Josh me contratara, então seu telefonema devia ter sido o pontapé inicial para a última tentativa desesperada dele de se lembrar dos acontecimentos daquela noite.

— Quando foi que você ligou?

— Há uns quatro, cinco meses, no outono... Acho que era setembro. Fleischer deve ter pensado que eu não passava de uma velha chata que não merecia sua atenção. Conversamos por telefone uma vez, mas, depois, ele se recusou a falar comigo. Um sujeito chamado Walter, muito grosseiro, me mandou parar de ligar.

— O Sr. Fleischer estava muito doente.

— Eu sei, você disse, mas, se ele quisesse me ajudar, teria sido muito fácil com toda aquela grana. Se eu não estivesse desesperada, não teria pedido ajuda. Não a Fleischer, jamais, porque... Bem, o que me diz? Está disposto a pagar?

— Primeiro, quero saber o que você sabe.

Claudette sorriu e piscou para mim.

— Você acha que é assim que as coisas funcionam? Que sou apenas uma velha burra que vai desembuchar tudo depois de tomar umas?

— Não, não acho isso. Mas, antes de discutirmos outros detalhes, preciso saber se suas informações são realmente importantes e valiosas.

— Acha que está me intimidando? — perguntou ela, ríspida. — Você parece um matador de aluguel, não um médico de verdade. Veio até aqui para me assustar, para me obrigar a ficar calada?

— Claro que não. Só quero que você me conte o que sabe, e então poderemos falar sobre dinheiro.

Por alguns segundos, Claudette pareceu estar criando coragem. Um raio de sol bateu em seu rosto; por baixo da maquiagem, seu nariz e sua bochecha estavam cobertos por um emaranhado de minúsculas veias azul-avermelhadas, como uma reprodução atrapalhada e em pequena escala de uma pintura de Jackson Pollock.

Ela olhou ao redor, como se estivesse com medo de alguém nos escutar, gesticulou com o cigarro e disse:

— Bem, é sobre aqueles rapazes, Abraham Hale e Joshua Fleischer.

— Certo...

— Você acha que algum deles teve culpa no desaparecimento de Simone ou que talvez tenham agido juntos?

— Não sei, Claudette. Estou aqui para descobrir o que aconteceu naquela noite.

— Abraham não faria mal a uma mosca, mas Fleischer... Ele confessou alguma coisa antes de morrer?

— Ele dizia que não lembrava bem o que aconteceu naquela noite.

— Ele mentiu! — gritou Claudette, e olhou ao redor de novo, cautelosa. — Tenho certeza de que sabia exatamente o que aconteceu, e...

Eu a interrompi:

— Antes de continuarmos, quero saber uma coisa: qual dos dois namorava a Simone?

— Como assim? Nenhum dos dois, os três eram só amigos, nada mais. Os rapazes se apaixonaram por Simone, é verdade, porque era uma jovem muito bonita, mas ela não queria nada com eles.

— O Sr. Fleischer disse que ele e Simone haviam ficado juntos.

— De jeito nenhum, James, tenho certeza. Para Simone, aquilo não passava de uma brincadeira. Sabe, dois rapazes americanos, altos e bonitos, de quatro por ela, mandando flores e sendo carinhosos... Ela gostava dessas coisas, mas não passava de uma paquera.

— O Sr. Fleischer também falou que Abraham bebia muito nessa época.

— Outra mentira. Nunca vi Abraham ficar nem alegrinho, mas vi Fleischer cair de bêbado algumas vezes.

— Você sabe por que a fundação demitiu Abraham? Lembra disso?

— Sim, é claro que lembro. Eu trabalhava lá, como contei... Se não me falha a memória, eles receberam uma carta anônima com informações comprometedoras sobre ele. Simone ficou nervosa e deu a entender que Abraham lhe contou quem mandara a carta: uma ex-namorada dos Estados Unidos. E me disse que ele não achava que tinha muito a perder, que ia para o México.

— A carta só falava de Abraham?

— Era sobre os dois, acho. Não tenho certeza de que Simone soubesse o conteúdo da carta, porque não quis tocar no assunto comigo, então descobri tudo por Laura. Ela gostava de Fleischer e me disse que, enquanto eu estava em Lyon, para o aniversário da minha mãe, ele tinha lhe dado um presente muito caro, uma joia, acho. E então tudo se complicou: Simone desapareceu, e Laura foi para o hospital na Suíça. — Claudette ganiu como um animal ferido, de um jeito que me deu arrepios. — Eu sabia que eles eram encrenca, aqueles garotos! Eu sabia que algo ruim ia acontecer, James! Posso pedir outra bebida, por favor? Você não terminou a sua, achou ruim?

Terminei meu drinque e chamei o garçom. O humor dela mudou de novo, e um sorriso surgiu em seu rosto.

— Agora, deixe eu contar algumas coisas sobre aquela família...

Claudia Duchamp, a mãe de Simone e Laura, nasceu em Paris e se casou muito cedo com um golpista charmoso chamado Antonio Maillot. Isso foi no começo da década de 1950, quando a vida ainda era muito difícil na França, logo após a guerra. Claudia tinha vários irmãos, e sua família passava por dificuldades financeiras. Antonio fez mil promessas, a convidou para ir morar em Marselha. Depois disso, após quatro anos, ele pegou o pouco dinheiro que ela havia recebido dos pais e a abandonou com duas filhas pequenas. Sem ter para onde ir, Claudia voltou para casa, mas não foi bem-recebida. Parece que a avó de Simone sofria de uma intensa neurose, e morar em sua casa não era nada fácil.

O príncipe encantado apareceu na forma de um advogado chamado Lucas Duchamp.

Ele era 11 anos mais velho e muito rico. Tinha conseguido manter a fortuna praticamente intacta durante a guerra. Na faculdade, se tornara membro da Resistência e fora capturado e torturado por Klaus Barbie em pessoa, o famoso criminoso da guerra conhecido no mundo todo como "o carniceiro de Lyon".

Apesar de ser muito jovem na época, ele se recusara a falar. Então, no fim, mais vivo do que morto, fora entregue às autoridades locais para ser julgado como traidor. A sentença fora morte, mas Duchamp conseguira escapar com a ajuda de um policial francês que descobrira o que estava acontecendo. Ele permaneceu escondido até os Aliados se aproximarem de Paris e os nazistas fugirem. Seus pais tinham sido deportados para um campo de concentração na Polônia e morreram antes do fim da guerra. No verão de 1944, após a liberação, ele foi aclamado como herói nacional. Naquela época, as pessoas não eram tão cínicas, e feitos como aquele impressionavam. Esses heróis restauraram a honra da França após a humilhação nas mãos dos nazistas, e todas as portas eram abertas para eles.

Na juventude, Lucas Duchamp era bonito, alto, andava bem-vestido. Terminou os estudos e começou a trabalhar como advogado em Paris. Um parente cuidava de suas propriedades em Lyon, que ele visitava uma vez por mês.

Aquele homem parecia a solução para todos os problemas da pobre mulher. Ele era bondoso, rico e seguro de si. E, mais, estava louco por ela, cortejando-a à maneira antiga, com flores, jantares românticos e presentes discretos. Claudia, que se casara com o primeiro marido apenas dois meses após conhecê-lo, jamais tivera uma experiência como aquela.

Lucas Duchamp se ofereceu para pagar o aluguel do apartamento onde ela morava com as filhas, além de contratar uma babá para que pudesse voltar ao trabalho como enfermeira.

Poucos meses depois, ele pediu sua mão em casamento, e ela aceitou.

E, mais, até se ofereceu para adotar suas filhas.

Depois do casamento, houve um incidente vergonhoso com Antonio Maillot, algo que parecia ter saído de *Os miseráveis*. Duchamp precisava da autorização do pai verdadeiro para adotar formalmente as meninas. Ele mexeu uns pauzinhos, e a polícia encontrou o sujeito na Provença, onde estava fazendo outra mulher de boba. Quando percebeu o que estava em jogo, Maillot tentou se aproveitar o máximo possível da situação. Disse que estava fazendo planos para pedir perdão a Claudia, a quem, obviamente, ainda amava, e queria criar as filhas. Disse que tinha provas de que se correspondia com a mãe das meninas e sempre mandava dinheiro.

Claro que tudo não passava de uma mentira deslavada, mas o sujeito tinha talento para esse tipo de coisa, e o processo de adoção poderia se estender por meses, até anos. No fim, Duchamp resolveu lhe pagar uma fortuna para conseguir sua assinatura na papelada. Depois de pegar o dinheiro, o pai amoroso sumiu e nunca mais foi visto.

As meninas viviam em uma mansão maravilhosa e tinham tudo de que precisavam, porque Duchamp era um homem muito generoso. As duas frequentaram uma escola particular de elite, e depois uma universidade renomada.

Porém, após o desaparecimento de Simone, tudo desmoronou. Claudia Duchamp morreu, e, cinco anos depois, Lucas Duchamp teve o derrame que o condenou a uma cadeira de rodas para o resto da vida.

O garçom trouxe mais bebidas, e Claudette acendeu outro cigarro. Ela parecia bêbada e mal conseguia falar.

— Sabe, James, não sei exatamente quando os boatos começaram, mas lembro que as meninas estavam no colégio. Nós éramos vizinhas na época e vivíamos juntas. As pessoas podem ser maldosas e ter inveja da felicidade alheia. O resumo da ópera é que começaram a dizer que o amor de Lucas Duchamp pelas enteadas era um pouco exagerado, se é que você me entende. Chegavam ao ponto de falar que Claudia Duchamp sabia de tudo, mas que não queria tomar uma atitude, ou que tinha medo do marido.

"As irmãs não se incomodaram com as histórias no início, mas as fofocas pairavam sobre elas como uma nuvem. Em certo momento, passaram a dizer que Laura tinha tentado se matar. Depois, ela me contou que era mentira. Laura era tímida e reservada, não confiava nos outros, e não tinha amigos além de mim.

"A verdade era que Lucas Duchamp era obcecado pelas duas, especialmente por Simone. Ele a levava de carro para a escola todo dia. Se ela quisesse sair com as amigas, as meninas precisavam buscá-la em casa e passar por um interrogatório. Às vezes, ele ia ver se estavam mesmo no lugar aonde diziam que iam. É claro, havia dias em que o restaurante a céu aberto a que planejavam ir estava cheio, ou chovia, e o grupo seguia para outro lugar. Laura me contou que esse tipo de coisa virava um drama, que acabava em discussões intermináveis sobre sinceridade e confiança.

"Você sabe como crianças pensam: tudo o que os adultos fazem está automaticamente certo, porque, na cabeça delas, os pais nunca erram. Então as meninas só achavam que o padrasto as amava e cuidava delas, talvez de um jeito exagerado às vezes, mas com a melhor das intenções."

As coisas pioraram quando as duas entraram para a faculdade e foram morar em Paris, contou Claudette.

Todas as sextas, Lucas Duchamp esperava na porta do auditório para levá-las para casa. Simone e Laura não podiam passar nem um fim de semana em Paris, em hipótese nenhuma. E as duas obedeciam. A mãe não se metia.

No último ano da universidade, Laura conseguiu um emprego de meio expediente e passou a dividir o apartamento com Claudette. Simone havia se formado no ano anterior e crescia na carreira.

— Quando Abraham e Fleischer chegaram a Paris, tudo mudou — continuou Claudette. — Os dois se apaixonaram por Simone, viviam brigando. Simone não amava nenhum dos dois, não de verdade, mas achava graça na situação, se sentia querida. Depois de um tempo, as irmãs os convidaram para ir a Lyon. O clima foi tenso, e, além disso, Fleischer se esforçou ao máximo para transformar a visita em um inferno. Ele reclamava do quarto e da comida, saiu da casa no meio da madrugada e foi dormir em um hotel na cidade, enchia a cara todo dia. Simone ficou muito chateada, mas Laura, por mais estranho que pareça, aceitou aquele comportamento, inventando um monte de desculpas para suas mancadas. Os rapazes acabaram brigando, e

Abraham voltou para Paris, mas Fleischer passou mais dois dias em Lyon com as meninas.

Claudette parou de falar e tomou um gole da bebida. Por um instante, achei que ela havia caído no sono enquanto segurava o cigarro.

— Você ainda não entendeu, não é? — perguntou ela de repente, erguendo as sobrancelhas.

— Acho que não.

— Simone estava pouco se lixando para aqueles garotos, James. Ela tinha outros gatos para domar, como dizemos aqui. Quero dizer, o único foco dela era a carreira. Era Laura que vivia atrás de Fleischer, sabe-se Deus lá por quê. Ela e Simone eram muito diferentes, sabe... Simone tinha feito aulas de balé e piano, sempre foi segura de si, gastava muito dinheiro com roupas e penduricalhos. Laura era tão bonita quanto a irmã, mas introvertida, desmazelada, com dois pés esquerdos, não sabia se arrumar, era tímida e reclusa.

"Além disso, alguma coisa aconteceu naquela primavera. Algo com o pai, acho, porque, do nada, Laura deixou de ser obediente. Sempre que ele aparecia para uma visita ou para levá-la para passar o fim de semana em casa, ela fugia ou simplesmente o ignorava. Passou a evitar Lyon, e só ia até lá para ver a mãe. Perguntei o que tinha acontecido, mas ela só deu de ombros e disse que algumas pessoas fingem ser algo que não são. Um dia, pegou uma pilha de livros sobre a Resistência na biblioteca, leu tudo. Achei que fosse só uma fase e cuidei da minha vida. Lembro que, em um sábado, ela apareceu no apartamento com um senhor de idade que só tinha uma perna, que eu nunca vira antes, e os dois passaram a noite na cozinha, conversando aos sussurros. Quando Laura o levou até a porta, estava com os olhos cheios de lágrimas. Foi tudo muito esquisito, porque não guardávamos segredos uma da outra. Mas não tive tempo para tocar nesse assunto de novo, porque, pouco depois, em uma noite, ela voltou para casa muito agitada, me pediu ajuda com algo importantíssimo. Desde o começo, tive uma sensação ruim, mas Laura era minha melhor amiga, e eu não quis decepcioná-la, então aceitei."

— Que tipo de ajuda?

— Eu estava lá naquela noite, James, no hotel. Vou contar o que aconteceu...

Claudette me contou que Abraham e Fleischer estavam pressionando Simone. Abraham, que perdera o emprego na fundação, pretendia ir para o México, e a convidou para ir junto. Fleischer pretendia comprar um apartamento e ficar em Paris por um tempo, para morar com ela. A brincadeira de Simone, flertando com os dois, tinha perdido a graça. Laura e Claudette seguiram Josh e Simone para ver no que ela havia se metido. Para Claudette, era uma aventura: ela não sabia direito o que estava acontecendo, mas estava bancando a detetive com a melhor amiga.

Quando Laura descobriu que Simone estava no Le Méridien, achou que a irmã planejava algo em segredo com Joshua. Mas tinha certeza de que Abraham, que começara a agir de um jeito estranho nos últimos tempos, não aceitaria aquilo, e algo ruim poderia acontecer. Por sorte, uma das suítes ao lado da de Simone estava vazia, então Claudette a reservara em seu nome. Os quartos eram ligados por uma porta, e Laura subornou a camareira para lhe dar a chave, para o caso de haver algum problema.

Elas chegaram por volta das cinco da tarde e ficaram esperando. Claudette quis ir embora praticamente na mesma hora, mas Laura insistiu para que ficassem. As duas tomaram o vinho do frigobar e fumaram cigarros. Três horas depois, escutaram vozes no quarto ao lado e pressionaram as orelhas contra a porta. Fleischer estava irritado, e Simone tentava acalmá-lo. Então

Abraham chegou; Laura e Claudette escutaram a voz dele, mas não conseguiam distinguir as palavras. Dez minutos depois, a campainha deles tocou; era o serviço de quarto. As amigas passaram mais ou menos duas horas sem entender o que estava acontecendo lá, porém, de vez em quando, escutavam trechos de conversas. A porta ficava abrindo e fechando. Abraham e Joshua deviam estar bêbados, porque suas vozes ficavam cada vez mais altas. Os dois estavam brigando.

Claudette não parecia mais bêbada, só exausta e doente, como se estivesse arrependida de ter dado a mim, um desconhecido, acesso completo ao momento mais sinistro de sua vida.

— Eles deviam estar sentados perto da porta, porque, de repente, escutamos a voz de Simone com muita clareza — continuou. — Ela riu e fez algum comentário sarcástico sobre ir para o México. Fleischer disse que Abraham não passava de um idiota, que era incapaz de cuidar de si mesmo, que dirá de Simone.

"Sei lá... Olhei ao redor, e, de repente, aquela situação toda me pareceu absurda. Lá estávamos nós, duas garotas ridículas, espionando tudo atrás de uma porta de hotel. Laura ficou furiosa, mandou eu abrir a porta que ligava os dois quartos, porque queria falar com a irmã imediatamente. Mas me recusei e fui embora. Voltei para casa e tentei dormir. Laura não apareceu no dia seguinte, nem foi à aula. Liguei para a mãe dela, que me disse que ela estava em casa, em Lyon, porque teve um colapso nervoso. E se recusou a deixá-la falar comigo. Alguns dias depois, quando liguei de novo, ela me contou que Simone tinha desaparecido, e Laura estava no exterior, se tratando."

— Então você não sabe o que aconteceu depois que foi embora?

— Não, mas aqueles dois deviam saber. Nunca me esqueci dessa noite, e tentei descobrir mais sobre Abraham e Fleischer com o passar do tempo. Não encontrei nada sobre Abraham, mas descobri muito sobre o outro. Foi por isso que contei na minha carta que eu estava lá naquela noite e sabia de tudo o que ele tinha feito. De certa forma, sempre senti raiva de mim por ter decepcionado Laura e a largado naquele quarto de hotel. Ela nunca deve ter me perdoado, porque se recusou a falar comigo depois que voltou para a França. Se eu tivesse ficado, talvez pudesse ter ajudado a evitar a tragédia.

— Depois que você soube do desaparecimento de Simone, tentou entrar em contato com a polícia, contar o que sabia?

— Não, e ninguém me perguntou nada.

— Laura foi interrogada? O nome dela nem aparece no arquivo do caso.

— Imagino que ela já devia estar fora do país quando deram parte do desaparecimento, então não sei...

— Quanto dinheiro você pediu ao Sr. Fleischer?

— Cem mil dólares. Isso não seria nada para ele. Você deve achar que sou desprezível, querendo tirar vantagem de uma tragédia para ganhar dinheiro. Mas não me julgue. Já fui julgada demais por outras pessoas. Não sou maldosa, acredite em mim, por favor, e fui totalmente sincera hoje.

— Prometo que vou tentar mandar um dinheiro para você quando eu voltar para os Estados Unidos — falei, sinalizando para que o garçom trouxesse a conta.

Claudette me encarou, surpresa, e disse:

— É só isso? Você vai embora? Não vamos discutir a questão do pagamento? — falou ela alto demais, e as pessoas nas mesas em torno se viraram para nós. — Você estava me enrolando, é isso?

O garçom trouxe a conta. Paguei com meu cartão, coloquei algumas moedas ao lado da nota fiscal. Ele me agradeceu e foi embora, enquanto Claudette continuava me encarando.

— Eu nem sei se você está contando a verdade — falei, e me levantei. Coloquei um cartão de visitas em cima da mesa. — Meu e-mail e meu telefone estão aí.

Ela pegou o cartão, o observou com seus olhos vítreos e o enfiou na bolsa.

— Nunca mais vamos nos ver, não é?

— Nunca se sabe.

— Você não pode deixar algum dinheiro? Quero ficar um pouco mais. Quase nunca saio de casa.

Peguei todas as notas de euro que troquei no hotel e as deixei em cima da mesa.

— Fico triste por ter me tornado essa pessoa — desabafou Claudette, e afastou o olhar. — Não sei o que fiz de errado. Tinha uma vida boa, mas, então, tudo desmoronou. Você não acha que sou uma pessoa ruim por tentar conseguir um pouco de dinheiro, acha?

— Não, não acho. Se cuide, Claudette.

— Eu não menti. Tudo o que falei hoje é verdade, pode acreditar. Talvez eu consiga me lembrar de mais alguma coisa...

— Acredito em você.

Fui embora, sentindo os olhos dela na minha nuca. Havia um ponto de táxi ali perto, e precisei esperar alguns minutos até conseguir um carro. Ao entrar, olhei para o café, mas ela já tinha ido embora.

Fui para o hotel e passei a noite inteira no quarto, sem jantar. Escutei os barulhos desconhecidos, fechando os olhos e pensando nos eventos que ocorreram naquele lugar, quarenta anos antes, praticamente vendo as silhuetas dos três protagonistas, cheios de juventude, quase adolescentes.

Estava claro que Josh tinha me contado seu lado da história, que não era verdadeiro nem completamente falso, assim como as anotações de Abraham eram apenas produto de sua imaginação, não um diário de verdade. Porém, além disso tudo, além da inevitável distorção dos fatos causada pela passagem do tempo, além das mentiras, confusões, dos erros, das percepções subjetivas e ilusões, havia pelo menos um fato inegável: naquela noite, Simone desapareceu sem deixar vestígio.

Josh provavelmente tivera um passado violento na adolescência, e punira a si mesmo ao abrir mão da herança. Abraham já devia estar doente em Paris, lutando contra a doença que acabaria por destruir sua mente, transformando-o em um assassino. Será que a Sra. Gregory realmente tinha ido embora de Paris, como alegava, depois de perceber que Abraham estava apaixonado por outra mulher? Ou ela decidira, tomada pelo ciúme e pelo desespero, ir além de mandar uma carta mentirosa? Será que Lucas Duchamp tinha medo de Simone, sua favorita, ir embora do país com um dos americanos que a cortejava, apesar de Claudette ter me dito que o relacionamento entre os três não passava de uma paquera inocente?

E havia outra questão fundamental: por que Lucas Duchamp não usara seus contatos para ir atrás de Josh e Abraham? Ele estava obcecado por Simone, então teria feito tudo que pudesse para descobrir o paradeiro dela. Será que Duchamp sabia, desde o início, de algo, de algum problema que o impedira de agir da maneira apropriada? Será que Laura tinha testemunhado algo naquela noite, algo tão terrível que a fizera largar a faculdade e passar anos trancada em um manicômio?

Aos poucos, o quarto ficou um breu, tão silencioso que eu conseguia escutar minha própria respiração. O tempo e o espaço deixaram de existir. Enquanto as respostas continuavam se escondendo de mim, me lembrei de uma história da infância.

*

Um dia, depois de chegar do trabalho, meu pai me pediu que entrasse no carro, e fomos para um canil nos limiares da cidade, perto da Kansas Turnpike. Orgulhoso, ele me disse que eu estava prestes a ver com meus próprios olhos o método secreto que criadores de cachorro usavam quando queriam escolher os melhores filhotes de uma ninhada. Nós estávamos no Kansas, na década de 1980. Não sei se as pessoas ainda fazem isso hoje em dia. É bem provável que não.

Meu pai estacionou sob um carvalho, e seguimos para um terreno grande, gramado, delimitado por uma cerca de madeira alta. Ele fumou um cigarro e conversou rapidamente com um velho — ou talvez o homem só parecesse velho para mim na época. Esperei perto do celeiro, observando os arredores. Um cheiro forte pairava no ar, e, de dentro da construção, escutei os cachorros latindo e ganindo. Ao longe, dava para ver uma pequena lagoa, sua superfície brilhando sob o pôr do sol. A cerca de 20 metros, havia um trailer velho, sem rodas, os eixos apoiados em troncos de árvore.

O homem entrou no celeiro, e meu pai me disse:

— Venha cá, J., ele vai trazer os filhotes.

Comecei a me aproximar, mas, no meio do caminho, virei-me para ver o que estava acontecendo: um dos cachorros no celeiro chorava alto, de um jeito que eu nunca tinha escutado antes; era a cadela, que via os filhotes sendo levados dela.

Havia quatro, cada um do tamanho de um punho cerrado, os olhos ainda fechados, as cabecinhas tremendo. O amigo do meu pai foi até o meio do terreno e os colocou na grama. Então pegou uma lata de gasolina, e fiquei paralisado.

Ele despejou o líquido em torno dos cachorrinhos, desenhando um círculo enorme, com cinco ou seis metros de diâmetro, antes de voltar para o celeiro e trazer a mãe, segurando-a pelo pescoço. Ela era da raça pastor-alemão e tentava escapar com todas as forças.

— Agora, Don! — gritou o cara, e meu pai acendeu um fósforo, jogando-o na grama.

Na mesma hora, duas coisas aconteceram: um anel de fogo de 30 centímetros de altura se formou em torno dos filhotes, e o homem soltou a mãe.

Sem hesitar, a cadela se jogou no fogo. Depois de farejar por dois ou três segundos, abocanhou o pescoço de um dos filhotes e pulou para fora do círculo.

O criador apagou o fogo com um extintor, pegou os outros cachorrinhos e os colocou ao lado da mãe. Ela foi para cima deles, quase sufocando-os em seu pânico. Então o homem tirou uma latinha de spray do bolso e marcou o primeiro filhote com uma mancha vermelha.

— Essa é a nossa campeã — disse meu pai. — Quer ficar com ela? Posso comprá-la, se quiser. Podemos levá-la para casa daqui a duas semanas, depois que ela desmamar e tomar as vacinas.

Eu nunca havia tido um cachorro antes e não sabia nem se queria um. Mas disse que sim, pensando que estaria protegendo a cadelinha de potenciais experimentos cruéis, talvez até piores do que aquele.

Um mês depois, a levamos para casa. Mamãe lhe deu o nome de Erin, uma homenagem estranha à ambientalista de Lawrence. Ela era uma cadela boa, inteligente, e morreu muito depois de eu entrar na faculdade.

E foi assim, cercado pela escuridão, em um quarto no mesmo hotel em que uma jovem morrera anos antes, enquanto os detalhes da história passavam como um filme pela minha cabeça, que finalmente enxerguei a verdade e entendi o que realmente havia acontecido naquela noite.

Certa vez, Houdini disse que o melhor mágico não é aquele capaz de tirar um elefante da cartola — isso seria impossível —, mas o que sabe distrair a atenção do público no momento em que o elefante entra no palco.

Esse tempo todo, eu estava procurando pelo elefante, não pelo mágico.

vinte

Parti para Lyon pela manhã e demorei duas horas para chegar até lá de trem, atravessando um cenário monótono, cinzento. Fazia tempo que a chuva não dava trégua, mas, quando pisei na estação ferroviária, o céu clareou. O sol fraco e um grupo de nuvens criavam um clima pesado e triste sobre a cidade. Peguei um táxi e segui para a casa dos Duchamp.

Quando vi o lugar, me lembrei da sensação que a casa dos Hogarth me trazia. A mansão era pintada de amarelo-claro e ficava no fim de uma rua sem saída, na beira de uma floresta de pinheiros. A estrutura central tinha dois andares de altura e era acompanhada por dois edifícios gêmeos e menores, da mesma cor. Um lance de escada levava a uma grande varanda e à porta principal, que exibia uma abertura de latão no centro, para cartas.

A fachada era parcialmente coberta por hera, e as janelas com acabamento branco pareciam olhos enormes, espiando através dos serpenteantes galhos marrons. À direita, havia um celeiro antigo, e, à esquerda, vi um jardim com arbustos de rosas e algumas macieiras. O espaço todo tinha um ar sombrio, e essa impressão era acentuada pelo céu escuro que cobria tudo como um lençol velho. O silêncio pesava como concreto.

Subi os degraus e toquei a campainha, mas ninguém atendeu. Enquanto eu me preparava para tocar de novo, vi um pequeno

Renault Clio azul se aproximando da casa pela estrada de terra. O carro fez uma curva e parou diante do celeiro. Uma mulher idosa saltou e abriu os portões, então estacionou lá dentro. Depois, saiu do carro de novo e foi na direção da casa, carregando uma sacola plástica cheia de compras na mão esquerda.

A mulher parou no começo da escada, me encarando, quando me viu na varanda. Sua idade parecia bater com a de Claudette Morel, mas ela era muito mais bonita.

— Olá — cumprimentei —, desculpe incomodar. Estou procurando pela Srta. Maillot? Eu me chamo James Cobb, vim dos Estados Unidos com uma mensagem pessoal do Sr. Joshua Fleischer.

Por alguns segundos, ela ficou em silêncio, como se não compreendesse minhas palavras, e então me perguntou:

— Eu deveria saber quem é esse senhor?

— Sei que a senhora e sua irmã, Simone, o conheceram. E um amigo dele também, Abraham Hale, em Paris, na década de 1970. Simone e Abraham chegaram a trabalhar juntos por alguns meses, em uma fundação chamada L'Etoile, pelo que me contaram.

Ela não respondeu, mas começou a subir a escada em direção à porta. Desci para ajudá-la com as compras. Quando chegamos à entrada da casa, ela pegou a sacola de volta e falou:

— Não tenho tempo para conversar agora, Sr. Cobb, sinto muito. Meu pai está doente, e preciso cuidar dele. Não é um bom momento, tenho certeza de que compreende.

Tirando uma chave de latão intrincada do bolso da capa de chuva, ela abriu a porta.

— Joshua Fleischer morreu de leucemia, Srta. Maillot — contei. — Abraham morreu também. Ele faleceu em um hospital psiquiátrico, depois de matar uma prostituta a quem pagava para fingir ser sua irmã.

Ela ficou pálida, mas permaneceu em silêncio, e, após hesitar por um momento, gesticulou para que eu a acompanhasse. Entrei na casa e fechei a porta. Então me vi em um hall de entrada espaçoso, com piso de mármore e paredes revestidas de madeira.

— *Papa, j'arrive* — gritou ela. — *Nous avons un visiteur! Tout va bien?*

Ela tirou o casaco, pendurou-o em um gancho e me disse que fizesse o mesmo. Deixei minha parca e a mala no corredor e a segui para o andar de cima.

Cruzamos uma cozinha grande e entramos em uma sala de estar enorme com uma mesa comprida no centro. À direita, havia uma lareira de mármore; à esquerda, um bufê de mogno. O lugar era limpo, bem iluminado e parecia um museu, cheio de móveis antigos, pinturas, gravuras e armaduras com armas afiadas. Um homem acomodado em uma cadeira de rodas estava próximo à lareira, enroscado em um cobertor de lã feito uma múmia.

Ela correu até ele, mexeu no cobertor e suspirou.

— Por favor, espere aqui um instante — me pediu. — Me desculpe, mas preciso trocá-lo.

Ela soltou a trava, empurrou a cadeira de rodas até o cômodo ao lado e fechou as portas altas. Sentei-me à mesa. O piso havia sido encerado recentemente, e fazia pouco tempo que as paredes foram pintadas. Um lustre enorme pendia do teto. Em um canto, havia uma almofadinha e uma tigela de água cheia pela metade, a cama vazia de um gato. Em outro canto, vi um altar estranho: havia imagens de santos, crucifixos e duas estátuas pequenas em várias prateleiras de madeira, dispostos em uma ordem misteriosa. No meio, via-se a foto emoldurada de uma jovem, acompanhada de uma lamparina a óleo.

Fazia muito calor, o ar era abafado. Eu me levantei e verifiquei os aquecedores; estavam no máximo. Do outro lado das portas, escutei a voz da mulher zunindo monotonamente, como uma abelha presa em um jarro.

Quando ela voltou, após cerca de dez minutos, notei que tinha trocado de roupa e agora estava usando uma calça de cotelê e um suéter leve de lã. O velho na cadeira de rodas era alto e corcunda, com uma aparência tão envelhecida que parecia ter mais de 100 anos. Apesar do calor, ele usava um casaco grosso que ia até o pé e uma calça da mesma cor. Seu cabelo era completamente branco e cobria sua cabeça em cachos compridos e desgrenhados. Sob a luz forte, seu rosto parecia feito de pergaminho antigo, e os olhos fundos encaravam o nada.

— Estamos bem agora, não é, papai? — perguntou ela, passando os dedos pelo cabelo dele. — Talvez devêssemos oferecer uma taça de vinho ao nosso visitante, o que acha?

Eu disse que não precisava, mas ela foi para a cozinha, me deixando sozinho com Lucas Duchamp. Balancei a mão diante de seu rosto, mas ele me ignorou, seus olhos nem acompanharam o movimento. Suas bochechas estavam cobertas de manchas escuras, e seu rosto era franzido com rugas profundas.

Ela voltou com duas taças e uma garrafa de vinho em uma bandeja de prata. Então colocou a bandeja em cima da mesa, serviu a bebida e tomou metade de sua taça sem nem esperar por mim.

— Quer almoçar com a gente, Sr. Cobb? — perguntou. — Hoje é dia de linguiça *andouillette*, um dos pratos favoritos de papai. — Respondi que não estava com fome, e ela continuou: — Bem, na verdade, eu também não, mas meu pai deve estar faminto. Podemos conversar enquanto lhe dou comida.

Tomei um gole de vinho e fiquei esperando de novo, observando Lucas Duchamp, que continuava imóvel na cadeira de rodas preta.

Ela arrumou a mesa com gestos rápidos, como se executasse um antigo ritual, e trouxe linguiças e batatas fritas. Começou a alimentar o padrasto, limpando os lábios dele com um pano de prato após cada garfada. Fiquei quieto, esperando.

— Ele foi o melhor pai do mundo — disse ela. — Quando eu e minha irmã éramos pequenas, ele nunca tocou em um fio de cabelo nosso, jamais, em hipótese nenhuma. Contratei uma enfermeira que vem duas vezes por semana, mas gosto de ajudar. Não é um fardo nem um incômodo. — Ela tomou um gole do vinho e estalou os lábios, me observando. — Agora, me conte, por favor, Sr. Cobb, como conhece Abraham e Joshua, e como sabe tanto sobre o passado dos dois?

— Sou psiquiatra, Srta. Maillot, e Josh foi meu paciente. Ele me contou sobre a época em que passou em Paris em meados de 1970. Depois de sua morte, tive contato com um diário que pertenceu ao Sr. Abraham Hale.

— O senhor me disse que tinha uma mensagem pessoal para mim de Joshua. O que poderia ser?

Expliquei o mais breve possível tudo o que eu sabia sobre Josh e Abraham, e ela me escutou com atenção, sem fazer comentários. Por fim, mencionei que, antes de procurá-la, eu tinha me encontrado com Claudette Morel em Paris.

— Fiquei sabendo por conhecidos em comum que ela não anda bem da cabeça — observou ela. — Se eu fosse o senhor, não levaria as conversas de Claudette a sério.

— Ela me contou que as senhoras eram melhores amigas e dividiam um apartamento.

— Bem, não é para tanto. Nós éramos amigas, sim, e moramos juntas, mas...

— Ela também disse que a senhora a chamou para ir ao hotel em que Simone se encontrou com Joshua. Na noite em que sua irmã desapareceu.

Ela terminou de dar comida ao padrasto e limpou a mesa, voltando da cozinha com um cinzeiro e um maço de Vogue. Ela tirou um isqueiro do bolso, acendeu um cigarro e falou:

— Não consigo me lembrar de muitos detalhes, Sr. Cobb, faz uma eternidade que tudo isso aconteceu. E, a esta altura, não faz mais diferença, não acha? Qual era a mensagem de Joshua? Não tenho muito tempo, desculpe. Sei que o senhor fez uma longa viagem até aqui.

— Antes de falarmos disso, quero fazer uma pergunta, Srta. Maillot, se me permite a ousadia. Na sua opinião, Josh ou Abraham, ou talvez os dois, tiveram alguma participação no desaparecimento da sua irmã?

— Como é? Não, acho que não. Por quê?

Tirei do bolso o pingente de ouro que Josh me dera e o coloquei em cima da mesa, na frente dela.

— Josh me pediu que lhe desse isto.

Ela encarou a joia, mas não se mexeu.

— Bem, nem imagino por que ele faria uma coisa dessas, mas obrigada, Sr. Cobb. Vou guardar o presente com carinho. Há algo mais que queira me dizer?

— O que aconteceu naquela noite, Srta. Maillot? A senhora estava lá, no quarto ao lado. O que aconteceu com a sua irmã depois que Claudette foi embora?

Ela apagou o cigarro e me olhou dentro dos meus olhos.

— Acho que isso não é da sua conta, Sr. Cobb. Não sei o que Claudette contou, mas essas coisas não fazem mais diferença. Agora...

— Mas a senhora sabe exatamente o que aconteceu, não sabe?

Ela se levantou e empurrou a cadeira de rodas até a lareira. Os olhos de Lucas Duchamp agora estavam fechados, como se ele tivesse caído no sono. Ela voltou a se sentar, acendeu outro cigarro e disse:

— O senhor está insinuando que tive alguma coisa a ver com o desaparecimento da minha irmã?

— Não, não estou insinuando. Estou afirmando.

— E imagino que queira que eu confirme as besteiras que Joshua imaginou. Não posso fazer isso nem vou. Acho melhor o senhor ir embora. Afinal, não o conheço, não sei por que veio aqui nem o que quer de mim. Se não sair agora, vou chamar a polícia.

Resolvi usar meu trunfo.

— Srta. Maillot, já ouviu falar de um homem chamado Perrin, Nicolas Perrin? Esse nome é familiar?

O rosto dela ficou corado, e, por um instante, achei que ela fosse ter um derrame. Suas mãos tremiam, o cigarro quase escapuliu de seus dedos. Escutei um som engasgado, borbulhante, vindo da garganta de Lucas Duchamp, como se ele se esforçasse para dizer alguma coisa, mas as palavras se afogassem antes de chegar aos seus lábios. Os olhos do velho agora estavam arregalados e focados em mim.

Ela se esforçou para se controlar, lançou um olhar para o padrasto e pediu:

— Vamos lá para fora? Podemos nos sentar no jardim e conversar.

Nós nos levantamos e descemos. Ela pegou o casaco que estava pendurado e o jogou sobre os ombros antes de trocar os chinelos por um par de botas. Então me guiou por um caminho pavimentado pela lateral da mansão. Havia uma estufa grande, onde entramos. O lugar estava cheio de velharias — roupas, ferramentas de jardinagem, vasos quebrados, garrafas vazias, regadores —, mas, perto da entrada, havia uma mesa dobrável e quatro cadeiras.

O cheiro de umidade e poeira pairava no ar. Um gato preto e branco apareceu de repente e se esfregou nas pernas dela. Ela se inclinou e fez carinho no pescoço dele antes de analisar os arredores e buscar uma caneca para usar como cinzeiro.

Nós nos sentamos, e ela acendeu outro cigarro.

— Agora, me conte como descobriu esse nome — pediu ela.

— Antes, quero explicar uma coisa sobre Josh. Ele nunca soube a verdade do que aconteceu naquela noite e passou o resto da vida achando que era um assassino. A culpa o corroeu por dentro. Quando sua amiga, Claudette, mandou uma carta para ele há alguns meses, acusando-o de ter participado no desaparecimento da sua irmã, Josh tentou pela última vez descobrir a verdade. Ele me contratou para ajudar, mas não fui muito útil. Com o passar dos anos, seu foco deixou de ser o que realmente aconteceu naquela noite, mas o que poderia ter acontecido e o que ele seria capaz de fazer sob certas circunstâncias.

Ela deu de ombros.

— E eu devia me sentir culpada, Sr. Cobb? Como eu poderia imaginar uma coisa dessas? Não sei o que Joshua contou sobre nós, mas a verdade é que mal nos conhecíamos. Ele só era um rapaz legal e bonito que vivia atrás da minha irmã. Quando a tragédia aconteceu, ele saiu do país, e fim da história. Nunca mais tive notícias dele.

Na luz fraca que atravessava os painéis empoeirados de vidro, o rosto pálido dela, cercado por nuvenzinhas de fumaça de cigarro, parecia quase fantasmagórico.

— Sabe, Srta. Maillot, eu me perguntei muitas coisas sobre Josh, tentando entender por que ele teria machucado sua irmã. Analisei possíveis motivos, seu passado, seu caráter. Mas só ontem fui entender que o protagonista da história nunca foi ele, mas a senhora, sua irmã e seu pai. Os Duchamp. Na verdade, Josh e Abraham eram apenas coadjuvantes que não tinham nada a ver com os acontecimentos nos bastidores. Para a senhora, pelo menos, sempre existiu um astro: seu padrasto. E agora chegamos ao nome que mencionei, Nicolas Perrin.

Ela me ouvia com atenção. Eu a imaginei sentada ali, ano após ano, década após década, cercada por seus segredos e apenas o som do vento.

— Depois da guerra — continuei —, seu padrasto virou um herói. Ele era um dos poucos membros da Resistência local que conseguiu escapar das garras da Gestapo. Apesar de ter sido torturado por semanas, nunca traiu a localização dos companheiros. Pelo menos essa era a história oficial.

"No fim da década de 1940, as autoridades francesas começaram a procurar por Klaus Barbie, o antigo chefe da Gestapo aqui em Lyon. Finalmente, em 1971, ele foi encontrado em algum lugar do Peru, onde estava escondido sob um nome falso, Klaus Alttmann. Foi um escândalo, porque havia suspeitas de que as agências secretas americanas o ajudaram a evitar extradição em troca de informações sobre a rede de espiões soviéticos escondidos na França. Logo depois disso, ele fugiu para a Bolívia e conseguiu escapar de novo.

"Assim, de repente, histórias sobre o passado de Klaus Barbie voltaram a ser assunto de conversa. Alguns jornais importantes publicaram matérias sobre o assunto, e o nome de seu padrasto vivia sendo mencionado na televisão e no rádio. Se o carniceiro de Lyon fosse extraditado para a França, o Sr. Duchamp seria uma testemunha fundamental no julgamento, por ter sido interrogado várias vezes por Barbie em pessoa.

"Bem, o resumo da ópera é que o sujeito finalmente foi extraditado em 1983 e condenado à prisão perpétua. Ele morreu na prisão em 1991. Mas seu pai não testemunhou no julgamento. Por quê?"

Ela apagou o cigarro pela metade, se levantou e empertigou os ombros.

— O que o senhor quer de mim? — perguntou ela. Sua voz se tornara agressiva. — E por que se importa com essas coisas?

— Vim até aqui apenas porque quero saber o que aconteceu com a sua irmã, porque essa história precisa de um fim. Agora, tenho certeza de que nem Josh nem Abraham participaram do que aconteceu naquela noite, apesar do passado problemático dos dois. Não é da minha conta se o seu padrasto é um herói que sofreu torturas e se recusou a entregar os companheiros, ou se foi um traidor, como Perrin alegou, ao ver o nome dele nos noticiários.

— Perrin era louco, mentiroso e covarde! — gritou ela, se inclinando na minha direção. Ela bateu a palma das mãos na mesa, fazendo uma pequena nuvem de poeira subir. — Antes de ele aparecer aqui e tentar subornar meu pai, estava preso por ter atropelado uma pessoa e fugido, sabia? Era um velho desesperado e paranoico. Depois que meu pai o expulsou daqui, ele tentou vender a história para a imprensa, mas ninguém acreditou.

— Talvez, mas as autoridades acharam que a história era viável o suficiente para conduzir uma investigação discreta, e os resultados não ficaram muito claros. Perrin também era membro da Resistência e foi preso pela Gestapo pouco depois do seu padrasto. Durante seu interrogatório, lhe contaram que tinha sido traído por Lucas Duchamp. Coincidência ou não, nove membros da Resistência local foram presos depois da prisão do seu padrasto. Todos eles, com exceção de Perrin, foram executados.

— Mentiras...

— Com o tempo, as autoridades acharam melhor abandonar a investigação, porque ela poderia ser usada pelos defensores de Klaus Barbie e por aquela gente da extrema direita que gosta de tentar mudar a narrativa da história. Perrin morreu de ataque cardíaco em março de 1978, e a questão foi esquecida.

Os olhos dela estavam grudados nos meus, e seu maxilar se movia como se mascasse um chiclete.

— Que tipo de homem é você? — questionou ela. — Tem ideia do que fizeram com ele? Meu pai me contou que arrancaram sua pele e suas unhas! Nunca dei atenção para as conversas daquele maluco, não importa se fossem verdade ou não. Na época, ninguém mais se importava com o que aconteceu de verdade na guerra. Havia brigas intermináveis sobre quem fez o quê e com quem naqueles anos, sobre quem era herói, quem era traidor, e por quê. Era moda reescrever a história inteira com a bunda sentada em uma poltrona e um cachimbo na boca, culpando a geração anterior por tudo, igualando pessoas boas e ruins. Uma bobagem só.

— A senhora me entendeu errado. Não estou julgando seu padrasto.

Ela não pareceu me escutar.

— Certo, talvez ele não tenha aguentado as torturas e feito o que qualquer um faria. Mas quem é o senhor para questionar sua integridade? Sabe como é ser torturado? Já passou por algo no mínimo parecido com o que fizeram com meu pai? Acho que não, Sr. Cobb! Mas sei que ele nos salvou e foi um anjo em nossa vida.

— Foi por isso que você fez o que fez, Simone? Para proteger seu pai?

Por um instante, ela apenas me encarou, piscando rápido, os lábios trêmulos. Então sentou na cadeira e me perguntou:

— Por que me chamou assim?

— Porque você é Simone, e não Laura, não é? Uma coisa que me intrigou foi: por que Lucas Duchamp não se esforçou mais para descobrir a verdade sobre o desaparecimento dela? Sua filha podia estar viva em algum lugar, ter sido sequestrada, estar precisando de ajuda. Mas, depois de poucos dias, sem que ninguém tivesse certeza do que aconteceu de fato, Laura saiu do país e foi para um hospital. Seu padrasto tinha dinheiro e poder, conhecia as pessoas certas, era advogado. Podia pressionar a polícia. Ao mesmo tempo, teria sido capaz de encontrar aqueles garotos até no Alasca, se quisesse. Mas, pelo contrário, ele não fez muita coisa, não é? Li o arquivo do caso com muita atenção, Simone. Sinceramente, a polícia não fez quase nada. Então cheguei à única conclusão que fazia sentido: Lucas Duchamp não fez nada porque queria proteger alguém. E de quem seria a reputação e a liberdade em jogo? De Laura? Impossível. Ela havia se rebelado contra ele, nunca foi sua favorita. Se Laura tivesse machucado Simone, Lucas Duchamp jamais a ajudaria a escapar. Aliás, você não reconheceu o pingente. Foi um presente de Josh para sua irmã.

— Reconheci, sim — disse ela. Sua voz era seca. — Ela estava usando naquela noite.

— Tem certeza?

— Tenho.

— Mas por que Josh não o reconheceu? Isso deixaria óbvio que o corpo era de Laura, não seu... Ele me disse que encontrou o pingente em uma gaveta depois, junto com o passaporte de Abraham.

De repente, tudo ficou óbvio. Abraham tinha acordado primeiro. Ele vira o corpo e arrumara a cena do crime para proteger Simone. Depois de entender o que tinha acontecido de verdade e ver que ela cometera o erro de esquecer o colar no pescoço da irmã, o removera e o levara consigo.

Será que tentara, no dia seguinte, armar para cima de Josh, deixando o pingente no apartamento da Rue de Rome? Será que tentara chamar a atenção da polícia ao jogar a mala na rua? Ao contrário de Josh, ele sempre soube que Simone não tinha morrido. Devia ser por isso que, tanto tempo depois, quando já estava profundamente abalado pela loucura, montara aquela ilusão com uma atriz, bolando um mundo imaginário em que ele e Simone finalmente estavam juntos. Porém sua mente perturbada acabara transformando os Campos Elísios em um pesadelo, no qual Josh mais uma vez tentava roubá-la para si.

— Eu tinha certeza de que você era a culpada, Simone — continuei —, mas não conseguia entender o motivo. No começo, achei que devia ter alguma ligação com Josh, porque você combinou de se encontrar com ele naquela noite.

— Não teve nada a ver com ele nem com Abraham. — Eu sabia que ela estava pronta para contar a verdade e não quis pressioná-la. Simone acendeu um cigarro e apenas fumou por um tempo, evitando meu olhar. — Aquele sujeito, Perrin, apareceu aqui em uma tarde de sábado, quando eu e Laura estávamos em casa — disse ela. — Por acaso, tínhamos vindo passar o fim de semana aqui. Nós estávamos procurando um livro na biblioteca, no primeiro andar. Escutamos vozes no escritório, então fomos espiar. O homem estava acusando meu pai de ser um traidor e um mentiroso. Meu pai nunca soube de nossa presença. Depois, quando ele me perguntou por que fiz o que fiz, como o senhor fez hoje, disse que foi por ciúme, porque eu e Laura nos apaixonamos por um dos americanos. Eu preferia morrer a contar para ele que ela queria traí-lo.

"Não quis machucá-la. Laura era minha irmã caçula, e eu a amava. Quando ela apareceu no quarto naquela noite, chorando, gritando, me xingando, fiquei com medo de que os meninos acordassem e escutassem o que ela estava falando sobre papai. Pedi que fosse embora, mas ela me atacou. Não consegui segurar suas mãos e imobilizá-la, porque ela era mais forte do que parecia. Devo ter perdido a calma, pegado algo em cima da mesa, e a acertado na cabeça. Quando finalmente caí em mim, vi que estava segurando o abajur coberto de sangue. Laura estava caída no chão, imóvel, machucada. Eu a arrastei até o banheiro, tirei a roupa dela e a coloquei na banheira. Tentei reanimá-la por um tempo, mas percebi que estava morta. Apesar dos meus esforços, ela não respirava, seu coração não batia. Quando voltei para o quarto, Abraham abriu os olhos por um instante e me encarou, sem parecer me ver. Fui para o quarto ao lado, já que a porta continuava aberta, e me limpei antes de pegar as roupas de Laura e ir embora. Eu não sabia que Claudette também estava lá."

Simone chorava. Não havia caretas nem soluços, apenas lágrimas escorrendo pelo rosto, grossas e brilhantes como dois riachos minúsculos de lava derretida. Eu queria tanto descobrir a verdade sobre o que tinha acontecido, por um motivo que não conseguia entender. Mas, naquele momento, quando finalmente solucionei o mistério, senti como se tivesse ido até o fim do mundo para montar algo importante, apenas para, no fim das contas, acabar me deparando com os ressentimentos de outra pessoa. De que adianta absorver os pesadelos de alguém quando você tem os seus próprios? Talvez Josh tivesse razão e, às vezes, os fatos pudessem ser verdadeiros e falsos ao mesmo tempo, porque, na vida real, a verdade, somente a verdade, nada além da verdade, não existe.

De repente, o gato deu um pulo e foi embora. Lá fora no quintal, as sombras das macieiras criavam desenhos retorcidos entre poças escuras.

— Mas por que Laura foi ao hotel? — perguntei. — Qual é a ligação com a história do seu padrasto?

Simone deu de ombros e apagou o cigarro.

— Eu não me importava com as insinuações daquele homem, Perrin, mas, para Laura, foi diferente. Ela fez a própria pesquisa e chegou à conclusão de que ele falava a verdade: nosso pai era um traidor. Passamos dias brigando. Tentei convencê-la de que estava errada: se papai tivesse traído o país, os nazistas não deportariam nossos avós para morrer em um campo de concentração. Mas Laura não me escutava, e seus argumentos eram totalmente irracionais. Era difícil saber se ela acreditava mesmo naquilo ou se só queria punir papai por gostar mais de mim

"Isso aconteceu em maio. Pouco depois, no verão, conhecemos Abraham e Joshua, e ela bolou um plano bizarro. Não sei se estava mesmo apaixonada por Joshua ou se só queria sair do país. Desde pequena, Laura sonhava com os Estados Unidos. Meu pai é uma boa pessoa, Sr. Cobb. Ele nunca nos machucou, apesar dos boatos espalhados por gente maldosa. Só era protetor demais, tinha medo de que a gente se machucasse, provavelmente por ter perdido a família na guerra e achar que isso poderia acontecer de novo. Eu entendia e aceitava isso, mas Laura, não. Naquele verão, como expliquei, ela veio com essa ideia maluca de que Joshua poderia ajudá-la e levá-la para Nova York, a qualquer custo, porque não aguentava mais o comportamento do nosso pai, e, se ficasse na França, ele nunca a deixaria em paz. Então Laura resolveu ir para o exterior, para um lugar em que papai não a encontraria. Joshua era rico, poderia ajudar.

"Em resumo, minha irmã me subornou: se eu não convencesse Joshua a levá-la embora, ela contaria a história toda para a imprensa. Era um plano horrível, é claro. Expliquei que ele queria passar um tempo em Paris, mas isso não fez diferença: eu precisava convencê-lo a levar Laura para os Estados Unidos, ou os jornais descobririam tudo. Então menti e marquei aquele encontro no hotel com Joshua. Tentei ganhar tempo, fingindo que ia convencê-lo a ajudar minha irmã. Mas Abraham me seguiu e apareceu sem ser convidado. Ele e Joshua ficaram bêbados e começaram a brigar, como sempre. Eu nem imaginava que

Laura estava no quarto ao lado, tentando descobrir se cumpri a promessa. Em determinado momento, depois que entendeu que eu não tinha intenção nenhuma de falar com Joshua sobre seu plano idiota, ela entrou. O senhor sabe o resto."

— Foi seu pai ou Abraham quem tirou o corpo de lá no dia seguinte?

— Não sei e nunca quis saber. Liguei para o meu pai de um telefone público e contei que havia um problema. Ele veio de carro, reservou um quarto no nome dele em outro hotel e mandou que eu esperasse lá. Então voltou no dia seguinte, à noite, me deu o passaporte de Laura, um pouco de dinheiro e uma passagem de ida para a Suíça. No dia seguinte, no aeroporto, enquanto esperava meu voo, vi Joshua em um café. Quase fui até lá e contei tudo, mas ele se levantou e desapareceu no meio da multidão.

— Tem certeza de que era ele?

— Claro que tenho. Foi a última vez que o vi.

— O que aconteceu com o corpo de Laura?

— Não faço ideia. Nunca falamos sobre isso. Só sei que meu pai resolveu tudo.

— Ele resolveu tudo... Não é isso que fez a vida inteira? Seu pai resolvia tudo e acabava com os problemas.

Nós nos levantamos e saímos da estufa. Simone apertou o casaco contra o corpo e perguntou:

— Qual o motivo *real* da sua visita, Sr. Cobb?

— Eu queria descobrir a verdade. A verdade que Josh nunca soube. A consciência dele poderia ter ficado tranquila com essa história.

— Verdade é uma palavra muito pesada. Sabe quando você tem um pesadelo, acorda, mas aí começa a ver detalhes do que sonhou na vida real? Depois de um tempo, não consegui mais enxergar a diferença entre a ilusão e a vida real.

— Sei como é.

— Não, o senhor só pensa que sabe. Nem eu sei se me lembro mesmo do que aconteceu ou se minhas lembranças são apenas retalhos de sonhos ruins.

Um vento leve bagunçou o cabelo dela. Pensei em Lucas Duchamp em sua cadeira de rodas, preso naquela casa com a filha como se fossem dois insetos pré-históricos no mesmo pedaço de âmbar.

Nós nos aproximamos da porta. Simone respirou fundo, indicou a mansão com o queixo e disse:

— Este lugar não foi um abrigo. Tive que me trancar aí dentro e jogar a chave fora. Passei a vida quase toda como um fantasma. Depois que voltei da Suíça, passei mais de três anos presa no meu quarto. Dá para imaginar? Minha mãe ficou arrasada com o que aconteceu e nunca me perdoou... Eu fui punida, acredite. Mas fico feliz por poder cuidar do meu pai. Não seria justo se um homem como ele acabasse a vida em um asilo, cercado por desconhecidos.

— Você nunca quis saber a verdade sobre ele?

— Eu sei a verdade sobre ele, Sr. Cobb. E, agora, o que vai fazer?

— Nada. Acho que já basta para todo mundo.

— O senhor vai falar com a polícia?

— Eu não trabalho para a polícia.

— Então acabou?

— Não, acho que não. Esse tipo de coisa nunca acaba. Mas cumpri minha promessa.

Não sei por quanto tempo conversamos. Em certo ponto, entrei, peguei minha parca e a mala, me despedi e fui embora a pé. Simone permaneceu parada diante da porta, imóvel. Sob a luz fraca do sol do meio-dia, ela parecia um brinquedo quebrado.

Eu estava no meio do nada, então passei uns vinte minutos andando pela rua de paralelepípedos até encontrar um posto de gasolina e chamar um táxi. Havia começado a chover, e o céu estava escuro. Aquela história pesava em meus ombros como um fardo.

Pensei na cadela escolhendo um filhote no círculo de fogo. E no velho Lucas Duchamp em sua cadeira de rodas, ainda jovem e hábil na época, escutando sua preciosa enteada explicar a encrenca em que se metera, decidindo o que precisava ser feito, porque tudo o que queria era salvar sua favorita.

Todos nós precisamos fazer escolhas e passar o restante da vida sofrendo as consequências. Josh optara por fugir e seguir em frente, porque era jovem demais para saber que sobreviver e viver não são a mesma coisa, que não existem paredes grossas nem cadeados fortes o bastante para nos proteger de nossa própria consciência.

Também pensei no momento em que uma voz desconhecida me contou por telefone o que acontecera com Julie. "Dr. Cobb? Bom dia, senhor, desculpe incomodar, mas algo aconteceu com uma antiga paciente sua..." E eu soube na mesma hora que se tratava dela, que a notícia que viria nos próximos segundos partiria meu coração para sempre.

Dizem que o tempo cura tudo. É mentira. Quando algo realmente ruim acontece, o tempo simplesmente se parte em duas vertentes. Em uma delas, a vida segue, pelo menos sustentando as aparências. Mas, na outra, aquele momento é tudo o que existe, e fica se repetindo de novo e de novo, sem parar.

vinte e um

Nova York, estado de Nova York, cinco meses antes

Alguns dias depois, enquanto eu ainda tentava voltar para minha rotina, de repente me lembrei do detalhe que me incomodava ao escutar os arquivos de áudio de Julie: "... ele me deu aquele livro, *As ondas*. Virginia Woolf era sua escritora favorita, ele sempre a citava. Acho que sabia os livros todos de cor..."

Reli o último parágrafo da carta de despedida: "Eu me lembro de uma citação daquele livro de que você tanto gosta: 'Não sou única e simples, mas complexa e variada.'"

Procurei na internet: a citação vinha de *As ondas*. Nunca fui muito fã de Woolf e nunca conversei com Julie sobre livros, com exceção de *A divina comédia*.

Ela não me dera muitos detalhes sobre o homem, um de seus ex-namorados. Apenas mencionara seu primeiro nome, David, duas ou três vezes durante as sessões, e me dissera que tiveram um relacionamento casual pouco antes de nos conhecermos. Nada excepcional, nada importante. Apenas algo impulsivo, pelo que me contara.

Susan Dressman me ligou dois dias depois, após o dia de São Patrício. Eu tinha passado o fim de semana em casa, sozinho, pensando em tudo o que acontecera e escrevendo um relatório detalhado para o Conselho de Conduta Médica Profissional.

Após trocar algumas amenidades, ela explicou o motivo do telefonema.

— Não consigo parar de pensar no dia em que nos encontramos... Fiquei furiosa, mas, depois, percebi que posso ter me equivocado. Olhei nos seus olhos naquele dia, vi como falava de Julie, e cheguei à conclusão de que você se importava mesmo com ela.

— Eu não me *importava* com ela. Eu a *amava*. Mas você tem razão, cometi um erro e sei o que preciso fazer.

— Sim, talvez tenha sido um erro mesmo, mas... — Houve uma pausa rápida em que nós dois esperamos o outro falar. Mas Susan falou primeiro. — Menti naquele dia. Preciso contar algo sobre Julie e a carta de despedida. Ela não era para você, mas para um homem chamado David Heaslet, que agora mora em Detroit. Eles namoraram, mas terminaram antes de Julie se mudar para Michigan. Eu sabia a verdade, mas estava indignada por você ter se aproveitado dela, ou pelo menos foi o que achei na época, e quis punir você. Então insinuei aos pais de Julie que a carta era para você, para que a entregassem como prova para a polícia... Era isso que eu queria dizer. Bem, escrevi todos os detalhes hoje e mandei para o seu consultório. É mais fácil assim. Eu queria me certificar de que o endereço ainda era o mesmo.

Confirmei que era e lhe agradeci, encerrando a conversa.

Recebi a carta de Susan na quarta, mas não a abri. Em vez disso, enviei para o Conselho o relatório que escrevi no fim de semana. O professor Atkins, que era vice-presidente da instituição, me ligou dois dias depois, de manhã cedo. Ele estava chocado e confuso. Depois que me formei, nós dois tínhamos feito questão de nos encontrarmos regularmente, mas fazia alguns meses que não nos víamos.

— É a primeira vez que vejo um médico prestar queixa contra si mesmo — disse ele. — Que ideia foi essa?

Contei que refleti muito sobre o assunto nos últimos meses e cheguei à conclusão de que não havia outra alternativa. Naquela tarde, nós nos encontramos para tomar um café e tivemos uma longa conversa.

— Por que você está fazendo isso com você? — perguntou ele. — Está tendo um colapso nervoso? Você sabe que pode perder a licença para sempre, não sabe? Relacionamentos íntimos com pacientes são automaticamente classificados como negligência médica, não importa se o tratamento teve qualquer relação com o fato de ela ter cometido suicídio ou não. Sim, você cometeu um erro grave, e não entendo como pode ter feito algo assim. Mas, no seu lugar, eu tentaria encontrar outra forma de me punir.

— George, com todo respeito, acho que você não entendeu. Não estou me punindo, estou tentando me libertar. Se eu não fizer isso agora, se não assumir a responsabilidade pelas minhas ações, esse peso vai me destruir, como já está fazendo. Conheci algumas pessoas que passaram a vida inteira sozinhas, se escondendo de si mesmas, porque, em determinado momento, não foram capazes de assumir a culpa por algo que fizeram ou pensaram ter feito. E não quero ser igual a elas.

Era um fim de tarde quente de sexta-feira, e estávamos sentados em uma sacada em Tribeca, perto do Rockefeller Center. O céu tinha a cor de café com leite, e o sol descia entre os arranha-céus. Um fluxo interminável de gente passava pelas ruas, como em uma procissão secreta.

— Você é o melhor psiquiatra que já conheci — disse Atkins. — É intuitivo, entende do que fala e gosta de curar pessoas, se importa com os pacientes, o que, na minha opinião, deve ser a principal característica de um médico. Eu estava torcendo para que, mais cedo ou mais tarde, cogitasse seguir carreira acadêmica e viesse trabalhar comigo na Columbia. Acredite em mim, você será crucificado. Tem certeza de que quer passar por algo assim? Não existe outro jeito?

— Não, não existe outro jeito. Eu devia estar lá, ajudando Julie a sair do círculo de fogo, independentemente de qualquer coisa. Mas não estava, não havia ninguém ao lado dela, e ela se queimou porque todos a deixaram para trás.

— Que círculo de fogo é esse?

— É uma longa história. Outro dia eu conto.

Conversamos por mais meia hora. No fim, ele me acompanhou até um ponto de táxi, se despediu com um aperto de mão e me prometeu que organizaria uma reunião com o Conselho assim que possível, de forma discreta. Naquela noite, tive uma discussão demorada com meus pais no Kansas, por Skype, tentando explicar o que ia acontecer nas próximas semanas. Foi uma das coisas mais difíceis que já fiz — sempre é bem doloroso magoar as pessoas que você ama.

Eu não sabia o endereço dos pais adotivos de Julie, mas incluíra o contato de Susan Dressman no meu relatório. Para minha surpresa, os Mitchell se recusaram a me processar. Porém, a promotoria reabriu o caso, considerando as novas informações recebidas, para determinar se fui negligente no meu dever de oferecer um tratamento razoável ou se falhei em conduzir uma avaliação apropriada sobre o risco de suicídio, com consequências letais para minha antiga paciente.

Alguém vazou as informações para a imprensa, e outro pesadelo começou. Advogados começaram a perturbar os pais de Julie e várias pacientes antigas, oferecendo seus serviços voluntários e prometendo indenizações milionárias caso concordassem em me processar.

Os jornalistas passaram algumas semanas me seguindo por todo canto. Perguntaram a Sra. Kellerman, minha secretária de 65 anos, se ela já tivera relações sexuais comigo. Alguns amigos pararam de atender minhas ligações, e uma ex-namorada foi entrevistada por uma blogueira famosa, dando detalhes sobre minhas preferências na cama. Uma revista me apelidou de "Dr. Tarado". Tive de excluir minha conta no Twitter, e meu site foi hackeado, infestado por pornografia.

Minha vida estava sendo destruída aos poucos, camada por camada, mas eu sentia um alívio estranho. Felizmente, existe algo chamado "o princípio do sofrimento": nossos cérebros são projetados de tal forma que não conseguimos sentir mais de uma dor ao mesmo tempo.

Porém, após certo tempo, um milhão de outras coisas aconteceram, e os jornalistas se esqueceram de mim. Esta cidade nunca para de oferecer escândalos para a imprensa.

Como primeiro passo, o Conselho decidiu suspender minha licença por noventa dias, então tive de transferir meus clientes para outros médicos e fechar meu consultório. De repente, fiquei com muito tempo livre, e não sabia o que fazer. Enquanto isso, a primavera lentamente se transformava em verão, e uma onda de calor tomou as ruas.

O Conselho concluiu que meu comportamento tinha sido imoral e que eu havia violado os limites entre médico e paciente, mas não fui negligente no meu dever de alertar sobre riscos. Julie cometera suicídio um ano após nosso término, e o tratamento que ela recebeu foi considerado apropriado e necessário. O promotor aceitou essa conclusão, então meu processo prosseguiu sem essa acusação. Acabou que minha licença foi suspensa por três anos, e não sofri outras punições legais. Durante a suspensão, eu tinha permissão de exercer minha profissão de forma limitada, apenas como médico assistente. Então liguei para a Organização de Educadores pela Redução de Malefícios de Nova York e, no final de junho, comecei a trabalhar como assistente em uma pequena clínica de reabilitação em Hunts Point, no Bronx, por meio expediente.

No dia sete de julho — o aniversário de Julie —, acordei cedo. Do outro lado da janela, o céu parecia uma faixa imensa de algodão azul. Eu me arrumei e passei em uma floricultura próxima, onde comprei um buquê de 29 tulipas amarelas.

Peguei um táxi e fui para o Queens, atravessando o sereno ar matinal entre centenas de carros que atravessavam a ponte. O táxi me levou pela Queens Boulevard e então pela rua 58, antes de me deixar no cemitério Calvary. Paguei ao motorista e me demorei alguns instantes diante dos portões de ferro fundido antes de entrar.

Segui pelo caminho central antes de virar à esquerda no mausoléu da família Johnstone. Chuviscava, e meus sapatos deixavam feridas escuras na grama. O grito de um pássaro solitário quebrou o silêncio com sua necessidade de se expressar.

O túmulo de Julie era simples — uma pequena lápide com seu nome, data de nascimento e de morte. Havia um banco diante dele. Deixei o buquê sobre a pedra e me sentei. As gotas finas de chuva foram se acomodando sobre as flores, como diamantes.

Tirei a carta de Susan do bolso e a coloquei sobre o túmulo. Aquele era o segredo de Julie, e ela tinha o direito de guardá-lo. Acendi um isqueiro, coloquei fogo no papel e o observei queimar. Josh tinha razão: algumas histórias antigas nunca devem vir à tona, porque, quando descobertas, murcham como flores. Seus formatos se modificam, seus significados desaparecem. Mas você sempre deve assumir responsabilidade por seus atos; não há outro final possível para essas histórias. Era isso que eu tinha esquecido, carregando uma mala cheia de livros pela cidade, revirando os sótãos assombrados de desconhecidos.

Saí do cemitério e peguei um táxi para o centro. A chuva havia parado. O céu azul era como uma janela para outro mundo, e uma cortina de vapor subia do rio. Passei um tempo no Central Park, observando os transeuntes e me perguntando sobre suas histórias secretas, que pareciam vibrar no ar, misteriosas e ocultas. E ainda mais tarde, quando a luz se tornara tão fraca que eu não conseguia mais enxergar os olhos das pessoas e as sombras que as seguiam se tornaram gigantes, fui embora.

No céu e na terra, Horácio.

Nova York, estado de Nova York, hoje

Emoldurei a foto que Josh me deu, e, agora, ela fica pendurada no corredor do centro de reabilitação onde trabalho há dois meses. Quase todos os pacientes a notam e perguntam quem são aquelas pessoas. Digo que é uma recordação antiga de Paris, mas não me recordo do nome nem das histórias daquela gente, e talvez isso tenha deixado de ter importância. Peço que usem a imaginação e criem sua própria versão da vida dos três, analisem seus gestos, suas posturas, suas expressões.

E, sem perceber, quase todos começam a contar suas próprias histórias, escondidas entre as manchas de luz e sombra.

agradecimentos

Bem, este foi difícil.

Escrevi o primeiro rascunho deste livro cinco anos atrás, enquanto morava a 6,5 quilômetros de Londres, no noroeste, em Hemel Hempstead. Não gostei do resultado, então escrevi um segundo rascunho um ano depois, em Reading, Berkshire, para onde tinha me mudado. Eu o terminei em três meses, mas o deixei guardado no computador por outros dois anos, mais ou menos. Durante esse período, publiquei dois livros de não ficção e continuei a refinar *O livro dos espelhos*, que mudaria minha carreira, me transformando em um autor internacional, publicado em mais de quarenta países, quase do dia para a noite. Na época, um monte de projetos passava pela minha mente, mas este volume específico era como uma pedra no meu sapato. Parecia que, a menos que eu conseguisse tirar o melhor desta história, ela pairaria sobre minha cabeça como uma nuvem escura. Então resolvi tentar de novo, no verão de 2016. Dez meses depois, *Sangue ruim* finalmente estava terminado e pronto para ser publicado.

Agradeço a Marilia Savvides, minha agente; seus conselhos foram inestimáveis, como sempre. A Cecily Gayford, minha editora, que acreditou neste projeto desde o começo e me ajudou a concluí-lo. Ao pessoal maravilhoso da Serpent's Tail, que não me xingou por separar verbos no infinitivo nem por começar algumas frases com preposições. Obrigado, pessoal. Ao meu bom amigo Alistair Ian Blyth, que ficou de olho em mim para que eu não me machucasse tanto em minhas brigas com a língua inglesa. E, por fim, à minha esposa, Mihaela, a principal (e talvez única) razão para eu não ter desistido e voltado para a toca do coelho.

Este livro foi composto na tipologia Adobe Garamond Pro,
em corpo 13/16,6, e impresso em papel off-white,
no Sistema Cameron da Divisão Gráfica
da Distribuidora Record.